KB261605

강원도의 힘

글쓴이 소개

전예현 강원도 정선 출생. 정선여중, 강릉여고, 한국외국어대 및
동대학원 졸업.《내일신문》기획팀(법조), 산업팀(경제), 현재 정치부 기자.
신수정 서울 출생. 염광여중, 강릉 강일여고, 고려대학교 졸업.
《헤럴드경제》부동산부, 정치부, 국제부를 거쳐 현재 증권부 기자.
이소영 강원도 속초 출생. 북평여중, 북평여고, 강릉원주대,
서강대 언론대학원 졸업. KTV 한국정책방송, 현재 NATV 국회방송 기자.

강원도의 힘

전예현, 신수정, 이소영 글

•

초판 1쇄 발행일   2012년 10월 15일

•

지은이 · 전예현, 신수정, 이소영
펴낸이 · 김종해
펴낸곳 · 문학세계사

•

주소 · 서울시 마포구 신수로 59-1(121-110)
대표전화 · 702-1800, 팩시밀리 · 702-0084
mail@msp21.co.kr ｜ www.msp21.co.kr
트위터 @munse_books
출판등록 · 제21-108호(1979.5.16)

•

값 15,000원

ISBN 978-89-7075-552-6 03810
© 전예현 · 신수정 · 이소영, 2012

강원도의 힘

전예현, 신수정, 이소영 | 글

문학세계사

강원도의 힘과 꿈

최 광 숙 | 서울신문 논설위원

대학시절 해마다 신입생들이 입학하는 봄이면 학교 교정의 크고 작은 나무에는 '○○고, ○○여고 출신 어디에서 만나자'는 벽보가 나붙 곤 했다. 그때는 속으로 우물 안 고향 마을을 벗어나고자 서울까지 와서 무슨 고향 사람들끼리 모이겠다고 저 난리인가 싶었다. 어린 마음에 고향을 내세워 뭉치는 게 우스워 보였다. 그런 마음은 사회 초년병 시절에도 크게 변하지 않았다.

내 할 일 하기 바쁘고 직장에서 자리 잡고 그러면서 고향은 단지 그리움의 대상이었을 뿐이다. 집안 대소사나 여름 휴가철이면 일 년 에 두어 번 찾아가는 고향이지, 삶 속에서 그다지 깊게 뿌리내리지 는 못했다. 그러다 점차 시간이 흐르면서 나도 모르게 마음이 바뀌 었다. 언제부터인가 만나는 이들이 강원도 출신이라 하면 이유 없이 반가웠다. 굳이 긴 말이 필요없이 편안하고 친근한 고향 오라버니, 언니, 동생이 될 수 있었다.

이번에 『강원도의 힘』이라는 책을 펴낸 전예현, 신수정, 이소영 기자들은 같은 언론계에 있다 보니 국회나 통일부 등 현장에서 같이 취재하기도 하고, 이러저러한 모임에서도 만났던 후배들이다. 그들이 의기투합해 다른 주제도 아닌 고향, 강원도를 주제로 이 책을 펴낸 데 대해 놀라지 않을 수 없다. 뒤늦게 겨우 철들어 마음 속에 자리 잡은 고향에 대한 애틋한 감정을 가진 나에 비하면 이들은 일찍이 고향에 대한 정체성을 갖고 이런 책까지 출판한 것이니 선배로서 부끄러운 마음이 든다. 넓고 따뜻한 마음으로 고향 선배들을 챙기고, 그들이 걸어온 삶의 궤적을 좇아 기록으로 남긴 이들 후배들에게 아낌없는 박수를 보낸다.

이 책은 강원도가 배출한 인물들에 대한 이야기이자, 이들을 품어 길러낸 고향 산천에 대한 이야기이다. 이 책에서는 김진선 평창 동계올림픽 위원장을 비롯해 최문순 강원도지사, 김일수 한국형사정책연구원장, 최재천 이화여대 교수, 김진태·우상호·김현 의원, 김진형 남영비비안 사장, 이돈태 탠저린 대표 등을 다루고 있다. 정계, 재계, 학계, 문화계 등 각계에서 왕성한 활동으로 의미 있는 업적을 쌓으며 '강원도의 힘'을 보여주는 이들이다. 사실 이 책에서 다루지 못했지만 곳곳에서 맹활약하며 강원도의 저력을 보여주는 강원도 출신 인사들이 적지 않다. 앞으로 기회가 되면 이들에 대해서도 소개했으면 하는 바람이다.

우리는 고향 강원도로부터 뛰어난 자연과 많은 문화적·역사적 유산들을 상속받았다. 설악산, 동해, 오죽헌 등 대한민국의 관광 허브로 손색이 없는 아름다운 관광자원을 갖고 있다. 지역 차별로 개발의 혜택을 보지 못한 아쉬움이 이제는 오히려 축복이라는 생각이 들 정도다. 수많은 것들 중에 나는 강원도의 대표적인 문화유산으로 강릉 단오제를 꼽고 싶다. 매년 음력 5월 5일 단오제가 열릴 때면 나는 태어나서 자라난 고향 강릉을 가고 싶어 엉덩이가 들썩인다. 어릴 적만 해도 남대천변에서 벌어지는 왁자지껄한 시골 장터 수준이었던 단오제가 이제는 유네스코까지 인정한 문화유산이 되었다. 단오제의 역사는 무려 1000여 년에 이른다고 한다. 일제 강점기 일제의 핍박을 받으면서도, 6·25 전쟁 난리통에도 강릉 중앙시장이나 성남동 등지에서 작은 규모로나마 한 해도 거르지 않고 단오제의 명맥을 유지해낸 덕일게다. 조용히 그러나 끈기 있게 우리 것을 지켜나가는 힘이 강원도에 있다. 갖은 어려움 속에서도 포기하지 않고 평창 동계올림픽을 세 차례나 도전해 끝내 유치에 성공한 것도 다 우연이 아닌 것이다.

강원도 사람들은 소박하고 고운 심성을 지녔다. 화려하게 꾸밀 줄도 모르고, 남에게 잘 보이려는 그 어떤 작은 몸짓도 못한다. 주어진 일은 요란하지 않게 성심 성의껏 책임감 있게 해낸다. 그런 품성은 우리 사회에서 다른 사람들로부터 견제받지 않는 장점도 되지만 치열한 경쟁 속에 내 것을 제대로 못 챙긴다는 약점으로 작용하기도 한다. 지금은 뿌리 깊은 지역주의로 인해 목소리 큰 집단이 앞선 듯하지만 앞으로 달라질 것으로 본다. 새로운 시대에 필요한 덕목은 강원도 사람들처럼 물 흐르는 듯하는 조화로움과 더불어 살아가는 지혜를 갖춘 공동체 정신이기 때문이다. 여기에 설악산의 대청봉을 향해 힘차게 오를, 동해를 향해 풍덩 뛰어들 진취적인 기상을 더 갖춘다면 미래는 강원도의 시대가 될 것이다.

강원도의 힘

□ 차례

2
강원도, 그곳에는 특별한 것이 있다

1

강원도의 힘은 사람

"강원도처럼, 높은 만큼 멀리, 넓게 바라보는 시야를 갖고,
깊은 만큼 깊이를 가진 사람이 되었으면 합니다.
강원도의 힘이 대한민국의 힘이 되고
세계의 강원도가 되었으면 합니다."

"커피 한잔 할까?"

일상 속에서 자주 듣게 되는 말이다. 예전에는 밥 먹고 난 후 숭늉을 마셨지만 요즘 현대인들은 식후 조건반사적으로 커피 전문점을 찾는다.

사람들이 매일매일 별생각 없이 마시는 커피 한 잔에 목숨을 건 남자가 있다. 그는 강원도 강릉, 그것도 강릉 시내에서 한참 떨어진 구정면 어단리에 커피 공장 '테라로사'를 차렸다. 꼬불꼬불한 시골길을 한참 달려 들어간 그곳에는 커피를 맛보러 전국 각지에서 몰려온 이들로 북적거렸다.

김용덕 테라로사 사장은 시골 한구석에 있는 이 집 커피의 맛이 '세계 넘버 쓰리' 안에 든다고 자신한다. 그는 테라로사를 커피업계의 '애플'로 키우는 것이 꿈이라고 말한다. 스티브 잡스처럼 한국 커피업계에 대한 독설도 서슴지 않는다. 커피에 대한 열정도 잡스 못지 않게 뜨거웠다.

악바리 근성으로 커피의 장인까지

대표적인 여름철 피서지로 꼽히는 강릉은 최근 들어 매년 커피 축제가 열리는 커피의 도시로 자리매김하고 있다. 당초 강릉을 찾는 사람들 사이에서는 경포대 해수욕장과 정동진 사이에 있는 안목항의 커피 자판기가 맛있다고 입소문이 났었다. 추운 겨울 밤바다를 바라보며 "마카 커피!" 했던 것이 커피 축제로까지 이어지게 된 것이다. '마카'는 강원도 사투리로 '모두'라는 뜻이다. 게다가 우리나라 커피 1세대로 불리는 박이추 보헤미안 대표가 강릉에 정착하면서 커피 마니아들이 몰려들기 시작했다.

2002년에는 커피나무를 하우스에서 키우고, 매장에서 원두를 직접 볶아 내는 커피 공장 테라로사가 강릉에 세워졌다. 테라로사는 커피가 잘 자라는 붉은 토양이라는 뜻이다.

테라로사를 세운 김용덕 사장은 원래 은행에 다니다가 IMF 시기에 퇴직하고 레스토랑을 경영했었다. 음식에 대해 어느 정도 공부를 하고 난 뒤 후식인 커피를 연구하다가 커피에 빠져들었다. 처음에 커피에 대해 공부를 할 때는 충격이었다고 한다. 이렇게 맛있는 커피와 관련된 산업이 어쩌면 이렇게까지 낙후될 수 있는지 분노가 치밀었다.

그래서 서울의 유명한 커피집 '커피미학'에서 일주일간 일하며 커피에 대해 배웠다. 신선도가 얼마나 중요한지 알게 되면서 직접 커피를 볶아야겠다는 생각이 들었다. 1kg짜리 로스터를 사서 레스토랑 안에 놓고 커피를 볶기 시작했다. 차츰 커피에 대해 알아가면서 '커피가 산업이 되겠구나'라는 생각이 들었다.

그는 어단리에 갖고 있던 땅에다 대출을 받은 돈으로 테라로사를 지었다. 서울이 아닌 강릉을 택한 것은 가진 돈이 별로 없었고, 유명해지면 사람들이 찾아올 것이라는 자신감이 있었기 때문이다. 질 좋은 원두를 사들인 데다 로스팅 기술이 점점 늘면서 입소문이 나기 시작했다. 손님들이 몰려들었고 백화점 명품관, 호텔 등에도 커피를 납품했다.

3~4년 정도 지나며 손님이 점점 늘고 유명해지기 시작했건만 반대로 회사 사정은 어려워졌다. 좋은 재료와 기계를 사들이다 보니 빚을 많이 지게 된 것이다. 빚은 눈덩이처럼 불어 최고 25억 원까지 늘어났다. 게다가 금융위기가 닥쳐오면서 은행권에서 대출금을 갚

강릉시 구정면 어단리에
위치한 테라로사.

으라는 독촉이 심해졌다.

　대출을 연장할 때 과거에는 원금 10%를 갚으면 1년 단위로 연장
해줬는데 이제는 원금 20%를 갚고 6개월 단위로 연장해주는 식이었
다. 20년 넘게 몸담았던 직장인데 은행이 저승사자 같았다. 은행 빚
을 갚기 위해 사채에 카드 돌려 막기까지 안 해본 게 없었다. 내가 자
살해서 보험금이 나오면 회사는 돌아가겠지라는 생각마저 들었다.
다행히 은행 지점장이었던 친구의 도움을 받아 원리금을 일부 갚아
나가며 숨통이 트이기 시작했다. 자칫하면 부도를 맞을 뻔한 절체절
명의 순간이었다. 어두운 터널을 지나며 테라로사는 급성장했다.

　최고 품질의 커피를 만들기 위해 전 세계를 돌아다니며 비싼 원두
를 사들이고, 유명하다는 커피집을 빼놓지 않고 찾아가 연구한 결과
이다.

　김용덕은 세계 최고 커피집이라는 미국 '인텔리젠시아'에 가서

커피를 마셔본 뒤 호텔에 돌아와 잠이 오지 않았다고 한다. 어떻게 하면 이런 커피를 만들 수 있을까……. 다음날 날이 밝자마자 인텔리젠시아에 다시 찾아가 하루 종일 앉아서 커피를 마시며 직원들의 움직임과 손님들의 행동을 지켜보기도 했다.

김용덕은 정해진 로스팅 시간에서 10초를 넘기는 것도 허용하지 않을 정도로 치밀하고 깐깐한 악바리다. 커피에 대해 제대로 알아야겠다는 생각에 목숨을 걸고 공부했다. 닥치는 대로 커피 관련 책을 구해다 읽고 역사책, 철학책, 건축책까지 탐독했다. 국내에는 커피 관련 책이 부족해 원서를 구해다 읽고 또 읽었다.

테라로사 영업 초창기에는 일본에서 원두를 구입했다. 미쓰비씨 종합상사를 통해 좋은 원두를 들여와 국내의 웬만한 커피집보다는 맛있는 커피를 낼 수 있게 됐다. 그러다 더 좋은 원두를 사기 위해 에티오피아, 브라질, 니카라과 등 커피 산지를 수없이 돌아다녔다.

아는 만큼 보인다고 한다. 보통 사람들은 코피 루왁을 세상에서 가장 비싼 커피로 알고 있다. 사향고양이의 배설물에서 꺼낸 원두로 만든 커피가 코피 루왁이다. 하지만 인도네시아 현지에 가서 코피 루왁을 만드는 과정을 보고 나면 마시고 싶은 생각이 들지 않는다고 한다. 위생상태가 엉망이기 때문이다. 현지인들은 더러워서 먹지 않는 커피를 우리는 최고급 커피라고 떠받들고 있다. 간혹 어설픈 지식으로 무장해서 커피에 대해 논하러 오는 사람들을 보면 그는 지구 열 바퀴를 돌고 오라고 면박을 준다.

미치려면 제대로 미쳐야 한다는 것이 김용덕의 지론이다. 3년을 미치면 그 시간이 평생을 보장해 줄 것이라고 말한다. 하지만 그런 그도 커피에 미치기 전까지는 자신이 어떤 사람인지, 자신의 내면에 무엇이 들어 있는지 잘 몰랐다.

가난했던 어린 시절

초등학교 4학년 때까지 그는 강원도 동해시 어달동에 살았다. 지금도 담이 없는 집들이 다닥다닥 붙어 있는 전형적인 달동네다.

어촌은 농사를 짓지 않기 때문에 배가 바다에 나가지 않으면 굶을 수밖에 없었다. 꼬박 이틀을 굶은 적도 있었다. 이틀 만에 꽁보리밥을 얻어 먹고 나서 설사를 하기도 했다. 너무 배가 고파 밭에 있는 무나 생감자를 캐서 먹은 기억도 있다.

어판장에서 오징어를 따오는 일도 일상이었다. 비가 오면 오징어를 방에 들여놓고 말려서 "오징어와 같이 살았다"고 그는 표현했다.

강릉으로 이사를 와서도 가난은 이어졌다. 초등학교 5학년 때 강릉 시외버스 터미널 앞에서 아이스케키를 팔았다. 하루에 60원을 손에 쥘 수 있었다.

집이 어렵다 보니 인문계에 갈지 실업계에 갈지 고민할 여지도 없이 강릉상고에 진학했다. 상고에서 성적이 좋은 학생들은 은행에 취직할 수가 있었다.

공부를 곧잘 했던 그는 고3 때 조흥은행에 입사했다. 한시라도 빨리 돈을 벌어야겠다는 생각에 가장 먼저 취업생 요청이 온 조흥은행에 가기로 한 것이다. 졸업하기 한참 전인 6월부터 회사를 다녔다. 당시 은행원의 첫 월급은 학교 교장선생님보다 많았다.

그를 아끼는 선배들은 성공하려면 서울에 가야 한다고 입버릇처럼 말했다. 하지만 서울에 가는 것이 왠지 싫었다. 어릴 때부터 가난했기 때문에 그의 꿈은 "저 푸른 초원 위에 그림 같은 집을 짓고" 사는 것이었다. 그래서 1989년 예쁜 집을 지으려고 산 땅이 지금 테라로사가 있는 자리다. 나중에 서울로 전근을 가게 되었을 때는 그 땅에 나무를 심어 가꿨고, 강릉으로 발령이 나서 돌아오게 되자 그제서야 집을 지었다.

은행에 다닐 때 그는 세 차례 강릉에서 근무했다. 이사님이 강릉으로 순시를 나오시면 "이놈이 맨날 강릉에 보내달라고 용쓰던 그놈이냐?" 하고 물으실 정도로 강릉에 오고 싶어했다. 예나 지금이나 그저 강릉이 좋았다.

강릉에 아예 눌러앉을까 생각하던 차에 1997년 12월 IMF가 찾아왔다. 이듬해부터 회사에서 명예퇴직 신청을 받았다. 명퇴금 1억 5000만 원을 준다고 했다. 주저하지 않았다. 결정을 내리는 데 채 10분도 걸리지 않았다. 아내와 상의도 하지 않았다. 입사한 지 만 21년 되는 날인 1998년 9월말 회사를 떠났다.

그는 IMF가 인생의 가장 큰 행운이었다고 말한다. IMF가 오지 않았다면 계속 회사 생활을 했을 것이고, 커피를 만나지 못했을 것이기 때문이다.

일찍 회사를 관둔 것에 대해 후회는 없었다. 오히려 "내 자신을 잊고 은행에 왜 그렇게 오래 다녔을까, 세상을 넓게 보지 못했을까"라는 후회가 더 컸다.

은행에 다니면서도 미래 설계 등 은퇴 이후를 준비한 것도 아니었다. 그래도 걱정이 없었던 것은 부지런함과 악바리 근성이 있었기 때문이다. 쫄딱 망해서 전에 다니던 은행 앞에서 붕어빵 장사를 하더라도 웃으면서 할 자신이 있었다. 어릴 적부터 항상 돈을 벌었기 때문에 돈은 마음만 먹으면 벌 수 있다고 생각했다.

은행을 그만둔 날 미술학원에 등록했다. 아침 9시부터 밤 11시까지 하루종일 그림을 그렸다. 팔이 떨어져나갈 것처럼 아팠지만 너무 행복했다. 철없는 소년처럼 "이런 행복을 왜 모르고 살았을까"라는 생각이 들었다.

그림이 조금 익숙해지자 한 달 뒤 유럽 배낭 여행을 떠났다. 혼자 여행을 다니며 읽고 싶은 책도 실컷 읽었다.

마흔두 살의 나이에 건축학과에 들어가 건축 공부를 하기도 했다. 한 달 내내 건축박물관에 가기도 하고, 건축가 가우디의 작품을 보러 스페인 등지로 여행을 다녔다. 좋은 건축물을 보면 기둥을 안아봤다. 마치 10년 동안 그리워했던 애인의 가슴에 안기는 것 같은 전율이 밀려왔다.

하지만 생계는 꾸려야 했으므로 유유자적하던 생활을 접고 속초에서 레스토랑을 시작했다. 제대로 해내기 위해 미친 듯이 음식을 배우러 다녔다. 속초에서 매일 새벽 4시에 강릉 농산물 도매시장으로 달려와 식재료를 구입했다.

유행의 첨단이었던 서울 청담동에도 일주일에 두세 번씩 드나들었다. 청담동의 유명 레스토랑마다 찾아가 줄기차게 시식을 했다. 하루에 저녁을 다섯 끼 먹은 적도 있었다. "돈이 얼마나 많은 사람이 길래 매일 와서 먹을까"라는 궁금증에 한번은 주방장이 직접 나와서 서빙을 해주기도 했다.

국내 최고라는 청담동 레스토랑을 벤치마킹하기 위해 노력하던 그는 유명 쉐프를 데려와 메뉴를 비슷하게 선보였다. 그러다 보니 속초시에서 꽤 유명한 레스토랑으로 자리 잡게 되었다. 하지만 레스토랑 사업에 안주하지 않고 커피로 눈을 돌리게 되었는데, 그것이 새로운 인생의 시작이 되었다.

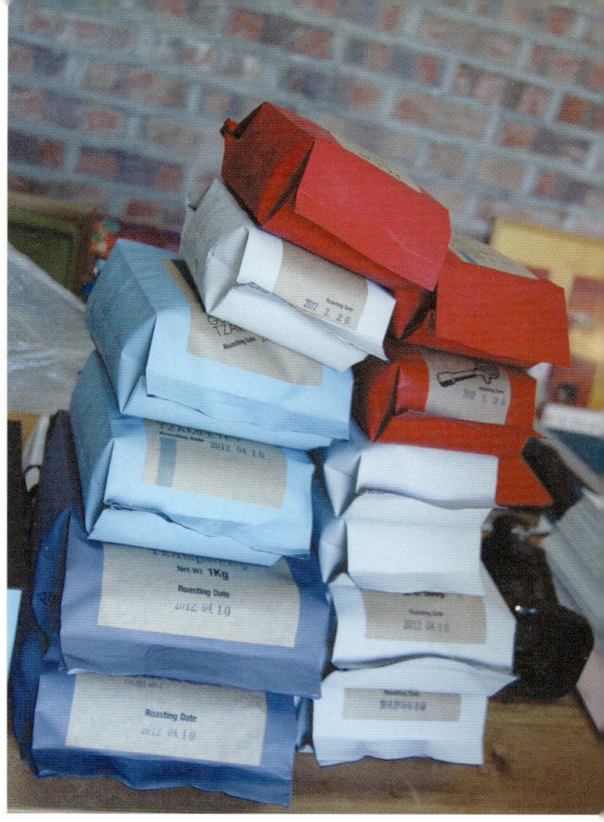

테라로사에서 갓 로스팅한
최고 품질의 원두커피를
다양하게 구매하고
그 자리에서 맛볼 수 있다.

대중 명품 커피

커피는 대중적인 음료다. 우리나라에선 어디서나 자판기에 동전 몇 개만 넣으면 뽑아 마실 수 있다. 밥값보다 비싼 커피도 있지만 누구나 사서 마실 수는 있다.

김용덕 사장은 테라로사를 커피업계의 애플로 만드는 것이 꿈이다. 애플의 휴대폰은 구매하고 싶어하는 사람이 많고 가격도 비싸지만 그렇다고 아무나 사지 못할 정도로 어마어마하게 비싸진 않다.

와인의 경우 최상품으로 꼽히는 로마네꽁티가 1,000만 원에 달한다. 일반인들은 엄두를 내기 어렵고 아무리 돈 많은 사람도 물처럼 사서 마시기 쉽지 않다. 반면 커피는 아무리 질 좋은 커피라도 만 원이면 충분하다고 그는 말한다. 만 원으로 정신적 사치를 누릴 수 있는 것이다. 거지도 하루 구걸해서 최고급 커피를 사먹을 수 있지만, 최고급 와인을 사먹으려면 몇 년이 걸려도 어렵다.

테라로사의 커피는 전체 커피 가운데 품질이 상위 10% 안에 드는 '스페셜티'다. 그는 대중에게 진정 맛있는 커피가 어떤 것인지 알리고 싶었다.

한국에서 자칭타칭 '커피의 달인'이라고 하는 사람들은 많다. 하지만 우리끼리 선수지 전 세계 커피 전문가들이 보면 '코미디' 수준일 것이라고 그는 혹평했다.

김용덕은 마트에서 1600원 주고 살 수 있는 저가 포도주를 예로 들었다. 이 싸구려 포도주는 달달한 맛 때문에 아줌마들 사이에서 인기가 높다. 이 포도주와 로마네꽁티를 주고 맛을 비교해보라고 하면 아줌마들은 달달한 포도주에 손을 들어줄 확률이 높다. 하지만 프랑스 사람들은 공짜로 줘도 안 먹을 것이다.

커피 산업도 마찬가지다. 같은 커피라도 품질이 극과 극인데 사람들은 그 맛도 잘 모르고 그냥 사 마시고 있다. 그럼에도 불구하고 어디선가 '수프리모', '블루마운틴', '로스팅' 이런 말을 들어봤다고 커피에 대해 잘 안다고 생각한다. 하지만 커피나무 열매가 초록색에서 익으면 빨간색이 된다는 사실도 모르는 경우가 많다.

정말 무엇이 좋은 것인지 진실을 알게 되면 사람들이 커피를 선택하는 기준도 달라지게 될 것이다. 사람의 혀는 간사하고 또 정직하다. 로마네꽁티의 맛을 알게 되는 순간 싸구려 포도주는 더 이상 마실 수 없게 된다.

그래서 그는 직원들을 끊임없이 교육시킨다. 명품 커피를 만들어내기 위해, 대중들에게 정말 맛있는 커피가 무엇인지에 대한 진실을 알리기 위해서다.

커피의 맛뿐만 아니라 커피를 마시는 공간도 중요한 요소다.

건축을 공부한 그는 목수 4명과 함께 테라로사를 직접 지었다. 하얀색 페인트로 칠해진 유럽풍 건물이다. 가게 곳곳에는 유럽에서 수집한 커피잔, 커피용품들이 놓여 있다. 구석구석 어느 곳 하나 그의 손이 닿지 않은 곳이 없다.

어단리 날라리

명품 커피를 향한 그의 노력은 이미 빛을 보고 있다. 어단리에 있는 테라로사에는 전국 각지에서 사람들이 찾아와 번호표를 뽑고 기다릴 정도다.

테라로사 지점을 내게 해달라고 찾아오는 사람도 부지기수다. 하지만 그는 딱 잘라서 거절한다. 품질을 철저하게 관리하기 위해서다. 돈을 더 벌려고 마음을 먹었으면 지점을 마구 내줬을 것이다. 하지만 당장 수중에 들어오는 돈보다 테라로사의 가치가 중요하다고 판단했다. 명품을 만들기 위해서는 히스토리가 필요하고 거기에는 진실이 담겨야 한다. 대신 직원 44명은 철저하게 다그친다. 막내 바리스타까지 엄청난 돈과 시간을 들여 교육을 시키고 있다.

사람들은 직장생활에 스트레스를 받다 보면 '다 때려치우고 카페나 차려볼까' 라고 쉽게 생각한다. 막상 테라로사에 와서 하루 종일 서서 일하다 보면 다리가 퉁퉁 붓고 심하면 입원까지 한 사람도 있다고 한다. 그는 직원들에게 사생활을 없애라고 말한다. 최상의 컨디션으로 일하기 위해서는 술 먹고 피곤해해서는 안 되고, 밤늦게까지 공부도 열심히 해야 하기 때문이다.

그래서 외국에서 테라로사로 연수를 받으러 온 사람들은 직원들을 '테라로사 솔져(soldier)'라고 부른다.

그는 틈만 나면 직원들을 해외로 보내 최고의 커피집을 찾아다니도록 한다. 세계 최고수들과 겨루기 위해서는 최고가 무엇인지부터 알아야 하기 때문이다. 테라로사 직원들이 한 달에 쓰는 평균 항공료만 해도 2000만~3000만 원에 달하고 있다.

그 결과 이윤선 부사장의 경우 세계적으로 유명한 커피 대회인 '컵 오브 엑설런스(Cup of Excellence)'의 국제 심판관으로 참여할 정도로 실력을 인정받았다.

이윤선 부사장은 강릉MBC PD로 일할 때 테라로사에 취재를 왔다가 그와 처음 인연을 맺었다. 그는 방송국을 그만둔 이윤선을 삼고초려해서 테라로사로 모셔왔다. 그리고 하드트레이닝을 시켰다.

이윤선 부사장이 커피의 대명사인 콜롬비아를 방문했을 당시 그 나라의 대표 커퍼(Cupper:커피 감별사)가 나와 실력을 겨뤄보자고 제안해왔다. 긴장감 속에 맞대결을 펼친 결과 그 커퍼는 이 부사장에게 "Great(대단하다)"라는 찬사를 던졌다.

김용덕의 시선은 국내가 아닌 세계를 향해 있다. 국내뿐만 아니라 세계 커피 시장에서도 테라로사는 실력 있고 신용 있는 회사로 인정받고 있다고 한다.

브라질 농장에 커피를 구매하겠다고 요청하면 두말 않고 보내줄 정도다.

인텔리젠시아의 제프 와츠, 세계적으로 유명한 커퍼인 브라질의 실비오 레이테, 일본 스페셜티 커피업계의 대부로 불리는 히데다카 하야시 등과도 친분을 유지하고 있다. 한마디로 노는 물이 다르다.

테라로사 사무실에는 커피 관련 책들과 각종 자료들이 잔뜩 쌓여 있다.

하야시는 동경제대를 나왔으며, 50년 전 스페셜티라는 개념이 없을 때부터 브라질 농가를 계몽하는 등 커피 산업 발전에 큰 역할을 해서 존경받는 인물이다. 하야시는 그를 만나면 "미스터 김, 항상 베스트하고만 놀아. 2등은 말귀를 못 알아들어"라고 충고한다.

그의 목표는 테라로사를 미국의 소규모 고급 커피 전문점인 인텔리젠시아, 스텀프타운을 넘어 세계 최고의 커피 명품업체로 키우는 것이다. 중국 진출도 준비하고 있고, 프랑스 파리에도 지점을 넬 계획이다. 파리 진출을 위해 수십 번 이상 파리에 날아가 골목골목에 있는 커피집을 정확히 정리해놨을 정도다.

세계 진출을 염두에 두고 두 달에 한 번씩 커피와 관련된 영자신문도 자체 발행하고 있다.

그는 지금까지 테라로사를 일궈온 것까지가 자신의 몫이었다고 한다. 현재 자신의 역할은 직원들이 뭘 해야 할지 방향을 잡아주는 '오거나이저(organizer)'다. 앞으로 테라로사를 키워나가는 것은 직원들의 몫이다.

김용덕은 어른으로서 가져야 할 덕목은 뒤따라오는 사람들에게 나아갈 길을 보여주는 것이라고 생각한다. 그 자신도 마흔 살까지는 뭘 하고 싶은지 모르고 살아왔다. 그래서 후배들을 보면 갈 길을 열어주고, 세상에 길은 수없이 많다는 것을 보여주고 싶다고 한다.

테라로사의 직원들은 재벌집의 아들·딸들이 아니다. 회사가 더 잘되면 직원들에게 포르쉐를 사줄 것이라고 한다. 포르쉐를 타고 여름휴가 다녀오라고 보내주며 인생은 살 만하다는 것을 보여주고 싶다고 한다.

김용덕은 커피의 모든 것을 가르치는 사관학교를 제주도에 세우겠다는 계획도 갖고 있다. 커피를 기본으로 음식, 언어, 인문학 등에 뛰어난 인재를 기르고 싶다는 소망이다. 이 인재들이 나중에 국가경쟁력으로 작용하게 될 것이라고 그는 기대하고 있다.

그는 살면서 제대로 된 멘토를 만나지 못했다. 책을 읽으면서 만난 레오나르도 다빈치, 율리우스 카이사르가 그의 인생에 큰 영향을 미쳤다. 1452년 4월 15일 10시 30분. 그는 다빈치가 태어난 날짜와 시간까지 달달 외우고 있다. 다빈치에 매료돼 다빈치의 삶을 따라 여행하고 책을 읽었다. 한 사람을 깊이 공부하면 생각이 깊어지고 시야도 넓어진다. 그러다 보니 관찰력이 좋아지고 디테일하게 보게 된다고 한다.

그의 꿈은 '날라리'다. 날라리에 입문하려면 '문사철 600'이라고 한다. 문학책 300권, 역사책 200권, 철학책 100권을 읽어야 한다는 뜻이다.

강원도 강릉시 어단리의 논밭을 지나 테라로사에 들어서면 동그란 안경을 쓰고 책을 읽고 앉아 있는 한 남자가 있다. 그가 바로 강릉을 세계적인 커피의 도시로 만들어가고 있는 김용덕 사장이다.

'강릉 토박이'였던 테라로사는 올해 8월에 경기도 용인의 한 백화점에 처음으로 매장을 냈다. 하루 매출 300만 원이 넘을 정도로 인기인데, 김용덕 사장은 "백화점 진출을 계기로 서울은 물론, 해외에도 매장을 낼 것이다. 테라로사의 목표는 스타벅스가 아닌 에르메스와 아이폰"이라며 당찬 포부를 밝혔다.

▶ 김용덕 1960년 강원도 동해 출생. 강릉초등학교, 강릉중학교, 강릉상고, 관동대학교 경영학과 졸업. 조흥은행 근무. 2002년 테라로사 대표.

강원도의 신화, 말단사원에서 CEO까지
남영비비안 대표
김진형

"지형이 험하다는 지리상의 특징으로 한동안 개발지역에서 물러나 있던
강원도는 짧은 시간 동안 참으로 많은 발전을 이뤄냈습니다. 아울러 오랜
염원이었던 평창 동계올림픽의 성공적인 준비와 개최를 기원합니다."

김진형 대표는 1978년 남영비비안의 말단사원으로 입사했다. 입사 당시 300여 명 가량의 남영비비안 사무 직원 가운데 유일한 강원도 출신이었던 그는 오직 실력만으로 초고속 승진을 거쳐 2002년 대표이사직에 올랐다. 끌어줄 선배도, 밀어줄 후배도 없는 상황에서 남들보다 두 배, 세 배 열심히 영업에 나선 결과 '샐러리맨 신화'를 이룰 수 있었다.

올해로 10년째 CEO를 맡고 있는 그는 유통업계 개점 행사 때 빠지지 않고 초청받을 정도로 존경받는 원로로 꼽힌다.

지독한 일벌레

그는 입사 후 영업부로 첫 발령을 받았다. 섬유 사업이 국가 경제를 뒷받침하던 때라 남영비비안이 원단이나 원사를 만드는 회사인 줄 알고 들어갔다.

입사한 지 며칠 지난 후 공장견학을 가서 1000여 명 여공들이 재봉틀을 돌려 브래지어를 만드는 것을 보고서야 여성 속옷 만드는 회사인 줄 알았다. 남자가 브래지어를 팔러 다닐 생각을 하니 아찔했다. 친구들은 "사내놈이 그런 데 취직을 했냐"고 빈정거렸다.

사원 때 제품 관련 리포트를 작성해야 하는데 어떻게 써야 할지 막막하기만 했다. 연애는 뒷전이던 터라 주변에 제품을 써본 소감을 물어볼 사람도 없었다. 회사 여직원들에게 식빵이나 전기구이 통닭을 안겨주며 과거에 선배들이 썼던 리포트를 받아 참고했다. 그리고 친한 친구들의 여자친구한테 샘플을 갖다 주고 써본 소감을 알려달라고 부탁을 했다. 덕분에 착용감이 어떤지, 디자인은 마음에 드는

지 생생한 목소리를 전해 듣고 영업에 나설 수 있게 됐다.

하지만 결혼도 안 한 총각이 제품 품평회에 들어가서 75A컵, 80B컵 등 각종 사이즈의 브래지어를 입은 모델들이 죽 지나가는 걸 보자면 눈을 어디다 둬야 할지 몰라 곤혹스러운 적이 한두 번이 아니었다.

입사 초기 남들이 1시간 거래처 다닐 때 2시간 다니고, 남들보다 1시간 덜 자는 생활을 반복했다. 나에겐 친구가 없다, 내게 주어진 일이 내 친구다라는 생각으로 일에만 매달렸다.

보통 사원에서 대리를 달기까지 4~5년 걸리는데 그는 입사 2년 만에 대리가 됐다. 이후 대리에서 과장, 과장에서 부장, 부장에서 임원까지 초고속 질주였다. 사내 최연소 대리, 과장, 차장 타이틀을 달며 승승장구했다. 결혼이나 연애보다 일이 우선이었다. 그래도 총각 부장은 안 된다는 사장님 말씀에 차장이었던 1987년 춘천 출신인 부인과 결혼식을 올렸다. 선 본 지 34일 만이었다.

그는 평사원부터 이사를 달기까지 영업부서에서만 근무한 영업맨이다. 일선 영업현장을 뛸 당시에는 속옷이나 스타킹 제조업체가 많지 않을 때라 가만 있어도 대리점에서 물건을 달라고 아우성이었다. 하지만 거래처를 부지런히 돌아다녔다.

한번은 고향인 강원도 지역 영업 담당자로 발령이 났다. 인구는 다른 지역보다 적은데 땅덩어리는 커서 남들보다 두 배 열심히 뛰어도 표가 나지 않았다. 춘천에서 원주로 이동하는 데 3시간씩 걸렸다. 그러다 보니 남들은 한 시간에 거래처 세 군데를 돌아다닐 때 한 군데도 못 가는 경우가 허다했다. 그래도 특유의 성실함으로 부지런하게 돌아다녔다. 실적이 남들보다 탁월할 수밖에 없었다. 전임자가 1억 원 매출을 올렸던 지역에서 2억 원, 3억 원을 벌어들였다.

애초부터 사장 자리나 성공을 목표로 달린 것은 아니었다. 단지 일한 만큼 결과가 나타나는 것이 재미있었다. 똑같은 물건이라도 거래처에 들고 가서 열심히 설명하면 효과가 금방 나타났다.

지금은 무조건 열심히 일한다고 성공을 거두는 시대는 아니다. 치밀한 전략과 전술, 상품과 브랜드가 뒷받침돼야 한다. 그런 면에서 열심히 일한 결과를 바로 얻을 수 있었던 것은 운이 좋았던 거라고 그는 말한다.

회사에서 그의 열정과 공로를 인정해 일본 연수를 보내줬다. 연수를 다녀온 뒤 1981년 백화점 영업으로 발령이 났다. 당시 백화점 영업부는 기피 부서였다. 한직으로 간다고 큰일났다는 소리도 들었다.

대리점 영업을 하면 대리점 점주들이 물건을 대주는 남영비비안 직원들을 고맙게 여기고 잘 챙겨줬지만, 백화점 입장에서 남영비비안은 수많은 입점업체 가운데 하나일 뿐이었다. 하지만 백화점 영업 경험은 그에게 큰 자산이 되었다. 당시 부지런히 돌아다니며 사귄 백화점 직원들은 김진형이 최고경영자(CEO)가 되자 남영비비안이 좋은 자리에 매장을 낼 수 있게 도움을 주었기 때문이다. 백화점 영업을 하면서 유통업계가 돌아가는 흐름도 꿸 수 있게 되었다.

김진형은 현재 유통업계에서 원로 대우를 받고 있다. 나이를 떠나 33년이라는 경험은 누구도 따라오기 어렵다. 이 자리에 올라오기까지 철저히 혼자였다. 대리 시절 그는 숙직을 서면서 인사팀장이 인사기록카드를 정리하는 것을 도운 적이 있었다. 정리하면서 들여다보니 본사 사무관리직 300여 명 가운데 그를 제외하고 강원도 출신은 단 한 명도 없었다. 끌어주는 고향 선후배 하나 없이 혼자 열심히 노력해서 능력을 인정받았건만 때로는 "윗사람에게 아부를 했다, 로비를 했다"는 구설수에 오르기도 했다. 기분이 좋을 리 없었다. 그래도 상사 중에 강원도 출신이 없었기 때문에 "누구 빽이다" 이런 소리는 듣지 않으니 다행이라는 생각이 들었다.

하지만 어렵고 힘들 때 상의할 사람이 없는 것은 늘 아쉬웠다. 복 (伏)날 사내의 같은 고향 사람들끼리만 어울려 보신탕 먹으러 간다고 할 때 소외감이 느껴지는 건 어쩔 수 없었다.

잊을 수 없는 삼풍 사건

회사 생활을 하면서 무엇보다 가슴 아팠던 사건은 1995년 6월 29 일 발생한 삼풍 백화점 붕괴 사고였다. 그곳에 파견되었던 꽃다운 나이의 여직원들이 건물 더미에 묻혀 생사조차 확인할 수 없었다. 생각지도 못한 아픔이었다.

당시 영업본부장이었던 그는 회사에 넥타이 매고 앉아 결제나 하고 있을 수는 없다는 생각이 들었다. 자식을 돈 벌어오라고 내보냈더니 사고로 생사조차 확인할 수 없게 된 부모의 심정을 생각하니 다른 일을 하고 앉아 있을 수는 없었다. 실종된 직원들의 가족뿐만 아니라 전국 유통업체로 파견 내보낸 400여 명의 여직원들이 그를 바라보고 있었다.

본사에 근무하는 직원이라면 매일 얼굴을 마주하니까 기분이 좋은지, 힘든 일은 없는지 정도는 알 수 있다. 하지만 백화점에 파견 내보낸 직원들은 자주 볼 수 없어 평소 따뜻한 말 한마디 건네기 힘들었다. 회사를 그만두더라도 이번 일을 잘 마무리지어야겠다고 결심했다.

사고가 난 날 밤부터 그는 사고 현장 인근 교대역에 텐트를 치고 먹고 자며 실종된 직원들을 찾아 헤맸다. 디지털카메라도 휴대폰도 흔치 않던 시절이었다. 인사과에서 갖고 있던 직원들의 증명 사진을 컬러로 A4 용지에 인쇄했다. 사진을 몇백 장씩 들고 직원들과 함께 서울 시내 병원 곳곳을 돌아다니며 실려온 부상자나 사망자 얼굴과 대조했다.

청천벽력 같은 사고 속에서도 가진 자와 가난한 자는 차별을 받았다. 당시 삼풍 백화점에서 쇼핑을 할 정도면 부유층에 속했다. 평상복을 입은 이들은 가까운 강남 성모병원, 아산병원 등으로 이송됐다. 병원마다 병상이나 의료 인력이 모자라다 보니 백화점 유니폼을 입은 직원들은 미아리, 망우리 등 멀리 떨어진 지역의 병원으로 보내졌다.

당시 백화점 식품 코너 등에는 대기업이 아닌 통조림, 설탕, 조미료 회사 등 영세한 업체들이 들어와 있을 때였다. 판매 직원들도 지방에서 올라와 학비를 스스로 버는 아르바이트생 등 형편이 어려운 경우가 많았다. 그는 화가 치밀어올랐다. 인간은 평등한데 유니폼을 입었다고 이렇게 차별할 수 있느냐고 서초경찰서 간부를 향해 큰 소리도 질러 봤지만 소용이 없었다.

사고가 난 지 얼마 후 장마가 시작됐다. 비가 억수같이 오던 어느 날 그는 실종된 직원을 찾으러 중랑구 망우리의 한 병원을 찾았다. 이 병원은 시신을 안치할 곳이 모자라 일부 시신을 평상에 내려놨다. 사방에 시신 썩는 냄새가 진동을 했다. 같이 간 직원이 영안실 안으로 들어가지 말라고 말렸다. 사고 이후 좋아하던 술을 입에도 안 댔던 그는 병원 앞 슈퍼에서 소주 한 병을 사서 마시고 안으로 들어갔다.

그렇게 3개월간 유가족들과 텐트에서 함께 자고 적십자에서 나눠

주는 밥을 먹으며 실종된 직원들의 시신을 찾아 상을 치러줬다. 일부 직원의 경우 국립과학수사연구원에서 유전자 감식을 통해 확인한 조그만 뼈 한두 개로 장례를 치르기도 했다. 화장할 때도 김진형은 직접 찾아가 눈물을 흘리며 부모들에게 죄송하다고 사죄를 했다.

직원들이 마지막 가는 길도 진심으로 예우를 다했다. 캐딜락이 처음 나와 구하기 어려운 시절이었지만 고인의 영정을 캐딜락에 모셨다. 주변 사람들은 정신 나간 거 아니냐고 했다. 온전한 시신도 아니었지만, 지난 몇 달간 자식을 찾느라 못 먹고 못 잔 부모들을 생각하니 그렇게 하는 게 도리라고 생각했다. 같은 사고를 당한 다른 회사들의 경우 보상 문제로 유족들이 상복 입고 회사에 쳐들어가 데모를 할 정도로 심한 갈등이 벌어지기도 했다.

남영비비안 직원의 유족들은 그의 진심을 믿고 보상 문제 등을 일임했고 나중에 감사패를 주겠다는 뜻을 전하기도 했다.

청량리역 앞 동산다방의 마이웨이

힘든 환경 속에서 열심히 일하다 안타깝게 운명을 달리한 직원들을 자식처럼 생각할 수 있었던 것은 그 자신도 어려운 시절을 보냈기 때문이었다.

1955년 강원도 춘천에서 태어난 김진형 대표는 초등학교 때까지 부유하게 자랐다. 아버지는 지역에서 막강한 영향력을 가졌던 강원일보의 고위 임원이었다. 그는 부잣집 아이들만 간다던 춘천교대 부속초등학교를 다녔다.

강원일보를 그만둔 아버지가 원주에서 사업을 하게 되면서 그는 원주중학교로 전학을 왔다. 아버지는 옥수수대를 펄프 원료로 만들어 수출하는 사업을 시작했다. 강원도에서 옥수수를 많이 재배했지만 옥수수대는 별 쓸모가 없었다. 버려지는 옥수수대를 사들여 농가 소득에 도움을 주자는 취지였다. 하지만 1년 만에 부도가 나면서 집안 형편이 어려워졌다.

원주중학교를 졸업한 그는 서울로 올라왔다. 방황하던 어느 날 일생의 처음이자 마지막으로 부모의 돈을 훔쳐 가출을 했다. 청량리역에 가서 강릉으로 가는 야간 열차표를 샀다. 마음의 안식처인 고향 강원도를 향해 떠나기로 마음먹은 것이다. 기차 시간이 남아 역 주변을 한 바퀴 배회하다 동산빌딩 지하의 음악 다방에 들어갔다. 컴컴하고 담배 연기가 자욱한 다방에 앉아 커피 한잔을 시켰다.

그때 DJ가 프랭크 시나트라의 〈마이웨이(My way)〉라는 노래를 틀면서 "나의 길을 가련다"라고 소개하는 순간 눈물이 주르르 흘렀다. 이제 집도 없고 친구도 없으니 내 인생의 길은 내가 주체가 되어 가야겠다고 다짐했다.

그는 아버지의 사업 실패 이후 방황의 시기를 겪었다. 하지만 내 인생은 나의 것이라는 생각에 남의 탓을 하지 않았다.

남영비비안의 대표이사로 취임하기 전까지 그는 여름 휴가 한번 제대로 가지 않았다. 남들보다 출발점에서 뒤처졌기 때문에 그것을 만회하려면 휴가는 언감생심이었다.

역지사지

청량리역 근처 다방의 DJ가 틀어줬던 〈마이웨이〉가 어려울 때마다 일어설 힘이 되었다면 '역지사지(易地思之)'라는 말은 삶을 대하는 그의 자세가 어떠한지 알게 해준다. 제품을 만들 때도 고객의 입장에서, 사람을 대할 때도 상대방의 입장에서 생각해보는 것이다.

김진형 대표가 20여 년간 주례를 보면서 빼놓지 않고 하는 말도 역지사지다. 결혼식 당일은 신혼부부에게 그 어느 때보다 기쁜 날이다. 하지만 살면서 좋은 일보다 나쁜 일이 더 많이 생기고, 스트레스는 상대방의 몫까지 두 배로 늘어나게 된다. 그러니 늘 신랑은 신부의 입장에서, 신부는 신랑의 입장에 서서 배려해주라는 것이다.

회사생활에서도 누구나 윗사람은 아랫사람 입장에서, 아랫사람은 윗사람의 입장에서 생각하면 문제를 줄여나갈 수 있다. 기업 경영에서도 이 같은 원칙이 적용된다. 그의 경영철학은 '상생경영(相生經營)'이다.

영업사원 시절 그는 유통업체에서 판매 대금을 결제해준다길래 그 회사에 찾아갔다. 30분 넘게 기다렸는데 경리 담당자가 점심을 먹으러 그냥 나가버려 허탕을 쳤다. 이 같은 서러움을 직접 겪은 그는 남영비비안과 거래하는 모든 협력업체에 지급할 대금을 통장으로 넣어줬다. 대금을 받으러 일부러 찾아오지 않아도 되도록 배려한 것이다. 또 남영비비안 직원을 만나러 온 협력업체 직원들이 쓰는 상담실에도 무선 인터넷을 설치하고, 음료수를 갖다 놓는 등 사소한 부분까지 신경을 썼다.

'배려'의 중요성을 깨닫게 된 또 한 번의 계기가 있었다.

1990년대 말 당시 임원이었던 그는 고향 선배들과 함께 경기도의 한 골프장을 찾았다. 한 선배가 캐디에게 속옷을 뭘 입느냐고 묻자 캐디는 '비비안'이라고 대답했다. 일행들은 농담으로 캐디에게 "수지맞았다. 이분이 1년치 속옷을 선물할 거"라며 그를 가리켰다. 속

CEO가 된 지금도
직접 매장에 나가
여러 가지를 챙긴다.
(사진, CEO 뉴스)

옷 몇 벌을 줘야 할지 난감해진 그는 캐디에게 1년에 몇 벌이나 속옷을 구입하느냐고 물었다.

캐디는 웃으면서 "안 주셔도 됩니다. 마음만 받겠습니다. 대개 사장님들이 오셔서 선물을 주신다고 하는데 깜빡 잊었는지 잘 안 보내주시거든요."라고 답했다.

이 말을 듣고 그는 골프장을 찾은 수많은 기업체 임원들의 빈말에 이 캐디가 얼마나 상처를 받았을까라는 생각이 들었다. 그 다음부터 그는 취중에 음식점 점원하고 한 약속이라도 수첩에 적어놓고 꼭 선물을 보내줬다. 수억 원을 들여 제품을 사달라고 광고를 하면서, 잠재 소비자들을 기만해서는 안 된다는 것이 그의 철칙이었다.

대학 강연을 자주 나가는 그는 대학생들에게 "지갑을 자주 바꾸라"고 말한다. 지갑을 많이 열면 마모가 빨리 되니까 자주 바꾸게 된다. 남이 배고파하면 라면이라도 사주고, 남이 기쁠 때 같이 축하해

주고, 남이 슬플 때 위로해주라는 것이다. 돈 벌고 나서, 기회가 되면 그렇게 하겠다고 생각하면 너무 늦을 수 있다.

김진형은 숙명여대 총장으로 재직했던 이경숙 한국장학재단 이사장과의 인연으로 숙명여대생들의 멘토로도 활동하고 있다. 그는 자신의 멘티들을 아들, 딸처럼 대한다. 과거 멘티 학생 중 한 명이 집안 형편이 어려워 등록금을 내지 못했다는 소식을 듣고 등록금을 대신 내주기도 했다. 부모와의 갈등으로 고민하는 학생들에게는 부모 입장에서 진심 어린 충고를 전해주고 있다.

그는 고향에 대한 애정이 각별해 강원도의 어려움도 그냥 지나치지 않았다. 강릉에 태풍이 불어닥쳤던 2000년대 초, 그는 강원도로 출장을 가던 중 전봇대에 속옷과 쓰레기들이 널려 있는 것을 목격했다. 고향 사람들이 수해로 고통받는 것을 보고 마음이 아팠던 그는 내의 등 남영비비안 제품들을 강원도에 기증했다.

그가 어려운 가정 형편으로 방황하다 가출했을 때 찾은 곳도 강원도였다. 강원도에서 가장 좋아하는 곳은 외가가 있는 동해시 어단리다. 그의 친가는 물론 외가와 처가까지 모두 강원도다. 비록 고등학교 때 서울로 이사를 갔지만 김진형은 누가 고향이 어디냐고 물으면 '강원도 토박이' 라고 강조한다.

새 길을 뚫은 CEO

CEO 김진형은 속옷업계에서 새로운 길을 뚫고 나가는 개척자였다. 대형 할인점이 처음 생겨났을 당시 그는 국내 1호 할인점인 이마트 창동점에서 최초로 스타킹과 속옷을 팔았다. 비비안은 백화점과

33년 넘게 유통업계에 몸담은
그는 존경받는 원로로 꼽힌다.

전문점을 통해 판매되는 고급 브랜드였지만 할인점 전문 브랜드
'드로르'를 새로 출시했다.

업계 최초로 편의점에 진출해 성공을 거뒀고, '로즈버드'라는 브
랜드를 만들어 홈쇼핑에서도 최초로 속옷을 팔았다.

비비안 전문점은 소수정예화, 고급화, 대형화 전략을 썼다. 또 판
매 채널 다양화와 함께 브랜드 다양화를 추진했다. 20대를 타겟으로
한 '블루비비', 50대 이상을 위한 '노블랑쥬' 등 연령대별 맞춤 브
랜드를 내놓은 것이 대표적이다. 품질이나 가격 경쟁력으로 승부를
하는 것은 한계가 있으며 브랜드가 중요하다는 것을 일찌감치 파악
한 것이다.

과거에는 속옷이라면 그저 흰 내의만 생각하던 소비자들의 인식
이 이제 완전히 달라졌다. 브래지어는 1920년대 미국 사교계 여성인

메리 제이컵이 파티에 참석하기 전 손수건 두 장을 이어 등 뒤로 묶고 드레스를 입은 데서 시작되었다고 한다. 코르셋 커버의 자수가 드레스 사이로 보이는 게 싫어서 이를 가리기 위한 것이었다. 가슴을 가리는 용도로만 쓰였던 브래지어가 이제 패션의 일부가 됐다. 브래지어 하나에 들어가는 부자재도 20가지가 넘을 정도로 복잡하고 화려해졌다.

비비안은 다양한 디자인뿐만 아니라 기능성을 강조한 브래지어를 남들보다 한발 앞서 출시했다. 1995년 볼륨을 강조하는 볼륨업브라를 출시해 10개월 만에 100만 개 판매라는 기록을 세웠다. 브래지어 자국이 겉옷에 드러나지 않는 노브라, 투명 어깨끈을 사용한 투씨브라 등도 속속 내놨다. 수입에만 의존하던 임산부 속옷을 국내 기술로 만들어 판매하기도 했다. 또 지난 2011년에는 여성 속옷 모델로 파격적인 남자 배우 소지섭을 선발해 화제를 모았다.

이처럼 30년 넘게 속옷업계에 종사하면서 혁신적인 제품들을 속속 출시해 속옷 산업에 기여한 공로를 인정받아 그는 2009년 동탑산업훈장을 수훈했다.

김진형은 저돌적이고 추진력이 강하지만 지난 2004년에는 직원들 집으로 일일이 편지를 써서 보낼 정도로 다감한 CEO이기도 하다. 묵묵히 땀 흘려 일하는 직원들을 격려하기 위해 손수 펜을 든 것이다. 1년에 한 번씩 열리는 직원들의 합숙 훈련에도 빠지지 않고 참가하는 등 직원들에 가까이 다가가기 위해 노력하고 있다.

그가 추구하는 상생경영이 가능하려면 직원들과의 소통이 우선 이뤄져야 한다. 함께 잘되기 위해서는 상대방을 이해하고 상대방에 대해 잘 알아야 하기 때문이다.

폭넓은 의사 소통을 통해 상대방의 목소리를 듣고 이를 한데 모아 조화로운 화음을 내는 오케스트라 지휘자와 같은 CEO 김진형. 말단 사원에서 초고속 승진을 거쳐 CEO 자리에 오른 그를 두고 신화적인 존재라고 표현하는 사람도 있다. 하지만 실종된 직원들을 찾기 위해 노숙을 마다하지 않고, 협력업체의 설움을 이해해주는 '진심'과 '배려'가 그를 이 자리에 있게 한 가장 확실한 밑바탕이었을 것이다.

▶ 김진형 1955년 강원도 춘천 출생. 서울대학교 경영전문대학원 최고경영자과정 수료. 2002년 숙명여자대학교 자문위원. 2002년 남영비비안 대표이사 사장. 2009년 상공의 날 동탑산업훈장 수훈.

"강원도 그리고 고향 강릉의 자연경관은 이미 세계인들의 사랑을 받고 있습니다. 그러나 강원도의 힘은 이제 천혜의 자연환경을 뛰어넘어 사람들의 삶으로 엮어진 사회적·문화적 환경으로 발전해 나가야만 합니다."

형법. 이 단어를 들으면 대부분의 사람들은 '무섭다' 는 느낌을 받는다. 감옥, 처벌, 응징 등 '죄인에게 벌을 주는 것' 이 연상되기 때문이다. 특히 강원도에는 강릉 교도소가 있어, 주민들은 '형법' 이란 단어를 들을 때 죄인에 대한 처벌을 자연스레 떠올린다.

그런데 이런 형법에 '생명 존중 사상' 을 접목시켜, '사랑의 법' 으로 정립한 인물이 있다. 강릉이 낳은 세계적 법학자, 김일수 한국형사정책연구원장이다.

김일수 원장은 법조계에서 '형법학의 거목(巨木)' 으로 불린다. 그는 우리나라 법조인 필독서인 '형법' 시리즈를 집대성하고, '생명 존중 사상' 을 법에 접목시키는 업적을 남겼다. 또 그는 법조인으로서는 이례적으로 사회운동에도 적극 참여해, 종교계와 함께 사형제 반대운동을 펼쳤다.

현재는 공직자로서, 대한민국 형사정책의 큰 방향을 제시하는 '한국형사정책연구원장' 으로 활동 중이다. 또 바쁜 공직 생활 중에도 틈틈이 강원도 청소년들의 멘토 역할을 하고 있다. 그렇다면 김일수 원장을 이렇게 큰 나무로 성장시킨 원동력은 무엇일까?

독일 유학생활 또는 명석한 두뇌가 그를 세계적 법학자로 만들었다는 의견도 있지만, 사실 그의 철학은 강원도의 공동체 의식에 뿌리를 내리고 있다. 그는 강릉의 작은 마을 출신으로, 그 시대 강원도 사람들이 겪는 가난과 설움을 겪으며 자랐다. 강릉고등학교의 모범생이었지만 '돈 때문에 대관령 넘기가' 어려워 대학 진학도 포기할 뻔했다. 무엇보다 강원도 주민들의 상처인 연좌제 때문에 검사의 꿈을 포기해야 했다. 이로 인해 일각에서는 '김일수가 더 좋은 환경에서 자랐다면 세계 법학의 흐름이 바뀌었을 것' 이라고 말한다.

하지만 그의 생각은 다르다. 그는 이렇게 많은 아픔을 지닌 강원도가 자신의 감수성과 철학의 밑거름이 되었다고 생각한다. 가난하지만 따뜻한 강원도의 이웃들 덕에, 그는 법을 공부할 때에도 약자의 입장을 먼저 생각하는 자세를 배웠다. 또한 가난에도 굴복하지 않고 법대에 진학할 수 있었던 것, 검사 임용 탈락의 좌절을 극복할 수 있었던 것도 강원도 스승들 덕이었다고 그는 믿고 있다.

시둥골 소년 김일수의 '대자연 선생님'

서정주 시인은 본인을 키운 8할이 '바람'이라고 했다. 이 표현을 빌리자면 김일수 원장을 키운 8할은 강원도의 자연과 스승이다.

그의 고향은 강릉 시내에서 20리 떨어진 시골 마을 '시둥골'이다. 한자로는 시동(詩洞)이나 마을 사람들은 '시둥골'이라고 불렀다. 이곳은 바다와 숲이 공존하는 곳으로, 소년 김일수의 감수성에 큰 영향을 미쳤다. 넓은 바다, 반짝이는 은하수를 보면서 그는 대자연에 대해 경외감을 느꼈다. 또 나무들과 작은 동물들을 보면서 막연하게나마 '생명의 신비로움'을 느꼈다. 그의 이런 감수성은 신앙(기독교)과 결합돼 후에 '생명 존중 사상'의 기초가 되었다.

또 가난한 이웃을 존중하고 보살피는 따뜻한 문화는, 후에 그가 '처벌의 형법'이 아닌 '서민을 위한 형법정책'을 마련하는 데 영향을 미쳤다.

일례로 그는 초등학교 시절 가끔 동무들과 '서리'를 하면서 참외를 따먹었다. 법을 엄격하게 적용하자면 이는 분명 절도 행위이다. 그러나 동네 어른들은, 참외가 몇 개씩 없어진 이유를 알면서도 배고픈 아이들이 맛있게 먹는 모습을 보며 눈을 감아줬다. 이런 따뜻한 환경 속에서 자라면서, 그는 초등학교 때 아버지를 잃은 슬픔도 극복할 수 있었다.

하지만 강릉고등학교 시절, 그는 가난 때문에 가끔 자존심이 상했다. 수학여행을 앞두고 일어난 일이었다. 그는 빠듯한 집안 살림을 생각하니, 수학여행비와 용돈 얘기를 꺼낼 수 없었다. 수학여행을 포기했고, 그 사실을 가족에게 말할 수 없어 평소처럼 학교로 향했다. 가난이 부끄럽지 않았지만, 동무들이 여행을 떠나 텅 빈 교실에서 공부를 하려니 쓸쓸한 기분도 들었다. 그런 그를 지켜보면서, 어깨를 두드려준 이들은 강원도 스승들이었다.

문학반의 원영동 선생님은 김일수의 감수성을 눈여겨봤다. 또래들과 달리 거칠지 않고 섬세한 그에게 '사내답지 않다' 고 핀잔을 주는 대신 '문학적 감수성이 뛰어나다' 고 격려해주었다.

강규석 선생님은 '원대한 포부' 를 심어줬다. 가정 형편 때문에 취업을 할지 망설이던 강릉고교 학생 김일수를 격려했고, 대학 진학을 도와 법조인의 길을 열어주었다.

김일수는 스승의 권유를 받아 고려대학교 법학과에 지원했고, 차석으로 입학했다. 후일 원영동 선생님은 시인으로 활동하면서 강원도 문학청년들을 후원했고, 강규석 선생님은 강릉대학교 총장이 되었다. 그는 백발이 된 지금도 가장 존경하는 스승으로 '강릉의 대자연' 과 '두 선생님' 을 꼽는다.

강원도의 아픔, 시대에 대한 고민

강원도는 그의 스승이었지만, 좌절의 아픔을 주기도 했다.

김일수는 고려대학교 1학년 때 과대표에 선출됐고, ‘거리에서의 민주화운동과 사회운동’ 을 고민했다. 하지만 좋은 법조인이 되라며 격려해주던 선생님들의 얼굴을 떠올리며, 일단 법을 제대로 공부해 보자고 결심했다. 사법시험에 합격하고 연수원도 좋은 성적으로 졸업했다. 그는 ‘정의를 실천하는 길’ 을 꿈꾸며 검사를 지원했다.

그런데 그는 이때 전혀 예상치 못한 벽에 부딪쳤다. 강원도의 아픔, 바로 연좌제이다. 강원도는 지리적 특성으로 인해, 전쟁 전후로 좌익 우익 진영 사람들이 수시로 머물다 떠나간 곳이다. 이로 인해 강원도 시골 주민들도 어쩔 수 없이 온갖 잡무에 자주 불려나갔었다. 그의 아버지도 광복 이후 좌익 진영과 관련된 부역 활동을 한 적이 있었다.

하지만 그는 초등학교 때 아버지를 여의었기 때문에, 관련 내용을 잘 몰랐고 검사를 지원할 때에도 본인에게 연좌제가 적용될 것이라고는 상상조차 못했다. 이에 갑작스럽게 부딪친 ‘연좌제의 벽’ 에, 청년 김일수는 크게 절망했다. 생각에 생각이 꼬리를 물었다.

‘강원도, 강원도, 강원도. 분단의 아픔이 있는 곳, 사람들에게 전쟁의 상처가 남아 있는 곳. 그곳에서 자란 나. 돌아가신 아버지의 삶이 나에게 적용되는 시대……’

주변에서는 본인의 잘못도 아니고, 돌아가신 아버지의 부역 정도는 가벼운 사안이라 큰 문제가 안 될 수도 있다고 했다. 평소 그를 아꼈던 스승들이 더 안타까워하면서, 주변 지인들에게 이런 사정을 알리려 했다. 하지만 그는 공직자 생활 내내 자신에게 꼬리표가 달리는 것을 원치 않았다.

오랜 고민 끝에, 그는 더 이상 고향의 상처와 시대적 아픔을 탓하지 않기로 했다. 검사의 꿈을 결국 접었다. 대신 변호사가 됐다.

그리고 이런 쓰린 경험은, 그에게 새로운 길을 가게 했다. 연좌제로 인해 큰 좌절을 한차례 겪으면서 그는 '역사와 법'에 대해 깊이 고민하게 되었고, 변호사로 활동하면서 대학원 공부를 하던 중 '법철학'에 빠져들었다. 평소 그를 응원했던 고향 스승들이, 이번에도 새로운 도전을 권했다. 그는 열심히 유학을 준비해 독일의 아데나워 장학재단의 장학생으로 선발되었다. 그는 떨리는 마음으로, '법 선진국' 독일로 날아갔다.

강원도 청년의 독일 유학기

강원도에서의 성장기, 강원도가 남긴 연좌제의 아픔, 그리고 법 선진국 독일 유학으로 이어진 과정을 통해 그의 법철학은 단단하게 다져졌다.

생명 존중 사상, 사랑의 법철학을 접목시켜 그는 1983년 독일 뮌헨 대학교에서 「형법에 있어서의 인간존엄의 의미」라는 논문으로 박사 학위를 받았다. 세계적 학자인 클라우스 록신 교수의 도움이 컸다. 그는 록신 교수와의 토론을 통해, 형법이 이론을 위한 이론이 아니라, 구체적인 현실을 반영해야 하는 규범이라는 결론을 내렸다.

"형법은 인간을 보호하고, 생명을 융성하게 하는 학문이다."

그의 이런 사상은 이후 사회운동과, 우리나라 형법을 정리하는 데 밑거름이 됐다.

한편 그의 박사 학위 논문 취득 과정에는, 독특한 에피소드가 있다. 그는 이 시기, 잠을 자면서도 라디오를 들었다. 대학 입학 전까지 강원도를 떠나본 적조차 거의 없던 그에게, 독일어와 그곳의 문화는 넘어야 할 장벽이었다. 이에 그는 잠을 자면서도, 새 언어와 문화를 익히느라 라디오를 들었던 것이다. 또 유학 중에도 현지 교회를 다니며 신앙생활을 했다. 스트레스성 위염에 걸렸지만, 고향에서 그를 응원하는 스승들의 기대를 저버릴 수 없었다.

그는 박사 학위 논문을 마친 후, 이를 독일 교회 목사님께 증정했다. 수년간의 연구를 담은 박사 학위 논문은, 학문적 성과이기도 했지만 자기성찰, 신앙고백의 성격도 띠고 있었다.

"독일에서 새벽마다, 그리고 어려울 때마다 저는 기도했습니다. 이 논문은 예수님께서 의탁하신 것이기에 완성할 수 있었습니다."

독일 교회 목사님은 크게 감동했고, 몇 년 후 한국을 방문한 자리에서 이렇게 말했다.

"한국 학생들은 신앙심이 정말 깊더군요. 제가 독일에 유학 왔던 한국의 시골 출신 학생을 만났는데, 그는 논문을 통해서도 신앙 고백을 했습니다. 정말 놀라운 일이죠."

이 일화에 등장하는 사람이, 바로 독일 유학생이자 강원도 출신의 김일수이다.

실천하는 지식인

한국에 돌아온 그는 1988년부터 『한국 형법 1』(총론 상), 『한국 형법 2』(총론 하)를 잇따라 펴냈고, 이어 『한국 형법 3』(각론 상), 『한국 형법 4』(각론 하)를 출간했다. 이 저서들의 총론과 각론을 합치면 무려 3478면. 한국 형법 연구사의 한 획을 그을 대작이 탄생한 셈이다.

그는 또 고려대학교 강단에서 학생들을 가르치면서, 동시에 '실

천하는 지식인'으로 활동했다. 그는 1980년대 대한민국을 뒤엎은 민주화운동 물결 속에서 '4 · 13 호헌조치'를 반대했다. '호헌 철폐'를 주장하는 교수 시국성명에도 적극 동참했다. 1987년 6 · 29 선언이 나올 때까지 그가 참여한 교수 시국성명은 13건에 달한다. 계란으로 계속 바위를 치니까, 결국 바위가 깨진 셈이다.

더불어 이 시기, 그는 강원도 소년 시절부터 고민해온 '생명 존중'의 철학을 사회운동으로 확산시켰다. 1990년대 후반부터 사형제 폐지운동을 적극 벌인 것이다. 지금이야 사형제 폐지 논의가 활발하고, 동명 소설을 원작으로 한 영화 〈우리들의 행복한 시간〉이 장기 상영되었을 정도로 대중들도 이 문제에 관심이 많지만, 당시에는 '나쁜 놈은 그 대가를 치러야 한다'는 이른바 형벌적 사형제도의 정당성을 지지하는 여론이 강했다. 또 강력한 처벌제도가, 극악한 범죄를 예방하는 효과가 있다는 주장도 있었다. 이에 '형법학계의 주목받는 교수'가 사형제 폐지를 주장하자, 일각에서는 '의아하다'는 반응이 나왔다. 그는 이렇게 주변 사람들을 설득했다.

"생명 존중이야말로 형법이 추구해야 할 방향입니다. 이런 법의 정신을, 이론이 아닌 현실에서 실천해야 합니다."

이외에도 검찰 개혁 자문위원장으로 일한 그는 강한 권력에 대해 '쓴소리'를 하기도 했다. 그는 "검찰이 이제 '스마트한 권력'이 되어야 한다"며 "기득권을 내려놓고 국민의 편에서, 국민의 눈높이에 맞춰 변해야 한다"고 주장했다.

어느 제자의 편지 한 통

고려대학교 교수 시절, 김일수는 강원도의 스승들을 자주 떠올렸다. 문학에 대해 눈을 뜨게 해준 원영동 선생님, 가난에 굴하지 않도록 격려해주던 강규석 선생님과 같은 스승이 되고 싶었다. 이에 그는 학생들에게 '지식을 주입하는 교육'보다는, 소통하는 강의를 시도했다. 당시 낯선 개념이었던 '시대정신'도 역설했다.

1983년부터 2011년까지의 고려대 교수 시절 그는 학생들로부터 공개적으로 '러브레터'를 자주 받았다. 러브레터라고 하면 흔히 남녀 사이의 핑크빛 연애편지를 떠올리기 마련인데, 그가 받은 러브레터는 딱딱한 법 이론에 담긴 훈훈한 인간애에 관한 편지였다. 그의 강의를 듣고 감명을 받은 학생들이 인터넷을 통해 다음과 같은 강의평을 올린 것이 계기가 되었다.

"김일수 교수님의 형법 총론을 읽고 크게 감동받았다."

"김일수 교수님의 이론은 소수를 위한 이론이다. 아마 학계에서

'이단아'로 불리셨을 것 같다. 그래도 그분은 기존 이론을 답습하지 않고 사랑의 철학을 법에 구현하시는 분이다."

학생들은 김일수 교수의 강의를 처음 듣고도 마음을 열었다. 학생들은 질문을 던지고 토론을 제의하며 그에게 다가왔다. 물론 그가 먼저 학생에게 다가가기도 한다. 어떤 학생과는 처음 만난 지 2년 만에 소통에 이르기도 했다.

"학생운동을 하다 붙잡혀 교도소에 갔다 온 학생이었어요. 제 강의를 들으러 왔는데, 처음 마주친 순간, 눈빛이 너무 차가워 깜짝 놀랐어요. 그래서 관심을 갖고 계속 지켜봤지요. 처음에는 서로 서먹했지만 2년, 3년 계속 대화하다 보니 나중엔 편하게 이야기할 수 있게 되었어요. 어느 순간 그 학생의 얼굴이 마치 다른 사람처럼 환하게 바뀌었고요."

한편 그는 교수 시절에 받았던 가장 값진 선물로 흰 봉투에 담긴 편지를 꼽는다.

"가정문제와 법학 공부의 어려움에 부딪쳐 실의에 빠진 학생이 있었어요. 사정을 딱하게 여기긴 했지만, 별로 해준 것은 없어요. 그저 학교에서 마주칠 때마다 칭찬하고 격려해줬습니다. 그랬더니 표정이 점점 밝아졌어요. 그해 스승의 날에, 이 학생으로부터 잊을 수 없는, 소중한 선물을 받았습니다. 흰 봉투에 담긴 편지였지요. 두 장에 걸쳐 자필로 쓴 감사 편지를 읽으면서, 교수가 된 보람을 느꼈습니다."

2011년 그는 고려대학교에서 정년퇴임했다. 교단을 떠났어도, 그는 고대생들에게 여전히 '존경받는 교수'로 꼽힌다. 2012년 고대 법대 교우회에서는 그를 '자랑스러운 고대인'으로 선정했다.

교단을 떠난 후, 김일수 원장은 우리 사회에서 지식인의 책무가

고려대학교에서의 정년퇴임식.

무엇인지 다시 고민하고 있다. 이에 그는 평소 언론 인터뷰를 사절하지만, 강원도 후배들을 위해 지역 '멘토 강연'을 진행하고 있다.

또 한국형사정책연구원장으로 임명된 후 '국민 안전과 사회통합에 대한 기여 방안'을 연구하고 있다. 특히 최근 정책 연구는 '공동체에 기초한 국민의 안전'에 초점을 맞추고 있다. 그가 이런 차원에서 주목하고 있는 시스템은 '셉티드(CPTED)'이다. 셉티드는 도시 또는 마을을 기획하는 단계에서부터 범죄 예방 요소를 배치한다는 뜻이다.

예를 들어 어린이 놀이터를 각 집의 창문에서 잘 보이는 곳에 만들면, 동네 어른들이 평소 자연스럽게 놀이터를 지켜보면서 어린이의 안전을 지켜줄 수 있게 된다. 또 컴컴한 골목길에 밝은 조명을 설치하고, 낡은 건물의 방범창을 새것으로 교체하면 주민들이 범죄 피해를 입을 확률이 현저히 줄어든다.

그런데 사실은 우리나라 강원도 마을에는 이미 오래 전부터 공동체 안전의식을 반영한 셉티드와 유사한 장치가 있었다. 김 원장은 천하대장군을 비유로 들어 설명했다.

"내가 자란 강원도 강릉 시골 마을에는 예전부터 동네 입구에 천하대장군이 있었습니다. 천하대장군은, 너와 나를 넘어 우리 마을 사람들이 모두 안전하길 바라는 공동체의 염원이 담겨 있는 장치입니다. 실제로 도둑이 마을 입구에 들어섰다가, 천하대장군을 보면 발길을 한번 멈췄다고 하죠. 마을 사람들의 안전에 대한 강력한 의지가 범죄자들의 심리에도 영향을 미치는 것입니다. 이를 21세기에 과학적 체계적으로 도입하면 셉티드가 되는 것이죠."

김일수는 또 앞으로 국가의 역할이 '국민의 안전 보호'이고, 이를 위해 형사정책연구원도 역할을 해야 한다고 강조한다. 실제 최근 '판자촌 강력 범죄'가 잇따르는 것은, 취약한 환경과 연관돼 있다는 연구 결과가 나오고 있다. 몇 년 전 성범죄가 자주 발생한 서울의 한 지역에서는, 경찰차가 출동하고도 좁은 골목길에 진입하지 못해 범인을 놓쳤다. 또 연쇄살인범이 등장했던 한 지역에서는, 유독 건물 1층에 살던 가정이 자주 공격을 받았던 것으로 드러났다. 당시 전문가들은, 골목길이 더 넓어 경찰차가 진입하기 쉬웠다면 성범죄자가 그 마을에 유독 자주 나타나지 않았을 것이라고 분석했다. 또 '묻지 마 살인'이나 '연쇄 성범죄'의 경우에도, 마을 입구에 밝은 조명과 CCTV를 설치하면 범죄 확률을 낮출 수 있다고 조언했다. 즉 범인을 잡는 것도 중요하지만, 이에 앞서 국민을 위한 안전한 환경을 마련해야 한다는 것이다.

더불어 그는, 범죄 피해자에 대한 관심과 적극적 재활치료를 주장하고 있다. 범죄 피해자들 역시 국가가 보듬어야 할 대상이므로, 이들이 아픔을 딛고 평소 생활로 돌아오게 하려면 후유증(트라우마)에서 벗어나도록 공동체가 도와야 한다는 것이다.

미래의 법학도, 시대정신을 고민해야

김일수 원장은 미래의 법학도들, 특히 강원도 후배들에 대한 애정이 깊다. 공직에서 일하게 된 후 언론 인터뷰를 되도록 사절하지만, 강원도 청소년 대상 강연에서만큼은 솔직하고 담담하게 본인의 사연을 털어놓는다. 고향의 좋은 스승들 덕분에 본인이 꿈을 키웠듯이, 고향 후배들도 그를 통해 조금이라도 힘을 얻기를 바라는 마음에서다.

특히 그는 강원도의 교육열이 매우 높은 점을 들어, 미래의 법학도와 학부모들에게 두 가지를 조언한다. '지식과 공감능력의 조화' 그리고 '시대정신' 이다. 먼저 그는 강원도 청소년과 부모들에게 "지식의 공포에서 벗어나라"고 조언했다. 강원도의 학구열이 높은 것은 미래의 법학도를 키우는 데 매우 좋은 환경이지만, 두뇌만으로는 좋은 법조인 또는 법학자가 되기 어렵다는 것이다.

"청소년과 대학생 교육이 지적 부분에만 치중돼 걱정입니다. '아는 것이 힘' 이라고 하지만, 사실 이제는 그런 시대가 지났어요. 예를 들어 '구글' 에 들어가 검색어만 넣으면 수많은 정보가 나오죠? 즉 지식을 암기하는 것은 이제 그리 중요하지 않습니다. 이제는 인격형성과, 다른 이와 공감하는 능력이 더 중요합니다."

또 미래 법학도들이 갖춰야 할 덕목으로 그는 '시대정신' 을 꼽는다. 시대정신은 그 시기에 국민들이 가장 원하는 가치, 또는 바람으로 요약된다. 볼테르는 '역사를 움직이는 힘'이라고 정의했다.

"법학을 제대로 연구하려면 '시대정신'에 대한 고민이 필요합니다. 법학자들은 시대정신에 맞춰 법이 나아갈 길을 제시해야 하므로, 두뇌를 넘는 예리함과 깊이가 있어야 하죠. 그런 차원에서, 후배들에게 '늘 깨어 있으라'고 말해주고 싶습니다."

그는 또 본인에게 가장 큰 시련이었던 '연좌제 적용과 검사 임용 탈락'을 예로 들어, "시련을 통해 나무가 깊게 뿌리를 내린다"고 비유했다.

"저는 강원도 출신으로서 시대와 지역의 아픔인 연좌제의 벽에 부딪쳐 검사 임용 과정에서 탈락했습니다. 물론 그 시기에는 크게 절망했습니다. 하지만 그 일을 겪기 전에는 역사와 인간의 관계에 대해 깊게 생각한 적이 별로 없었어요. 낭만적 수준에서 역사를 바라봤죠. 반면 제가 막상 그런 일을 겪고 난 후에는, '역사 앞의 개인, 나의 정체성'에 대해 깊이 생각하게 됐습니다. 검사의 꿈을 이루지 못한 것이 너무 안타까웠지만, 결론적으로 그 덕에 공부를 더 열심히 해서 독일 유학도 가게 된 거고, 인격적으로도 성숙해졌습니다. 지금 돌아보면, 강원도가 안겨준 고난마저도 성장을 위한 좋은 기회가 됐다고 생각합니다."

한편 그는 진지하게 '시대정신과 법'을 고민하다가도, 강원도를 생각하면 '시둥골 소년'으로 돌아간다. 밤하늘의 은하수, 따뜻한 이웃들, 서리하던 추억이 생생하게 떠올라 그의 얼굴에 미소가 번진다. '형법학의 대가'로 불리지만, 그가 권위주의적이지 않고 늘 미소를 지을 수 있는 것은 가슴 속에 '시둥골의 실개천'이 지금도 흐르고 있기 때문이다.

▶ 김일수   1946년 강원도 강릉 출생. 1965년 강릉고등학교, 1969년 고려대학교 법과대학 졸업. 1972년 사법연수원 제2기 수료. 1976년 고려대학교 대학원 법학 석사. 1983년 독일 뮌헨 대학교 법학 박사. 1983년~2011년 8월 고려대 법과대학 교수. 1992년 한국사형폐지운동협의회 공동발기인. 2010년 한국형사정책연구원장 취임.

강원도의 감자바우
강원도지사

최문순

" '글로벌 강원도' 로 성장하고 있는 강원도는
대한민국에 활력을 불어넣는 새로운 '전진 기지' 가 되고 있습니다.
앞으로 강원도가 남북통일의 중심지,
대한민국 문화의 활력소가 되길 응원합니다."

진심.

강원도 사람의 특징을 이만큼 잘 표현하는 단어가 있을까.

청정한 숲을 보며 자라는 강원도 사람들은 산을 닮았다. 나 홀로 성장하기보다는, 더불어 사는 것을 좋아한다. 약삭빠르게 셈을 하는 것을 싫어하고, 올바르게 살기를 원한다.

실레마을의 가르침

최문순 도지사에게 강원도는 진심의 철학을 가르쳐준 곳이다. 2011년 강원도지사 선거에 나설 때, 그의 슬로건도 '민심과 진심이 만난다' 였다.

그는 "진심이란 사람을 존중하고 귀히 여기는 첫 출발점"이라며 "강원도 토박이로 자랐던 덕에, 어린 시절부터 자연스럽게 진심의 중요성을 배웠다"고 말했다.

그는 춘천 정족리에서 태어나 춘천고등학교, 강원대학교를 졸업할 때까지 춘천을 거의 떠난 적이 없는 토박이다. 정족리는 소설가 김유정의 고향 실레마을의 바로 옆 동네로, 이곳에는 강릉 최씨들이 모여 사는 집성촌이 형성돼 있었다.

1956년생인 그는 '전후 세대' 로서, 물질적으로 모든 것이 부족한 상황에서 자랐다. 춘천초등학교 임시 가건물에서 공부를 하고, 가방 하나 연필 한 자루도 부족해서 친구들끼리 학용품을 서로 빌려가며 쓰곤 했다. 그런데도 춘천 사람들의 마음은 황폐하지 않았다.

어른들은 엄했지만 "가난하고 약한 사람을 함부로 대하지 말고, 무조건 하늘처럼 섬겨야 한다"고 아이들을 가르쳤다. 선생님들도

"지위고하를 떠나 자신의 것만 챙기려는 사람은 '천한 사람'이고, 나보다 남을 먼저 섬기는 사람은 '스스로 높아지는 사람'"이라고 가르쳤다. 강원도 어른들의 이런 가르침은 후에 그가 취재기자로 일할 때, MBC 사장으로 재직할 때 그리고 정치인이 된 후에도 큰 영향을 미쳤다. 그가 중앙정치권과 언론계에서 '강원도 출신 비주류'임에도 비교적 빠르게 성장할 수 있었던 것은, 역설적으로 '강원도 사람의 진심'이 통했기 때문이다.

일례로 그는 2005년 MBC 사장 시절, 회사와 (지금은 고인이 된) 배우 최진실 씨 사이의 분쟁을 우정으로 풀어낸 바 있다. 당시 가정폭력 문제로 여배우의 이미지에 큰 상처를 입었던 최진실 씨는, KBS 드라마 〈장밋빛 인생〉에 출연 계약을 맺었다. 이에 전속 계약이 남은 MBC에서는 최씨의 행보에 문제를 제기했고, 일부 고위직들은 최씨에 대한 법적 대응을 선언하며 출연금지가처분 신청을 하겠다고 밝혔다. 만약 최진실 씨가 이 과정에서, 거대 방송국과의 소송에 휘말렸다면 시청자들은 〈장밋빛 인생〉에서 선보인 그녀의 명연기를 영영 볼 수 없었을지도 모른다. 하지만 MBC 최문순 사장은, 최진실 씨의 사정을 듣고 소송을 취하했다. 그는 "법이고 계약이고 간에 사람부터 살리고 봐야 한다"고 직원들을 설득했다. 그리고 "다른 사람도 아닌 최진실 씨인데, MBC에서 이 정도 배려도 못해주면 너무 매정한 것 아니냐"며 소송을 접었다.

인간적 배려에 감동한 최진실 씨는 최문순 사장에게 "반드시 성공해서 MBC에 돌아오겠다"고 약속했다. 다행히 KBS의 〈장밋빛 인생〉을 통해 화려하게 재기한 최씨는, 이후 MBC 드라마 〈나쁜 여자 착한 여자〉에 출연해 그 약속을 지켰다.

최문순 사장은 이 드라마의 첫 방송을 앞두고 임원들과 함께 서울

여의도 MBC 방송센터 촬영 현장을 찾아 '돌아온 최진실'을 응원하기도 했다. 그는 또 최진실 씨 사망 후 일부 정치권이 '최진실법'을 만들겠다고 하자, "법안에서 고인의 이름을 빼라"고 주장했다. 고인의 이름이 오르내릴 때마다, 유족들이 상처받을 것을 우려해서다. 이런 그에 대해 방송인 김미화 씨는 "상식을 아는 사람"이라고 말했다. 그리고 그의 정치적 동지인 장세환 전 의원은 "강원도 감자바우처럼 우직하고 진실한 사람"이라고 평했다.

무장강도 사건과 인권 의식

도지사 선거에서 그의 주요 공약은 '행복한 강원도'와 '남북평화'였다.

아버지는 육군 대위, 장인은 육군 소장, 동생들은 장교 출신. 본인도 육군 병장 출신. 군인 집안에서 자란 그가, 북한에 대한 압박보다는 '남북 간의 대화'를 주장하는 것은 강원도 주민들의 인권이 남북평화와 연관돼 있다는 판단에서다.

최문순은 강원도 접경 지역 주민들의 고통을 누구보다 잘 알고 있다. 지리적으로 북한과 가까운 강원도 춘천의 마을에서 자라면서, 전쟁이 평범한 시민들의 삶을 어떻게 지배하는지 경험했던 것이다. 그는 어린 시절 어머니와 동네 아주머니들이 나물을 캐러 가는 길에 동행하곤 했는데, 그때마다 평범한 아낙들이 흠칫 놀라는 것을 목격했다.

"저쪽에는 개똥이네 집안 식구들이 편 갈라서 싸우던 곳이라 무서워서 못 가겠어."

"풀숲에 지뢰가 남아 있는 것 아닐까?"

"아휴, 우리 애가 이제 사춘기인데 말 한마디 잘못했다가 잡혀 가면 어쩌나."

그는 남과 북으로 갈라져, 강원도 동네 사람들이 피해를 입는 것이 싫었다.

또 그의 어린 시절에 무장강도가 집에 침입해, 군인 출신 아버지가 가족들을 보호하려고 맞서다가 총격전이 벌어진 일도 있었다. 이 과정에서 강도 한 명이 사망해 당시 신문에 대대적으로 보도가 나왔지만, 정확한 원인은 밝혀내지 못한 채 미제사건으로 남았다. 이후 그의 어머니는 "혹시 저쪽에서 군인 가족을 해치려는 생각을 한 것 아니냐"며 무서워했고 "또 전쟁이 나는 것 아니냐"고 수년간 공포에 떨었다.

그가 도지사가 된 후 '남북평화' 정책을 연구하고 '금강산 관광 재개'를 주장하게 된 것도 이런 고민을 통해 나온 것이다. 그는 "이제 남북문제에 대한 시각도 많이 달라졌고, 강원도 주민들도 대립보다는 평화를 원한다"며 "강원도가 대한민국의 중심지, 평화통일의 활력소가 되어야 한다"고 말했다.

강원도 출신 기자, 사내에 단 두 명!

강원도 출신에 군인 집안. 기자와 MBC 사장 출신의 화려한 경력. 이런 인생 역정만 보면 그는 여당에서 정치를 해야 할 것 같다. 그런데 그가 거친 야당의 길을 선택한 계기는 강원대학교 재학 시절의 경험과 연관돼 있다.

그가 입학할 당시 강원대 전교 학생 수는 600여 명이었다. 교내에서 몇 번 마주치다 보면 같은 학교 재학생끼리는 금방 친구가 됐다. 대학생들은 춘천 명동시장을 자주 찾았고, 막걸리를 마시며 밤새 토론을 하곤 했다. 그런데 이 과정에서 일부 학생들이 '불온 세력' 이라고 의심을 받아 경찰서에 끌려갔다. 그는 '힘 센 사람들의 권력 남용' 에 대해 분노했고, 이런 현실을 바꾸기 위해 무엇을 해야 할지 고민했다.

이후 강원도 화천에서 육군 병장으로 복무할 때에도, 그는 또래의 젊은이들이 부상을 입고 피를 흘리는 장면을 목격했다. 그는 이때마다 '전쟁과 권력은 도대체 누구를 위해 존재하는가' 를 묻곤 했다. 이런 과정을 거치며 그의 마음 속에서는 '사회에 대한 비판 의식' 이 자라기 시작했다. 그는 학업을 마친 후 직업으로 기자를 선택했고, MBC 문화방송에 입사했다.

그가 MBC에 입사할 당시, 중앙 언론 방송국에 강원도 출신 기자들은 손에 꼽을 정도로 적었다.

1980년대에 정치부를 비롯한 주요 출입처에는 '주류 기자' 중심의 취재진이 포진하고 있었다. 지역주의 구도에 따라 영호남 출신인지가 취재 과정에 영향을 미쳤다. 단지 고향이 영남이 아니라는 이유로, 이 지역 출신 고위관계자와의 식사 자리에 초대받지 못하고 결과적으로 '흘려주는 뉴스' 를 보도하지 못하는 것이 자연스러울 정도였다. 특종을 놓치는 '낙종' 을 언론계에서는 '물먹는다' 라고 표현하는데, 강원도 출신 최문순 기자도 지역주의 때문에 '물먹는' 일이 다반사였다.

"강원도 출신이 너무 적어 '향우회' 를 만들기에도 민망할 정도였습니다. 영남 출신 기자들, 또는 호남 출신 기자들이 몰려다니면 주

MBC 방송국에 재직할 당시
카메라 출동 현장에서.

변에서 '지역주의' 라고 비판했거든요. 하지만 강원도 출신 두어 명
이 모이면 '감자탕 끓여 먹으러 가느냐' '소주 협찬해줄까' 라며 주
변에서 농담을 할 정도였으니까요."

그는 출신 지역의 특혜에 기대지 않고, 기자의 본분에 집중하자고
결심했다. 사회의 문제를 폭로하는 '카메라 출동' 에 뛰어들었다. 현
장에서 문제점을 폭로하다 보니 두들겨 맞을 상황에도 자주 처했다.
카메라를 가로막는 사람, 기자에게 주먹을 휘두르는 폭력배, 욕설을
하는 아주머니 등 별별 사람들이 다 있었다. 그는 취재를 멈추지 않
았고, 특종 보도를 수차례 하며 1998년 한국방송대상 보도 기자상
등을 받았다.

하지만 그는 고비도 수차례 겪어야 했다. 언론의 역할에 고민하다

1995년 MBC 노조위원장이 됐다. 노조원들이 최문순을 지지하게 된 이면에는 역설적으로 '강원도 비주류의 특징'이 작용했다. 노조원들은 정권에 따라 지역주의 패거리 문화가 등장하고, 언론의 독립성이 흔들리는 것에 문제의식을 느꼈다. 이를 타파하려면 '지역주의 사고'에서 자유로운 강원도 출신 최문순이 노조위원장으로서 적임자라고 판단했다. 그는 노조위원장으로 열심히 활동했지만, 회사에서 해직당했고 감시를 받았다.

다시 복직이 된 후에, 그는 오히려 더 강하게 나섰다. 1998년 전국의 언론노동조합 위원장이 된 것이다. 이 시기에도 역시 '최문순은 영남도 호남도 아닌 강원도 사람이라서, 쉽게 정권에 줄 서지는 않을 것'이라는 기대가 반영되었다.

한편 최근에도 우리나라 주요 대기업과 언론계에서 강원도 출신 노조위원장들이 급증해 눈길을 끌고 있다. 일례로 2012년 울산 모 기업의 노조위원장은 '비주류 강원도'라는 한계에도 불구하고 노조의 책임자로 활동하고 있다. 패거리 문화에 물들지 않은 강원도 출신이란 특징이, 노조위원장 선거에서 그에게 강점으로 작용했다는 후문이다.

48세 사장, 막내 기자와 '소주 미팅'

2005년 2월, 언론계에는 '감자바우 태풍'이 불었다. 강원도 출신, 48세의 최연소 MBC 사장이 탄생한 것이다.

최문순 사장은 취임 초기부터 '현장에서 통하는 진심'을 강조했다. 보도국에서 서열이 가장 낮은 '수습기자'들을 찾아가 경찰서 부근에서 같이 밥을 먹고 소주를 마셨다. 젊은 기자들은 ‘사장님이 우리 대신 밥값만 내주겠지’라고 생각했는데, 사장은 끝까지 안 가고 눈치없이(?) 막내들과 소주를 마셨다고 한다. 기자 초년생들에게는 ‘사장의 현장 방문’이 재미있게 느껴졌다. 일부 기자들은 “사장님, 눈치없이 왜 오래 남아 계십니까? 우리가 사장 흉 좀 보게 집에 가세요”라고 겁 없이 말했다. 이에 그는 굳이 경찰서 부근까지 찾아가 수습 기자들과 만났던 것에 대해 ‘밥을 먹으며 대화하고 싶은 진심’ 때문이었다고 말했다.

“사장이기에 앞서, 나도 기자 출신이니까 수습들이 얼마나 힘든지 잘 알거든요. 경찰서 기자실에서 쪼그려 자야 하고, 제대로 씻지도 못하면서 밤낮으로 취재해야 하잖아요. 그래서 선배로서 격려해주고 싶었어요. 그냥 잠깐 찾아가서 밥값 내주면서 생색내기보다는 같이 대화하고 싶은 마음에 끝까지 남았던 거죠.”

더불어 그는 ‘드라마의 힘’에 주목했다. 사극 〈주몽〉을 제작해 큰 성공을 거뒀고, 〈내 이름은 김삼순〉도 제작해 히트를 쳤다. 특히 명품사극으로 불리는 〈대장금〉은 한류 열풍으로 이어지기까지 했다. 그는 이 시기를, 인생에서 가장 잠을 못 잔 시기라고 부른다. 새벽에 출근해선 시청자 반응을 확인하고, 밤에는 드라마 수출을 위해 바이어들을 만나야 했기 때문이다.

또 그는 드라마 촬영 현장을 자주 찾았다. 갑작스런 방문에 배우들이 긴장하는 것이 싫어, 야식만 사다주고 사라지곤 했다. 그런데 ‘촌놈 출신 최문순 사장’이 제작진들의 압박에 직접 연기자로 나선 적도 있다.

2005년 5월 시트콤 〈안녕 프란체스카〉에 카메오로 출연한 것이다. 당초 그는 어색한 연기로 드라마를 망칠까봐 출연 제의를 거절

2011년 강원도지사 선거 당시 최문순의 홈페이지.

했지만, 프란체스카에서 '이게 웬 황당한 시추에이션?'이란 유행어를 만들어낸 배우 박희진 씨의 팬으로서 용기를 냈다. 그는 패션 디자이너 장광효, 인테리어 디자이너 김원철(원철쌤)이 핑크레이디 '이수나'를 두고 사랑 싸움을 하는 장면에 등장했다. 당시 방송을 본 시청자들은, 다소 어색한 말투로 열심히 연기하는 MBC 사장의 모습에 폭소를 터뜨렸다. "재미있는 사장"이라는 인터넷 댓글도 쏟아졌다.

반면 그는 연기하던 그 순간을 떠올리면 지금도 손발이 오그라든다고 한다.

"세상에 태어나 가장 부끄러웠어요. 방송 기자로 카메라 앞에 자주 서 봤지만, 연기는 안 해봤잖아요. 같은 카메라지만 연기하면서 그 앞에 서니 어찌나 창피하던지……"

그래도 그는 유권자들이 원한다면 가끔은 과감히 망가지는 모습을 선보인다. 2011년 강원도지사 선거 당시 홈페이지 화면에 그는 매우 코믹한 모습으로 등장했다. 양쪽 뺨에 주먹을 대고 환하게 웃는 모습으로, 드라마 〈내 이름은 김삼순〉의 주인공 삼순이 모습을 따라 한 것이다.

한편 최문순의 이력을 언급할 때, 빠지지 않는 프로그램이 〈무한도전〉이다. 이 프로그램은 우리나라 예능 프로그램 분야에서 독특한 위상을 차지하고 있다. '리얼 버라이어티 예능 프로그램'의 장을 열었고, 시청률 고공행진을 이어갔다. 이 프로그램을 만든 김태호 PD도 유명세를 탔다. 최문순 지사는 이 프로그램을 만든 김태호 PD를 극찬하면서, 독특한 소통방식도 함께 공개했다.

"김태호 PD가 원래 똑똑하고 감각이 좋아요. 그런데 그가 일을 잘하게 만드는 비결은 정말 놀고 싶다고 할 때, 놀게 해주는 거예요. 요즘 젊은 사람들, 회사 다니면서 사장에게 놀고 싶다고 할 때는 다 그만한 이유가 있어요. 재충전이 절실하게 필요하다는 의미죠. 무조건 열심히 하라고 위에서 짓누르면 더 못해요. 그래도 회사원인데, 사장에게 놀겠다고 선언하고 나서 허락을 받아 진짜로 실컷 놀고 나면 '아, 놀았던 만큼 더 잘해야 한다'고 스스로 압박감을 느껴서 더 잘해요. 사실 창의력이 필요한 PD들이 논다는 것은 그냥 게으름을 피운다는 것이 아닙니다. 외국 프로그램도 많이 연구하고, 상상력도 기르는 것이죠. 무한도전은, 김태호 PD가 '잘 놀고 나서' 창의력을 발휘해 탄생시킨 작품입니다."

〈무한도전〉은 그가 정치적 시험대에 섰을 때, 대학생들이 붙여준 애칭이기도 하다. 2011년 취재 현장에서 필자와 마주친 강원대학교의 한 학생은, 최문순 후보를 지지하는 이유에 대해 이렇게 말했다.

"최문순의 무모해 보이는 도전, 그 자체를 젊은 사람들은 지지해요. 선거에 출마 안 하면 비례대표로 4년 무사히 마칠 수 있는데, 떨어질 것을 각오하고 도전했으니까요. 떨어지더라도 도전하는 것, 그것이 우리 젊은이들이 닮고 싶은 정신이죠."

한·일 사랑의 김장 나누기 행사.

인형 옷 입고 이외수 선생과 '강매' 프로젝트

도정을 맡은 후, 최문순 지사는 다른 도지사들과 조금 다른 길을 걷고 있다. 바로 현장 소통과 강원도 홍보에 집중하는 것이다. 특히 인맥을 과감히 활용해 강원도 상품 강매 작전(!)도 펼치고 있다. 이 외수 소설가와 의기투합해 시작한 '웃기고도 가슴 찡한 강원도 홍보'가 그 대표적 사례이다.

그는 또 강원도를 알리는 행사에서, 감자 모양의 인형 옷을 입고 등장한다. 일부 공무원이 "지사님 체면도 있는데 굳이 그런 우스꽝스러운 옷을 입어야 하느냐"고 말리지만, 몇 년째 이를 계속하고 있다. 그는 도지사는 일꾼이고, 도민은 하늘이라고 믿는다. 일꾼이 진심을 다해야 하늘과 소통이 된다는 생각이다.

　최문순 지사에 대한 취재를 모두 마친 후, 강원도의 한 공무원에게 최 지사에 대한 평가를 부탁했다. 그는 말없이 웃으면서 강원도 공무원 조직도를 보여줬다. 다른 지방정부의 그것과 달리, 공무원 조직도의 맨 위에 도지사 사진이 보이지 않았다. 최문순 강원도지사 사진은, 조직도의 맨 아래에 있었다. 그리고 공무원 조직도의 가장 위에는 '강원도민'이 있었다. 강원도의 하늘, 그것은 도지사가 아니라, 그의 진심을 받아준 강원도 사람들이었다.

▶ **최문순**　1956년 강원도 춘천 출생. 1974년 춘천고등학교 졸업. 1978년 강원대학교 영어교육과 졸업. 1984년 서울대학교 대학원 영문학 석사. MBC 입사(보도국 기자). 2005년 MBC 대표이사 사장. 2008년 18대 민주당 국회의원. 2011년 보궐선거에서 강원도지사 당선.

평창동계올림픽 조직위원장 김진선

"강원도의 시대가 오고 있습니다.
미래 변화의 필연적인 흐름입니다.
새로운 강원도민으로서 긍지를 가지고 준비합시다."

인구 155만 명에 불과한 강원도가 삼수 끝에 동계올림픽을 유치하는 기적을 일궈냈다. 이 같은 기적 뒤에는 동계올림픽 유치를 위해 지구를 스물두 바퀴나 돈 집념의 사나이 김진선 평창 동계올림픽 조직위원장이 있었다.

2018년 평창 동계올림픽의 성공적인 개최 때까지 건강을 지키기 위해 그는 47년간 피웠던 담배도 끊었다. 그에게 평창 동계올림픽 유치는 끝이 아닌 시작인 것이다.

더반의 눈물

2003년 프라하부터, 2007년 과테말라시티까지…… 두 차례의 동계올림픽 유치 실패 후 강원도민들은 깊은 절망과 좌절감에 빠져 있었다. 그 당시만 해도 "창피해서 고개를 들 수 없다", "재도전했다가 또 망신만 당하는 거 아니냐"는 등의 회의론이 지배적이었다.

그는 오래 끌어서는 안 된다고 생각했다. 왜 강원도가 동계올림픽을 유치해야 하는지를 다시 생각해봤다.

몇 번을 생각해도 동계올림픽 유치는 당위이고 필연이었다. 강원도 발전의 일대 전기를 마련할 수 있는 것은 물론 국가적으로도 파급효과가 엄청나게 컸다. 서너 번이 아니라 열 번이라도 될 때까지 도전해야 한다는 확신이 들었다. 신중하게 결정하라는 강력한 권고도 여기저기에서 받았다. 하지만 재도전을 해야 한다는 신념은 확고했고 과감히 삼수에 도전했다.

2011년 7월 7일 남아프리카공화국 더반에서 열린 국제올림픽위원회(IOC) 총회에서 자크 로게 IOC 위원장은 '평창'을 외쳤다.

그의 눈에서는 눈물이 흘렀다. 두메산골 강원도가 세 차례 도전 끝에 올림픽 개최지가 된 것이다.

첫 번째 도전에서 평창은 캐나다 밴쿠버에 3표차로 졌다. IOC 위원들은 평창이 평양과 같은 곳인지 다른 곳인지도 잘 몰랐다.

두 번째 도전에서는 러시아 소치에 4표차로 고배를 마셨다. 블라디미르 푸틴 러시아 대통령이 적극적으로 유치전에 뛰어들자 당해낼 재간이 없었다.

하지만 결국 강원도의 집념은 성공을 거뒀다. 프라하와 과테말라 시티에서는 절통(切痛)의 눈물을 흘렸다면 더반에서는 기쁨과 환희의 눈물이 흘렀다. 국제 스포츠 대회 유치전은 국가 간 파워게임이다. 단순히 운동경기를 개최해 보고 즐기는 것이 아니라 국가의 사활이 걸린 마케팅이다. 이 같은 치열한 경쟁을 뚫고 하계·동계 올림픽을 모두 개최한 나라는 한 손으로 꼽을 정도다. 그런데 중국과 일본이라는 강대국 사이에 낀 작은 나라가 이를 해냈다.

우리는 이미 선진국 반열에 올라섰다고 생각하지만 아직 정치, 경제, 문화, 사회 모든 부분에서 선진국이라고 말하기는 어렵다. 평창 동계올림픽이 개최되는 2018년 정도면 국민소득 3만 달러를 바라보게 된다. 그는 동계올림픽을 계기로 우리나라가 경제뿐만 아니라 정치, 문화를 포함한 진정한 선진국으로 올라서기를 바라고 있다.

김진선은 경제, 문화, 환경, 첨단, 정보기술(IT)이 어우러진, 지금까지 없었던 동계올림픽을 보여주겠다는 꿈을 갖고 있다. 그 꿈을

▶위 : 평창 동계올림픽 유치위원회 기자회견 모습.
▶가운데 : 남아프리카공화국 더반에서 열린 평창 동계올림픽 유치 기념 축하 만찬에서 건배를 제의하고 있는 김진선 위원장.
▶아래 : 평창 동계올림픽 유치위원회 홍보대사인 김연아 선수와 김진선 위원장.

이루기 위해 하루 한 갑 넘게 피웠던 담배마저 끊었다.

그의 꿈대로 강원도는 동계올림픽 유치로 일대 전기를 마련하게 되었다. 원주-강릉간 전철이 뚫리고, 서울에서 동해안까지 1시간 내에 닿을 수 있게 될 것이다. 기업, 관광객, 투자자들이 이전보다 훨씬 많이 몰려오게 될 것이며, 강원도민들도 올림픽 유치로 자신감을 갖게 되었다. 예전에는 누가 "고향이 어디냐"고 물으면 쭈뼛거렸지만 이제는 어디 가서도 강원도 출신이라고 자랑스럽게 말할 수 있게 되었다.

김진선은 어느 때부터인가 강원도 사람들이 모인 자리에서 연설을 할 때면 출향도민까지 합쳐 "300만 도민"이라고 말한다. 몸은 강원도를 떠났어도 강원도 출신은 영원한 강원도민이라는 뜻이다.

오랜 꿈 동계올림픽

동계올림픽의 꿈은 강원도 행정부지사 시절부터 품어온 것으로, 강원도를 한번 뒤집어 세계화시켜 보자는 생각에서 출발했다.

김진선은 이를 위해 1996년 일본 나가노 동계올림픽 준비 현장을 홀로 찾기도 했다. 동계올림픽 유치라는 야심찬 계획을 구상하기는 했지만 스스로 확신을 세우기 위해서 나가노를 찾은 것이다. 나가노의 사례를 꼼꼼히 연구하면서 "우리도 할 수 있겠구나"라는 자신감이 생겼다.

1998년 도지사 당선 이후 이듬해 열린 '99 동계아시안게임' 폐막식에서 그는 동계올림픽 유치를 공표했다. 생산유발과 고용 등 경제적 효과를 내는 것은 물론 강원도를 동아시아 관광 및 동계스포츠의 허브로 만들겠다는 전략을 세웠다. 유일한 분단도인 강원도에서 올림픽이 개최된다면 세계에 평화에 관한 메시지를 전달할 수도 있다.

2006년 북한의 핵실험으로 한반도 긴장에 대한 우려가 고조되자 그는 북한으로 향했다. 북한 당국자와 만나 "북한은 강원도에서 동계올림픽을 개최하는 것에 대해 지지를 표명하고 적극 협력한다"는 내용의 합의문을 작성했다. 남북 정세 불안에 대한 우려가 고조됐을 때 올림픽을 매개로 북한의 협조를 이끌어냄으로써 "세계 평화에 기여하는 올림픽"이라는 이미지를 심어준 것이다.

그럼에도 불구하고 평창은 2007년 소치에 패했다. 억울함, 서러움, 배신감, 허탈감, 분노가 한꺼번에 밀려왔다. 직원들이 그를 붙잡고 울었지만 김진선은 눈물을 보이지 않았다. '나마저 울어버리면 이 모든 사람들이 다 주저앉겠구나' 라는 생각에 이를 악물고 참았다. 하지만 방에 들어오는 순간 허탈감과 외로움이 한꺼번에 밀려오면서 쏟아지는 눈물을 주체하기 어려웠다. 어린애처럼 소리 내어 엉엉 울었다.

그가 마음 속에 평생 품고 있는 좌우명은 '심지기위의(心之起爲意)'다. 마음이 일어나면 뜻이 된다는 말이다. 강원도를 한국의 변방 지역이 아닌 동북아의 중심으로 만들겠다는 마음을 세운 그는 두 번의 좌절에도 꺾이지 않았다.

최장수 도지사 김진선

김진선은 1998년 민선 2기 도지사에 당선된 이후 내리 3선에 성공했다. 12년간 도백(道伯)으로 일해 최장수 도지사로 불린다.

강원도 동해시에서 나고 자란 그는 낙후된 고향을 발전시키고 싶다는 꿈을 품고 공무원이 되었다. 처음 도지사가 되었을 때 가장 노력을 기울인 부분도 교통망 정비였다. 도내 두 시간대 생활권을 목표로 삼았다.

그는 고교 시절 강원도 4-H대회에 참가하기 위해 난생 처음 도청 소재지인 춘천을 찾았다. 동해시 북평동에서 새벽 5시에 출발했는데 그날 저녁 7시가 되어서야 비로소 춘천에 도착했다. 고갯길을 굽이굽이 넘어 먼지를 뒤집어쓴 버스가 춘천에 도착했을 때 무어라 표현할 수 없는 답답함과 한스러움 같은 것이 느껴졌다.

몸이 멀면 마음도 멀어진다. 강원도의 도로망은 열악했고 지역과 지역 사이를 가로막는 산도 높았다. 같은 도민들 간에도 소통이 잘 되지 않는 것은 당연지사였다. 교통이 좋지 않으면 아무리 좋은 정책을 갖고 도시 발전에 대한 그림을 그려도 소용이 없다. 터널과 다리를 놓자는 생각이 우선이었다. 교통망이 갖춰져 있어야 기업도 오고 관광객도 찾아온다. 결국 서울에서 춘천은 40분대, 동해안까지는 두 시간대에 닿을 수 있게 됐다.

그리고 전국은 물론 세계에 강원도를 널리 알리기 위해 1999년에는 속초 국제관광엑스포를 개최했다.

전 세계 60개국 78개 지방정부를 비롯 국내외 자치단체, 기업체들이 참가해 성공리에 마쳤다.

관광엑스포 개최 이후 어느 날 그는 서울 송파구의 가락시장을 찾았다. 가락시장 안에 있는 국밥집 아주머니가 자신은 강원도 영월 출신이라고 소개했다. 아주머니는 가락시장에서 판매하는 농산물 대부분이 강원도산인데도 15년간 이곳에서 일하면서 한 번도 강원도 사람이라고 말해본 적이 없었다. 하지만 관광엑스포 개최를 계기로 강원도의 위상이 높아지면서 이제는 강원도 사람이라고 당당하게 말할 수 있게 되었다며 고마움을 표시했던 것이다.

김진선은 12년간 도지사 생활 중에 가장 잘했다고 생각하는 일 중 하나로 새로운 도민정신 창조를 꼽았다. 강원도민들은 오랫동안 소외 의식을 갖고 살아와 소극적인 성격이 강했다. 도지사가 된 그는 "도전정신을 갖자, 진취적으로 변하자!"고 외쳤다.

동계올림픽 개최는 강원도민들조차 설마 강원도가 할 수 있을까 의심했지만 결국 진취적인 도전정신을 갖고 이뤄낸 것이다.

도지사 재직 시절 또 하나 보람 있는 일로 꼽는 것이 '동강댐 백지화'다. 1991년 정부는 동강댐 건설 추진 계획을 발표했다. 개발론과 보존론이 첨예하게 맞부딪치며 전국적인 이슈로 떠올랐다. 논란이 정점에 달했을 즈음인 1998년에 김진선은 도지사로 취임했다. 중앙 정부, 시민단체, 영월군민의 관심이 그에게 쏠렸다.

1998년 국회 건설교통위원회 국정감사에서는 국회의원 15명 전원이 영월댐에 대해 '찬성이냐, 반대냐'를 정확히 밝히라고 닥달했다. 그는 원칙을 내세웠다. "환경평가와 안전성에 대한 정확한 자료 검토가 우선이다. 그 절차를 진행 중이고 결과가 나오면 결정하겠다."

실제 그는 여러 차례 현지를 방문해 주민들의 의견을 듣고, 전문가들과 함께 배를 타고 동강 전 구간을 탐사했다.

물 부족 대책을 세우고 홍수를 예방한다는 차원에서는 댐이 필요했다. 하지만 동강의 가치를 생각했을 때 '굳이 동강에 댐을 세워야 하나, 대안은 없나' 하는 생각이 들었다. 결국 동강을 보존하는 것이 옳다는 판단을 내렸다.

그리고 2000년 동강댐 건설을 반대한다는 의견을 발표했다. 당시 동강댐 건설은 정부가 추진하던 정책이었지만 그는 과감하게 소신을 밝혔다. 한 달 뒤 김대중 대통령은 '동강댐 백지화'를 선언했다. 그는 동강댐 백지화에 대해 "공직 생활 중 제일 어려운 과정을 겪었다"고 회상했다.

이처럼 강원도 발전을 위해 밤낮으로 일했건만 2000년 고성 산불, 2002년 태풍 루사, 2003년 태풍 매미, 2005년 양양 산불 등 재난 재해가 끊이지 않았다.

산불이 났을 때는 가슴 속이 시커멓게 타들어가는 느낌을 받았다. 특히 2002년 9월 태풍 루사가 강원도를 덮쳤을 때 심정은 형언할 수가 없었다. 당시 강원도는 쑥대밭이 됐다.

그는 민방위복을 입고 재해가 난 현장 속에 직접 뛰어들었다. 위로차 도민들을 찾아갔건만 오히려 순박한 강원도 사람들의 마음이 그를 울렸다. 도민들은 "도지사가 잘못해서 이렇게 됐다"고 그를 비난하거나 원망하지 않았다. 오히려 "하늘이 하시는 일인데 어찌하겠냐"며 그를 붙잡고 울었다.

피해자들은 말할 수 없는 고통을 받았지만 수해는 강원도에 전화위복의 기회가 되기도 했다. 5조 원이 넘는 자금이 투입되어 강원도 수리 개선 사업이 완벽하다시피 이루어진 것이다.

김진선은 남북 교류의 물꼬를 튼 도지사이기도 하다. 도지사 취임 직후부터 남북강원도 교류에 착수했다. 순수 민간기구로 '남북강원도교류협력위원회'를 만들고, 강원발전연구원 내에 '북강원도연구센터'를 개설했다.

남북 화해의 물꼬가 트이면서 2000년 12월에는 4박 5일 일정으로 북강원도와 평양을 방문했다. 남한 지방자치단체장 가운데 최초로 북한의 공식초청을 받은 것이다. 방북 길에서부터 대우를 받았다. 보통 방북 길은 '서울-중국-평양'이 관례적이었지만 '동해-장전-북

더반에서 돌아왔을 때.
2018년 평창 동계올림픽
의 성공적인 개최를 바라
며 가족들과 축하 케이크
를 잘랐다.

고성-통천-안변-원산-평양' 등 육상 경로를 거쳤다.

이때 만난 고종덕 북강원도 인민위원장은 "강원도는 분단의 아픔을 가장 많이 겪은 곳이기 때문에 앞으로 어느 곳보다도 교류협력이 잘 이뤄져야 한다"고 그에게 당부했다. 그는 도지사 재직 때 남북강원도를 붙여서 만든 강원도 전도를 집무실에 걸어놓기도 했다.

남북 화합뿐만 아니라 남한 내 동서 간 화합에도 힘을 쏟았다. 지난 2006년 그는 전국시도지사협의회장을 맡았다. 전국 16개 시도 가운데 가장 힘없고 약한 강원도의 도지사가 영호남의 중재 역할을 맡은 것이다. 그가 영호남의 뿌리 깊은 지역 갈등 속에서 중심을 잡을 수 있었던 비결은 원칙과 합리 그리고 경륜 덕분이었다.

사람과의 관계에서는 신뢰와 진정성이 있어야 상대방의 마음을 얻을 수 있다. 머리를 굴려서 정치를 하거나 술수를 쓰지 않고, 원칙과 소신으로 대응해 신뢰를 얻었다.

백결 선생

그는 1974년 행정고시에 합격해 지금까지 공직생활을 이어 왔다. 외모만 보면 고생이라고는 모르고 자랐을 것 같지만 고등학교 때 그의 별명은 백결 선생이었다. 하도 기워 입어서 누더기가 된 교복 때문이었다.

김진선은 1946년 동해시에서 태어났다.

전쟁이 끝나고 복구에 열을 올리던 시기, 카바이트 제조공장에 다니던 아버지는 열심히 일하셨지만 어린 자식들 입에 풀칠하기에 바빴다.

어머니는 자주 병석에 누워 계셨다. 어머니 대신 아버지가 지어주신 밥을 먹고 아버지가 빨아주신 옷을 입으며 어린 시절을 보냈다.

중학교를 졸업할 무렵 아버지가 다니던 회사가 문을 닫아 생계는 더욱 어려워져 고등학교 진학은 꿈꾸기도 어려웠다. 계속 공부를 할 수 있는 유일한 방법은 장학금을 받는 것이었다.

김진선은 장학금을 목표로 강릉상고에 지원했다. 입학 성적 3위 안에 들어야 장학금을 받는데 아깝게 7위에 그쳤다. 그 정도 성적이면 경기고등학교에 합격할 수준이었지만 장학금을 못 받게 됐으니 진학을 포기할 수밖에 없었다.

공부를 접고 취직을 하려고 마음을 먹었다. 이때 영어 선생님이었던 이정순 선생님께서 봉급을 털어 등록금을 마련해주셨다. 이 선생님은 "성적이 우수한 학생이 학비가 없어서 공부를 포기해서는 안 된다"며 한 달치 봉급에 가까운 돈을 건네주셨다. 그때 받은 등록금 '2,851원'을 그는 평생 잊지 않고 있다.

결국 강릉상고에는 진학하지 못하고 북평고등학교에 입학했다. 어렵사리 고등학교에 들어가서도 집안 형편은 나아지지 않았다. 집안일은 모두 스스로 해결해야 했는데, 이것은 대학 다닐 때도, 공직 생활에 접어들어서도 마찬가지였다.

서른셋 늦은 나이에 결혼을 하고 나서야 그는 겨우 살림에서 벗어났다. 단칸방에서 시작한 신혼생활이었지만 아내가 차려준 따뜻한 밥상에 그는 그 어느 때보다, 그 누구보다 행복했다.

원래 그의 꿈은 육군사관학교에 가는 것이었다. 하지만 고등학교 때 6·3 한일회담에 반대하는 데모에 참여해 무기정학을 받았던 것 때문에 그 꿈이 꺾였다. 육군으로 입대한 그는 월남 파병을 자원했다. 군생활을 할 바에는 제대로 해야겠다는 생각에서였다.

그가 월남에서 복무하는 동안 평소 과묵했던 아버지는 절절한 마음을 담아 편지를 보내셨다. 편지를 읽는 순간 눈시울이 뜨거워졌다. 군생활 때 그는 아버지가 그리워 백사장에 '아버지'라는 글자를 새기기도 했다.

그리고 무사히 귀국한 뒤 제대할 때까지 다시 최전방 6사단에서 복무했다. 남북을 가르는 철책선을 처음 바라보고 당시 일기에 "심장이 멎는 것 같다"고 적기도 했다. 분단된 조국의 아픔을 눈으로 직접 보면서 남북 통일에 대한 염원을 간직하게 되었다.

그는 고시에 합격한 뒤 수습 때부터 고향을 위해 일하고 싶다는 뜻을 피력했다. 당시 고시 출신들은 대부분 서울에서 근무하고 싶어 했지만 그는 강원도청으로 향했다. 동기들은 의아해했다.

그는 초임 시절부터 현장에서 노정계장, 지역계획계장 등을 거치며 호된 트레이닝을 받았다. 특히 지역계획계장 시절 설악산 일대를 종합관광지로 개발하는 '설악동 종합개발사업' 에 참여하면서 지역개발 현장을 가까이서 경험할 수 있었다.

1970년대 말 당시 박정희 대통령은 문화유산 복원 등에 관심을 기울였다. 국민들의 생활 수준이 높아지면서 관광 시대가 올 것으로 예상하고 관광단지 개발에 나선 것이다. 이때 설악산과 함께 경주 보문단지, 제주 중문단지 등이 개발됐다. 남들은 인사, 기획 업무를 할 때 지역개발 현장에서 직접 뛰어다닌 경험이 후에 큰 도움이 되었다.

설악동 개발사업을 진행하면서 박 대통령 눈에 띄어 청와대 직속의 특정지역개발기획단에 발탁됐다. 승진도 선배들보다 빨리 했다.

늦장가를 든 그는 우스갯소리로 "그때 일하느라 선 볼 시간도 없어서 혼기를 놓쳤다"고 말한다. 열정적으로 젊음을 일로 불태웠던 시기였다.

사진 모델은 소

그는 한평생 행정에 몰두했지만 체육, 예술에도 관심을 가졌다.

초·중학교 때는 축구·배구선수를 했고 고등학교 때는 정구선수로 활약한 만능 스포츠맨이다. 또 전국 유명한 산을 다 섭렵한 등산 마니아이기도 하다. 1970년대 중반에 한국산악회 회원으로 가입해 산악 훈련을 했고, 전문적인 암벽등반도 배웠다.

도지사가 된 직후 강원도 홍보 CF를 찍으며 산악인 엄홍길 씨와 설악산 암벽등반을 하기도 했다. 강원도가 레저 스포츠의 천국임을 알리기 위해 장면을 연출한 것이 아니라 직접 암벽을 오른 것은 물론 스키, 윈드서핑 등도 해냈다.

취미는 사진이다. 2008년에는 사진집 『소(牛)』를 내기도 했다. 소의 눈망울 등 소를 모델로 사진을 많이 찍었다. 어느 날 개울가에서 송아지 한 마리를 보았는데, 둥그렇게 앉아 먼 곳을 바라보는 눈빛이 그렇게 섬세하고 깊을 수가 없었다. 그는 미니홈피에 이렇게 적기도 했다. "소의 표정을 통해서도 세상을 볼 수 있다는 생각이 들었다. 소를 촬영하다가 진흙탕 속에 빠지기도 하고, 계속 움직이는 소를 포착하려고 애를 쓰다가 소 떼 속에 갇히기도 했지만 소 냄새를 맡으며 촬영하는 것이 즐거웠다."

소는 비가 와도 느릿느릿 걷고, 배가 고파도 느릿느릿 여물을 먹는다. 기쁜 일이 있어도 한참 있다가 웃는다. 성급하게 일희일비(一喜一悲)하지 않는 것이다. 소의 우직함, 은근, 끈기는 강원도의 정서와 닮았다.

김진선은 강릉시장으로 재직하던 시절 윤주영 전 문화공보부 장관을 보며 사진에 관심을 갖게 되었다. 어느 해 윤 전 장관이 강릉 단오제를 찍으려고 카메라를 들고 나타났다. 정부 고위 간부 출신이 은퇴한 뒤 권력 주변을 맴돌지 않고 사진을 찍는 모습이 멋지게 보였다. 자신도 은퇴하면 사진을 찍어야겠다고 결심했다.

1993년 내무부 연수 때 본격적으로 사진을 배운 김진선은 몇 차례 전시회도 개최했다. 지금도 사진작가협회 명예회원으로 활동하고 있다. 때로는 농촌에 사는 평범한 사람들의 삶도 찍고 싶지만, 전직 도지사가 그들에게 카메라를 들이대기는 어려운 노릇이다.

그가 즐겨 보는 TV 프로그램은 〈가요무대〉다. 한국인의 인생살이가 배어나오기 때문이다. 가장 좋아하는 노래 중 하나는 〈울고 넘는 박달재〉. 비록 박달재는 남의 동네인 충북 제천시에 있는 고개이지만 "고개마다 굽이마다~ 울었소 소리쳤소 이 가슴이 터지도록" 하는 가사를 듣고 있노라면 강원도의 한(恨)이 느껴지는 것 같다.

하지만 이제 한 많던 강원도는 평창 동계올림픽 유치를 계기로 한국에서 서울 다음으로 전 세계에 알려진 지역이 되었다.

2010년 동계올림픽 유치전을 벌일 당시 외신들은 강원도 평창을 가리켜 "어디서 슬그머니 나타나 세계를 놀라게 했다"고 말했다.

김진선 위원장은 이제 다시 2018년에 세계인들을 깜짝 놀래킬 계획들을 하나하나 준비해 가고 있다.

▶김진선　1946년 강원도 동해 출생. 북평고등학교, 동국대학교 행정학과 졸업. 32~34대 강원도지사. 2011년 청와대 지방행정특별보좌관. 2011년 평창 동계올림픽 조직위원장. 2012년 새누리당 최고위원.

강원도가 낳은 생태학자
이화여대 교수

최재천

"세계의 허파가 아마존이라면 대한민국의 허파는 바로 강원도입니다. 아마존이 신음하기 시작하더니 드디어 세계가 중병을 앓게 되었습니다. 강원도는 이 나라의 건강을 책임져야 할 의무를 지니고 있습니다. 그런 강원도가 여전히 개발이라는 담배를 끊지 못하고 있네요. 강원도가 스스로를 지키면 대한민국이 살아납니다. 내 고향 강릉과 강원도가 이 나라의 미래를 위해 보다 현명해지길 기대합니다."

강릉이 낳은 또 하나의 자랑거리가 있다. 생물학·동물생태학계의 대부 이화여대 에코과학부 최재천 석좌교수다. 서울대 동물학과를 졸업하고 미국 하버드 대학교 대학원에서 생물학 석·박사를 마친 세계적인 석학이다.

요즘 청소년들에게는 최재천 교수의 이름이 낯익다. 그가 쓴 「개미와 말한다」를 통해 중학교 국어시간에 개미의 의사소통법을 배우고 고등학교에서는 「황소개구리와 우리말」에서 유추와 비유의 개념을 배웠기 때문이다. 대학교수이자 저술가이며 자연과학과 인문학을 넘나드는 통섭의 지식인 최재천 교수는 진정한 강원도의 힘이다.

집 앞 개울, 뒷산이 내 놀이터

한국인으로는 처음 하버드 생물학 박사 학위를 받은 사람. 강원도의 어떤 힘이 세계적 생물학자 최재천을 잉태할 수 있었던 것일까?

사실 그는 강릉에서 태어났을 뿐 초등학교, 중학교, 고등학교, 대학교를 전부 서울에서 다닌 서울각쟁이다. 군인이었던 아버지를 따라 서울로 전학을 가면서 그의 학창생활은 서울에서 시작되었지만 마음은 항상 강릉을 향해 있었다. 지독한 강릉앓이 때문에 방학 때마다 일 년에 넉 달을 꼬박 강릉 학동 할머니 댁에서 보냈다. 집 앞 개울, 뒷산 수풀이 너무나 그리웠기 때문이다. 풍뎅이 뒷다리에 실 매달아 놀고, 손에 쥔 개구리가 폴짝 도망가면 뒤따라가며 놀았던 시골 생활이 그에겐 정말로 행복했다. 돌이켜 생각해보면 이때, 강릉 학동의 풀 한 포기, 개구리 한 마리가 그의 생물학자로서의 본능을 일깨운 듯싶다고 말한다.

그는 아들만 넷인 집안의 장남이다. 큰형으로서 동생을 챙겨야 하는 책임감도 컸고 똑똑한 아들에 대한 부모님의 기대도 컸다. 학기 중에는 수업이 끝나고 동생들을 우르르 챙겨서 집에 돌아오고 꼼꼼하게 숙제도 돌보아주는 든든한 큰형의 역할을 다했다. 그러나 학기 중을 제외한 일 년에 넉 달은 철저히 반항아 자연인 최재천으로 돌아갔다. 그런 큰형의 이중생활에 동생들이 적잖이 서운해했다고 한다. 무엇이 그렇게 서울 도령을 강릉으로 불러낸 것일까.

그는 강릉에서 조금 내려온 동해 묵호에서 자그마한 굴을 빠져나가면 그림처럼 펼쳐지는 망상 해변을 그만의 아지트로 꼽는다. 어두운 굴을 통과하자마자 환한 빛이 짠하고 비추면서 아득하게 푸른 바다가 펼쳐지는 장관을 보고 있노라면 일종의 해탈감을 느꼈다.

당시 소년 최재천이 이해하기에는 복잡한 감정이었지만 어린 마음에도 강원도 자연이 주는 웅장함과 신비로움에 절로 입이 벌어졌다고 한다. 특히 당시 강릉은 대관령 아흔아홉 굽이 길로 꽉 막혀 산속에 묻혀 있는 곳이었다. 그렇게 뒤로는 산맥, 앞으로는 바다로 포근하게 파묻힌 강릉에서 해탈감을 느꼈다니. 모순적이지만 짜릿한 기억이라고 한다. 그것이 바로 강원도 강릉만이 가진 매력이라고 최재천 교수는 말한다.

최재천의 고향, 강원도 강릉시 학동은 지천에 신기한 것, 재미있는 것 투성이였다. 그러니 학기 중 서울에 올라와 있을 때도 방학을 손꼽아 기다리며 지난 여름 내가 잡은 메뚜기는 올 겨울 어떻게 됐을까, 도라지꽃은 피고 져서 뿌리를 깊이 내렸을까, 궁금했다. 할머니와 강릉 친척들께는 서운한 말이지만 최재천은 사실 할머니의 푸근함보다 학동의 자연이 더 그리워 방학 때마다 강릉을 찾은 것이라고 솔직하게 고백했다.

"시골 애들이 다 그렇지 뭐. 자랄 때는 산이고 들이고 뛰어다니고, 왕년에 개구리 뒷다리 안 구워 먹어본 애들이 어디 있어?" 하시는 어른들도 있을 것이다. 그러나 그에게 강릉은 특별하다. 강릉은 지금의 생태학·동물행동학자 최재천을 탄생시킨 어머니다.

아름답게 방황하라

그렇게 자연과 함께 키워온 꿈이 문학청년이었다. 중학교 1학년 때, 백일장에 나가 장원을 한 것이 계기였다. 그의 감수성을 깨우는 데도 강릉이 큰 역할을 했다. 하얀 A4 종이를 까만 철에 끼워서 묶어 주셨던 큰삼촌 덕분이다. 흰 종이가 귀하던 시절이어서 노란 갱지 연습장도 감지덕지였다. 그런데 시골 삼촌께서 똑똑한 조카 뒷바라지를 위해 아낌없이 흰 종이를 내어주신 것이다. 그는 아까워서 직접 펜을 대지 못하고 가슴에 품고 다니면서 눈으로 밑그림 그리고 마음으로 글을 써내려갔다. 오히려 종이에 바로 적지 못하고 그렇게 마음으로 써내려가며 간직했던 것이 더 큰 자산이 됐다고 회고한다.

그는 그렇게 방학이면 강릉에서 풀과 곤충을 벗삼고, 학기 중엔 책을 파고들면서 문학도의 꿈을 키워갔다. 이후 고등학교를 진학할 때에도 적성을 살려 그는 문과를 지망했다. 당시 서울 3대 고등학교에서는 서울대 많이 진학시키기가 하나의 운동처럼 번져 있었다. 전공과 상관없이 서울대에 몇 명을 보냈는가 하는 것이 그 고등학교의 자존심이던 때였다.

법대, 인문대 정도밖에 지원할 수 없었던 문과에 비해 의대, 농대, 자연과학대까지 선택의 폭이 넓었던 이과가 선생님들에게는 구미

이화여대 종합과학관 B동, 최재천 교수 연구실.

가 더 당겼다. 실제로 그가 다닌 경복고에서는 전체 12학급 가운데 문과가 3학급인데 반해 이과가 9학급으로 압도적이었다. 그도 선생님들의 기대를 등에 업고 떠밀리다시피 이과를 졸업했다.

이후 대학진학 과정에서 또 한 번의 반전이 펼쳐진다. 그는 고3 때 대입에 실패했다. 서울대 의예과에 지원했다 떨어져 재수를 했다. 다음해에 의예과에 재도전했지만 의예과의 문은 끝내 열리지 않았다. 그런데 2지망으로 고등학교 선생님이 아무렇게나 빈칸을 채워 놓았던 동물학과에 합격한 것이다. 결국 그는 한 번도 생각해 본 적 없었던 서울대 동물학과에 진학했다.

원하던 학과가 아니었기에 물론 공부는 뒷전이었다. 최소한의 전공필수 수업만 들으며 인문대 수업을 들었다. 독서 동아리 활동에 열중했고, '영상'이라는 사진 동아리도 만들어 초대 회장을 지냈다. 공부보다 학창생활의 활기에 더 집중했던 것이다. 학우들 사이에 인기도 좋아서 3학년 때는 과대표도 맡았다. 서울대 동물학과에 입학한 뒤 4학년 때 24학점을 듣는 발군의 뒷심 끝에 턱걸이 학점을 받고 졸업할 수 있었다. "저는 잡기에 능합니다. 노는 것도 좋아했습니다." 그는 이 한마디로 대학 4년을 정리했다.

운명적인 만남

최재천은 대학 4학년이 되어서야 자신이 하고 싶은 일을 찾았다. 과학철학서인 생물학자 자크 모노의 『우연과 필연』을 읽고 나서 생물학에 인생을 바치기로 결심한 것이다.

"대학을 졸업할 때가 되어서야 꿈을 찾았기 때문에 다른 사람과 비교하면 엄청나게 뒤처져 있었어요. 하지만 꿈을 찾은 뒤 전혀 다른 사람이 되었지요."

때마침 당시 서울대에서 그의 연구를 지도하던 조완규 박사가 소중한 인연을 한 분 소개했다. 생태학 연구를 위해 전 세계를 탐험하는 미국 유타대 교수에게 그를 조수로 추천한 것이다.

유타대 교수와 함께 한 일주일간의 하루살이 연구가 그의 인생을 180도 바꾸게 된다. 그가 한 일은 '지도를 펼쳐놓고 그냥 좋은 강물, 개천을 안내하는 것' 뿐이었다. 미국 교수는 차를 몰고 가다가 개울만 보이면 차에서 내려 뛰어들었다. 조수인 최재천이 신발과 양말을 벗는 동안 미국 교수는 신발을 신은 채 첨벙첨벙 개울로 뛰어들었다. 할 수 없이 그도 신발을 신고 개울에 빠질 수밖에 없었다.

　미국 교수가 떠나기 전날 최재천은 "도대체 왜 한국까지 와서 생고생을 하느냐"고 물었다. 그 교수는 너무나 어이없다는 표정을 지으며 "하루살이를 채집하러 전 세계를 돌아다닌다. 한국이 102번째 나라"라고 했다. 그러면서 자신은 야경이 내려다보이는 언덕 위의 좋은 집에서 살고, 겨울에는 스키를 타고 학교에 가기도 하고, 플로리다 바닷가엔 별장이 있다는 것이었다.

　몸 사리지 않고 열정적으로 곤충을 채집하던 미국 학자의 모습이 꽤 인상적이었다고 한다. 자신의 일에 행복을 느끼고, 삶 또한 여유와 낭만이 가득했던 것이다.

　"저는 그 유타대 교수를 하늘이 보내준 천사라고 생각해요. 하지만 제가 그냥 넋 놓고 있는데 천사가 억지로 제 마음을 흔든 건 아닙니다. 길을 찾느라 나름대로 많은 고민을 하고 있을 때 그분이 나타났기 때문에 한눈에 알아본 것이지요. 천사는 늘 우리 삶에 날아다니고 있을 겁니다. 다만 찾는 사람의 눈에만 보이는 것이지요."

　그날 최 교수는 물었다.

　"선생님처럼 세계를 돌아다니며 원하는 연구를 맘껏 하고 싶은데 어떻게 하면 될까요?"

　그 교수는 미국 대학으로 유학하는 방법을 일일이 적어주며 9개 대학을 꼽아주었다. 그 중 하버드 대학교를 1순위로 꼽으며 "하버드 대학교 윌슨 교수 밑에 가면 참 좋은데……" 하더니 그를 곁눈으로 보면서 "꼭 가야 하는 것은 아니다"라고 얼버무렸다.

　"미국에서 온 선배 교수에게서 어린 시절 제 모습을 보았죠."

　그에게서 산과 들을 뛰어다니며 메뚜기 잡고 놀던 어린 자신의 모습을 발견한 것이다. 그때는 미래에 대한 큰 고민 없이 하고 싶은 일에 푹 빠져 행복한 시기를 보냈다. 그런데 시간이 지나 현실의 벽에 맞닥뜨리면서 하고 싶은 일보다 사람들이 원하는 일을 해야 하는 경우가 많았고, 고려해야 할 것들이 점점 늘어나 어느새 자신이 어떤 꿈을 갖고 있었던 사람인가를 잊고 있었다.

그때 최재천은 문득 고교시절이 생각났다. 솔제니친의 수필 「모닥불과 개미」 속에 그려진 개미들의 행동에 대한 궁금증으로 가득했었지. 이제는 내 손으로 그 의문에 대한 해답을 찾으리라.

그는 바로 서울대 대학원에 진학했다. 어린 시절 강릉 학동에서 샛강을 따라 뛰어다니며 땅콩밭을 서리하던 풋풋한 경험이 이제는 책 속의 이론으로 재정립되었다. 왜 지역별로 땅콩밭의 수확량이 다른지, 기후와 작황에는 어떤 함수관계가 있는지 본격적으로 연구하기 시작했다. 그리고 군대를 다녀와서 대학원에 복학한 이후에는 미국행을 결심했다. 서울대 출신으로 교수님의 총애를 한몸에 받으면서 비교적 젊은 나이에 전임교수까지 노릴 수 있는 위치였지만 그는 다시 모험을 선택했다.

최재천은 공부와 관련된 가장 극적인 순간을 하버드 대학교 입학으로 꼽았다. 하버드 대학교 박사과정에 합격, 결국 윌슨 교수를 스승으로 모시게 된 것이다.

"언감생심 꿈도 꾸지 못할 곳이었는데 정말 운 좋게 된 겁니다. 펜실베이니아 주립대의 미국 친구들도 '어떻게 감히 그런 곳에 도전을 하느냐'고 저를 참 겁 없는 놈이라고 했어요. 저는 그렇게 얘기하는 친구에게 '내가 미국에 처음 왔을 때 네가 해준 말이 있다. 미국에서는 You never know until you try!(도전해보기 전에는 모른다)고. 그래서 도전해 본 것이다'라고 말했는데 막상 붙고 나니 그 친구가 저를 진심으로 축하해 주더군요."

그의 하버드 대학교 박사과정 연구는 행복한 인생의 시작이었다.

박사 공부를 할 때는 연구를 위해 파나마에서 하루에 5천 원짜리 방에서 잠을 잤다. 불도 들어오지 않고 평상 하나만 덜렁 있는 방이었다. 밤에 잠자리에 누우면 벌레들이 몸 위를 기어다녔다. 하지만 전혀 고생스럽게 느껴지지 않았다. 다만 언어의 벽을 느꼈을 뿐.

"길을 걸을 때도 중얼중얼 영어로 말하는 연습을 했어요. 주위에서 정신 나간 사람이라고 오해할 정도였죠. 영어를 빨리 배우고 싶어서 미국 남부 출신 친구의 말을 성대모사하듯 따라 하기도 했죠. 그래서 저는 미국 남부 지역 사투리를 잘해요."

그만의 영어 익히기 노하우였다. 그렇게 일 년 반 만에 영어를 정복하고 석사도 무사히 마칠 수 있었다. '사람은 왜 잠을 자야 할까'라는 생각이 들 정도로 공부를 했다. 얼떨결에 동물학과에 진학해 4년 내내 학업보다 어울려 놀기를 좋아했던 지금까지의 그와는 사뭇 대조적이다. 뒤늦게 진로를 찾고 열정을 불태운 것이다.

그가 학업에 집중할 수 있었던 데에는 미국 유학길의 슬픈 배경도 한몫했다. 군인이었던 아버지가 유학비 마련을 위해 퇴직을 앞당기신 것이다. 신문지에 돌돌 싼 돈뭉치를 들고 미국행 비행기에 오르면서 그는 '반드시 성공해서 보답하리라'는 굳은 마음을 먹었다. 처음에 부모님은 미국 유학도 극구 반대하셨다고 한다.

아버지는 "내 직업이 군인인데, 네 눈에는 우리 집에 돈이 쌓여 있는 것처럼 보이느냐. 설사 그렇다 할지라도 너에게 줄 유학비는 없다!" 하고 단호하게 말했다. 공부보다 친구들과 어울려 노는 데 더 재능을 보인 큰아들이기에 당신 생각에는 외국 유학이 우려스러웠을 것이다. 하지만 공부하겠다고 설득하는 자녀의 앞길을 막을 부모가 우리나라에 몇이나 있을까. 결국 그렇게 아버지 퇴직금을 안고 미국 유학을 시작한 것이다. 이후로 그는 1초도 남을 위해 살지 않았다. 지독한 이기주의자로 살았다. 온종일을 자신을 위해, 자신이 하고 싶은 연구를 위해서 살았다.

우연의 연속, 필연으로!

최재천은 1990년 박사 학위를 받은 뒤 바로 하버드 대학교 전임강사로 임용됐다. 생물학과와 인류학과에서 2년간 '생태학' '사회성 곤충학' '인간행동학' 등의 강의를 맡았다. 1992년 한 학기 동안 하버드에서 멀지 않은 터프스 대학교 생물학과 초빙 조교수로서 '동물행동학'을 강의한 뒤 그 해 여름 미시건 대학교 생물학과 조교수로 부임했다.

뒤늦게 깨닫고, 뒤늦게 불사른 열정이지만 성과가 꽤 괜찮은 편이었다. 그는 미국생활에서 가장 인상 깊었던 시절을 미시건 대학교 조교수 재직 시절로 꼽았다.

"당시 생물학과 교수 겸 미시건 명예교우회의 '젊은 학자(Junior Fellow)'로 지냈지요. 매주 수요일 젊은 학자들이 모여 발제를 하고 토론을 하는데 허구한 날 늦은 밤까지 헤어지기 아쉬워했습니다. 학문을 하면서 그런 멋진 경험을 해보는 이가 몇이나 있겠어요?"

그렇게 15년의 유학생활을 마치고 1994년에 한국으로 돌아와 서울대 생물학과 교수로 부임했다. 그 사이 그는 말술에 골목대장 최재천이 아닌 샌님 유학 교수 최재천이 되어 있었다. 술 마실 시간조차 아까워 연구에 매진했고, 누구와 어울려 시시콜콜한 수다를 떠는 것보다 동물행동학, 생태학을 연구하는 것이 더 값지게 느껴졌던 시간이었다.

오랜 유학생활에 지쳐 있을 무렵이었고 너무나도 그리웠던 한국이지만 그는 귀국이 그리 반갑지만은 않았다. 그가 주력해왔던 열대지방 연구를 계속할 수 없었기 때문이다. 현재 우리나라 학계에서는 해외 생태학 연구에 대해서는 연구비를 지원하지 않고, 국내 연구로 제한하고 있다. 그가 관심 있는 개미와 곤충을 연구하기 위해선 수백만 종이 어우러져 생태계의 보고를 이루고 있는 열대지방을 탐험해야 하는데 당장 연구를 접어야 하니 그 부분에 대한 아쉬움과 답답함이 컸다. 하지만 그 걱정도 서울대 생물학과 교수 부임 첫날, 캠퍼스를 거니는 순간 말끔하게 해결됐다. 첫 출근길을 반기는 까치의 울음소리 덕분이었다.

"그래, 까치! 열대 연구가 아니면 어떠랴. 까치를 연구해야겠다!"

불가능한 조건도 특유의 낙천성으로 가능하게 만들고, 우연한 경험도 허투루 보지 않는 그의 세심함 때문이었을 것이다.

그가 서울대 생물학과 교수로 재직하다 13년 만에 이화여대 에코과학부 석좌교수로 자리를 옮긴 연유도 재미있다. 당시 용산의 집을 정리하고 아내의 학교와 가까운 연희동으로 이사를 했다. 그 무렵 연세대에서 특강 제의가 들어왔다.

"연희동에 사시면 연대와는 지척의 거리이니 슬리퍼 끌고 저녁에 나와 한 말씀 해주고 가십시오." 어렵지 않은 제안이기에 기꺼이 응했다. 연세대에서 한 학기 만에 학생들 사이에서 인기 교수로 부상하게 됐고 그의 명성을 들은 근처 이화여대가 그의 가치를 알아봐준 것이다. 이화여대의 열렬한 구애로 2006년, 우연한 기회로 이화여대 에코과학부 석좌교수가 되었다.

"남들이 들으면 뭐 저런 인생이 다 있나. 참 재미있게 흘러갔다 하겠지요. 하지만 사실 그동안 알게 모르게 속앓이도 많았습니다."

2011년 조선일보가 주최한 '리더스 콘서트'에서 강연하고 있는 최재천 교수.

그에게 주어진 일련의 과정들을 피하지 않고 당당히 받아들이며 하나하나 헤쳐나가는 인생의 묘미를 깨달은 것이다.

사회 참여형 학자로 남겠습니다

안철수 전 서울대 융합과학기술대학원장에겐 연 평균 3천여 건의 강의 제의가 오는데, 그 중 80여 건의 강의 자리에만 선다고 한다.

최재천 교수도 최근 물밀듯한 강의 제의에 몸살을 앓고 있다. 어느 날 메일을 세어봤더니 최근 일 년 동안 2,800여 건의 강의 요청이 있었다. 이만하면 연예인급이다.

저서와 미디어 활동도 활발하다. 최근까지 각종 신문 매체에 고정 칼럼을 써오고 있고 지은이에 최재천 이름 석 자를 올린 책만도 60여 권이다. 책의 종류도 인문학에서부터 철학까지 장르를 넘나든다.

이처럼 활발하게 활동하는 이유를 묻자 그는 사회 참여형 학자의 길을 닦고 싶어서라고 말했다. 미국 학계에서는 학자들이 활발히 제 목소리를 내고 강연, 출판, 방송활동을 하는 것이 자연스러웠다. 그러나 그가 15년 만에 귀국해 강단에 섰을 때 국내 사정은 달랐다. 학자의 본분은 학교에서 조용히 후학을 양성하는 것이었고 방송에 얼굴을 내미는 교수는 인기에 편승한 돌팔이 교수쯤으로 여겨졌다. 그 따가운 시선에 그도 한동안은 마음고생이 심했다고 한다. 하지만 그는 분명하게 말한다.

"학자가 외골수여서는 안 됩니다. 끊임없이 곁눈질하고 모험을 하는 용기가 필요합니다."

그처럼 과학과 문학의 조화를 적절하게 갖춘 교수가 우리나라에 몇이나 될까. 그리고 그처럼 개미의 사회구조를 일반인들에게 유쾌하게 글로 풀어낼 교수가 몇이나 될까.

답은 독서에 있었다. 그는 우리나라 젊은이들이 공부할 시간을 줄이더라도 책을 읽고, 사람을 만나고, 체험활동을 하면서 자신이 진정으로 좋아하는 것이 무엇인지 찾는 과정이 중요하다고 조언한다. 마치 그가 20대 초반에 그랬던 것처럼.

그리고 '융합 인재가 되라'고 조언했다. 인문학과 자연과학을 넘나들며 새로운 가치를 만들어내는 스티브 잡스나 제임스 캐머런 감독 같은 사람이 세상을 움직인다는 것이다.

그는 학생들에게 중간·기말 시험을 따로 보지 않는다. 대학시험에 두 번이나 낙방한 경험 때문이다.

"제가 가르치는 과목에서는 시험을 보지 않아요. 한 학기 내내 배운 것을 단 한두 시간에 쏟아내는 방식은 결코 바람직하다고 생각하지 않아요. 대신 학생들로 하여금 과제를 함께 하게 하고, 책을 많이 읽게 하고, 토론을 많이 하게 하며 종합적으로 평가합니다."

여기서도 책 읽기의 중요성을 강조한다. 그는 책을 읽지 않으면서 공부 잘하는 사람을 보지 못했다고 한다. 그가 얽히고설킨 관계망 속에서 복합적인 문제를 해결하기 위한 방법으로 통섭능력을 강조하는 이유도 여기에 있다. 선택과 집중에 대한 경고도 잊지 않았다. 쏠림현상만큼 위험한 도박은 없다는 것이다.

결국 그가 말하는 미래의 인재상은 과학과 문학을 두루 겸비한 융합 인재였다.

강원도를 코스타리카로!

선택과 집중에 대한 경고는 자연에 대한 경고로도 이어진다. 최재천 교수가 생태학자로서 국내에서 희망을 갖고 있는 곳이 강원도다. 그의 고향이어서 더 눈이 가는 이유도 있겠지만, 마지막 남은 미개발지 강원도만이 훗날 우리나라 국력을 높일 수 있다는 판단에서다.

개발을 통해 관광자원을 발굴하고, 외자 유치를 끌어오는 것이 지역발전을 위한 최상의 시나리오일 텐데 어찌 강원도를 지켜달라고 당부할까?

그는 코스타리카의 예를 들었다. 모두가 개발에 혈안이 되어 있을

때 코스타리카는 역발상으로 자연을 보존하는 데 주력했다. 생물다
양성에 투자하고 사라져가는 희귀종을 복원, 양성하는 데 더 많은
예산을 썼다. 그 결과 코스타리카는 뻔한 콘크리트 구조물의 관광지
가 아닌 이 세상 마지막 남은 천연 자연지구로 인정받고 있다. 그리
하여 전 세계 사람들이 코스타리카의 자연 생태계에 감탄하고 생태
학자들은 가장 가보고 싶은 곳으로 코스타리카를 꼽는다.

이화여대 교수 최재천　　99

그는 강원도를 그대로만 보존한다면 모두가 부러워할 날이 머지 않았다고 전망한다. 태백산맥의 장엄함과 들꽃의 소박함이 묘한 조화를 이루어 다른 어느 곳도 따라올 수 없는 강원도만의 매력을 발산하게 된다는 것이다. 그것을 지키기 위해 애쓰는 것이 바로 강원도에서 나고 자라면서 생태학자의 유전자를 심어준 강원도에 대한 예의라고 말한다.

그는 자신의 저서에 항상 자필 사인을 남겨준다.

"알면 사랑한다."

무엇이든 관심을 갖고 파고들기 시작할 때 진짜 매력을 발견할 수 있다는 뜻이라고 한다. 그리고 그의 명함에는 침팬지와 까치, 개미가 올망졸망 그려져 있다. 강원도의 자연 속에서 생태학과 함께한 그의 인생이 오롯이 담긴 듯하다.

▶ **최재천** 1954년 강원도 강릉 출생. 하버드 대학교 대학원 생물학 석사, 박사. 펜실베이니아 주립대학교 대학원 생태학 석사. 서울대학교 동물학 학사. 1989년 미국 곤충학회 젊은 과학자상. 2000년 대한민국과학문화상. 현재 이화여자대학교 석좌교수. 이화여자대학교 에코과학연구소 소장, 이화여자대학교 자연사박물관 관장 역임. 2007년 환경운동연합 공동 대표. 2004년 서울대학교 자연과학대학 생명과학부 교수. 2002년~ 서울 국제생태학회 공동위원장.

강원도의 멋을 세계로

탠저린 대표

이돈태

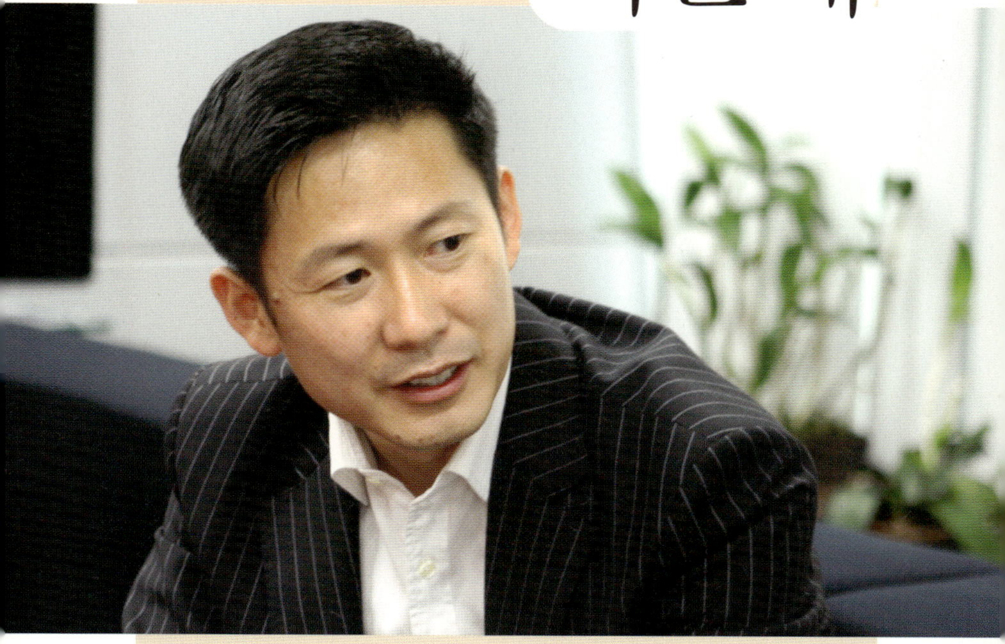

"태산은 한줌의 흙도 버리지 않는다." — 사마천, 『사기』

"작은 인연도 소중히 여기는 강원도의 배려가 모두에게 마음의 안식처가 된 지금까지의 100년과 같이, 극동의 심장과 같은 청정 강원도가 또 다른 100년에 이루어질 최첨단 그린 산업의 게이트웨이가 되기를 기원합니다."

도회적인 외모에 세련된 패션 감각을 갖춘 차가운 도시 남자. 세계적으로 유명한 영국 디자인 회사 탠저린의 공동 대표이자 홍익대학교 산업디자인과 교수, 삼성물산 디자인 고문을 맡고 있는 한 남자가 있다.

그런데 사람들이 그에게 고향이 어디냐고 물으면 "영화 〈웰컴 투 동막골〉에 나온 곳 같은 데가 우리 동네다. 초등학교 때까지 마을에 전기가 안 들어왔던 오지"라고 설명한다. 바로 그 이돈태 탠저린 대표는 강원도 사투리가 너무 심해 서울에 처음 올라왔을 때 물건 하나 제대로 사지도 못할 정도로 촌놈이었다.

비록 존재감 없는 강원도 출신이었지만 끝없이 남들과 차별화하기 위해 노력한 결과 이돈태 탠저린 대표는 세계적인 디자이너로 성공을 거뒀다. 그의 꿈은 고향 강원도의 멋을 세계로 알리는 데 기여하는 것이다.

뒤로 가는 비즈니스석

이돈태가 유명해지게 된 것은 2000년 영국항공의 비즈니스석 디자인 프로젝트 성공이 계기가 됐다.

영국항공의 의뢰를 받은 그는 두 개 좌석을 한 세트로 마주보게 배치한 뒤 승객들이 발을 뻗고 누울 수 있도록 디자인했다. 이전까지 항공업계에는 기내 의자를 디자인한다는 시도 자체가 없었다. 항공사들은 그저 의자 제조 회사가 만들어준 대로 의자를 장착하고,

▶위 : 누워서 갈 수 있도록 만들어진 영국항공 비즈니스석의 디자인 스케치.
▶아래 : 미국 IDEA 그랑프리를 수상한 영국항공 비즈니스석.

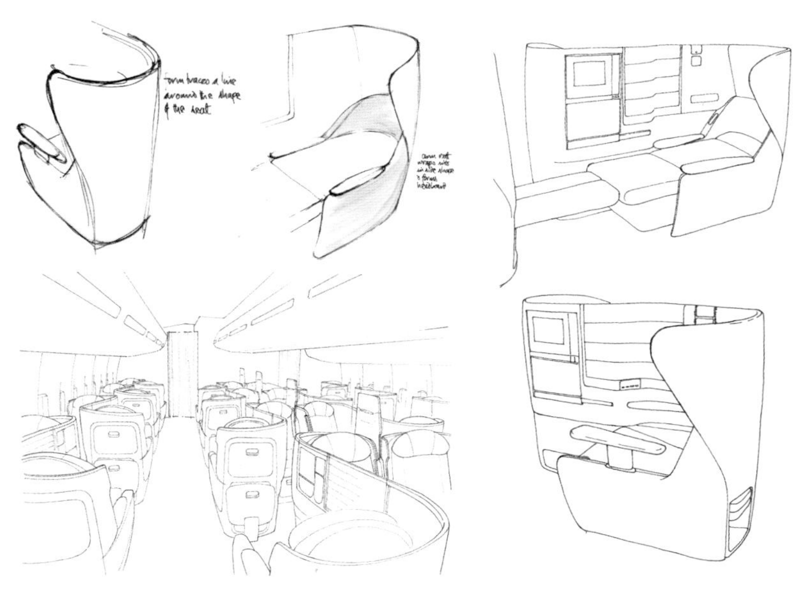

의자 커버나 재질을 조금 바꿔서 차별화를 시도했을 뿐이었다. 의자
는 전부 앞을 바라보게 배치돼 있었다.

그러던 중 영국항공이 고객의 편의를 높인 의자 디자인 개발을 최
초로 시도했다.

비즈니스석에 편히 누워서 가도록 하자는 아이디어는 김우중 전
대우그룹 회장으로부터 얻었다. 그는 한 신문기사에서 김 회장이 해
외 출장을 갈 때 비행기 복도에 누워서 자고 싶다고 했던 것을 떠올
렸다. 하지만 누워 잘 수 있도록 의자를 뒤로 젖혀지게 하면 공간을
많이 차지하게 되고, 좌석 수가 줄면 항공사 매출이 감소하게 된다.

그래서 좌석 두 개를 마주보도록 디자인했다. 사람의 상체는 크고
하체는 상대적으로 작다. 이같은 차이를 이용해 상체 쪽은 넓게, 하
체 쪽은 좁게 만들어 공간을 절약한 것이다. 좌석을 마주보도록 한
것은 유럽 마차에서 영감을 얻었다.

한국은 산이 많아 KTX를 타고 역방향 좌석에 앉아 가다 보면 어
지러운 것처럼 느껴진다. 산이 바로 옆에서 지나가니까 물체 인식이
빨리 되기 때문이다. 반면 유럽은 대부분 끝없는 평지라 역방향 좌
석에 대한 거부감이 별로 없다. 비행기를 타서도 마찬가지다. 하늘
위에 떠 있기 때문에 본인이 앞으로 가는지 뒤로 가는지 잘 모른다.

당시로선 파격적 디자인이었던 영국항공의 비즈니스석은 대박을
터뜨렸다. 적절한 공간 활용으로 좌석 수는 그대로 유지하면서도 승
객들에게 편안함을 가져다 줬기 때문이다. 영국항공은 이 프로젝트
에 7000억 원 가량을 투입해 일 년 만에 투자비를 뽑았다. 연 평균 1
조 원 정도 수익을 거뒀고 주식 가치도 4조 원 정도 올랐다.

탠저린도 비즈니스석 디자인으로 평소 1년 회사 매출의 두 배를
벌어들였다. 영국 최고 권위의 디자인상인 IDEA 그랑프리를 받기도

했다. 항공 디자인 관련 프로젝트도 연이어 수주했다.

하지만 2001년 발생한 9·11 테러로 항공사들이 어려움을 겪게 되자 회사 사정이 어려워졌다. 벌여놓은 일은 많았는데 항공사들이 긴축을 하느라 프로젝트를 미루거나 중단하는 일이 많았다. 결국 마틴 다비서 탠저린 사장은 개인회사였던 탠저린을 주식회사로 전환했다. 당시 부사장이었던 이돈태는 탠저린 주식을 매입해 공동 대표가 되었다. 집을 담보로 대출을 받아 주식을 샀다.

그는 이전부터 유럽에서 디자인 회사를 꾸려보고 싶다는 생각을 갖고 있었다.

국내 굴지의 대기업에서 유럽에 디자인 회사를 차려줄 테니 운영해보라는 제안을 받기도 했다. 하지만 오랜 역사와 전통을 지닌 유럽에서 한국인이 차린 회사가 인정을 받을 수 있을까라는 회의가 들었다. 차라리 유럽에서 인정받고 있는 회사를 인수하는 것이 낫겠다는 판단을 내렸다.

애초부터 경영에 뜻을 둔 것은 아니었다. 하지만 탠저린에 인턴사원으로 입사해 각종 프로젝트에 참여하면서 '프로젝트 팀장은 한번 해봐야겠다' 고 생각했고, 팀장이 되고 나서는 '회사 경영도 해보고 싶다' 는 꿈이 생겼다. 처음부터 큰 목표를 가졌다기보다 하나하나 스텝을 밟아 나가자 다음 목표가 보였다.

열정과 꿈, 일에 미치다

이돈태는 1997년 홍익대 산업디자인과를 졸업하고 영국으로 유학을 떠났다. 영국은 디자인의 종주국이고 디자인 산업의 규모도 미국

보다 훨씬 크다.

영국 왕립예술대학원에 입학하자마자 한국에 IMF가 닥쳤다. 인터넷이 발달되지 않았던 때라 한국에 위기가 오고 있다는 것을 영국 경제전문지 파이낸셜타임스를 보고 알았다. 영어 공부하려고 파이낸셜타임스를 읽었는데 연일 한국 경제가 어렵다는 얘기가 나왔던 것이다. 문제가 심각한 것 같아 서울에서 들어놨던 적금을 미리 영국 화폐로 바꿨다. 나중에 환율이 미친 듯이 치솟았지만 다행히 피해를 면할 수 있었다. 환율 폭등으로 어려움을 겪던 주변의 유학생들은 짐을 싸서 고국으로 하나둘씩 돌아갔다.

당시 유학생 부인들이 그렇듯이 그의 부인도 면세점에서 일을 하며 생활비를 보탰다. 경제적으로 크게 어렵지는 않았지만 '나도 돌아가야 하나' 이런 고민에 휩싸였다. 한국에 있는 가족이나 친구들에게 연락을 했더니 열이면 아홉이 돌아오지 말라고 말렸다. 다들 한국에 와봐야 어려우니까 영국에서 자리를 잡으라고 권유했다.

원래 유학을 마치면 바로 한국으로 돌아갈 생각이었지만 마음을 바꿨다. 일단 취업을 해야겠다는 생각에 디자인 회사들에 원서를 넣었다. 네덜란드에 있는 회사와 탠저린 두 군데에서 연락이 왔는데 탠저린을 택했다. 탠저린은 취업준비생들이 가고 싶은 회사 다섯 손가락 안에 꼽힐 정도로 유명한 회사였다. 둥근 모양의 투명한 컴퓨터 '아이맥', MP3 플레이어 '아이팟'을 탄생시킨 애플의 수석 디자이너 조나단 아이브도 탠저린 출신이다. 아이브는 탠저린에서 일하다가 애플에 스카웃되었다. 이돈태가 탠저린에서 일할 때 몇 차례 아이브가 회사로 찾아와 이야기를 나누기도 했다.

주급 32만 원짜리 인턴이었지만 처음에 탠저린에 입사했을 때 그는 기고만장했다. 들어가서 보니 디자이너들이 스케치도 잘 못하는 것이었다. '내가 먹히겠구나' 라는 자신감이 들었다.

그런데 계속 지켜본 결과 그게 아니었다. 그들의 디자인은 한국보다 훨씬 앞서 있었다. 한국에서는 프로젝트를 하게 되면 무조건 그리기부터 시작했다. 그런데 영국 디자이너들은 분석하고 정의를 내리는 것이 먼저였다. 처음에 가졌던 자신감이 창피함으로 바뀌었다. 실력으로 이기기는 쉽지 않겠다, 내가 차별화될 수 있는 점은 뭘까 고민했다. 결론은 업무 몰입도와 회사에 대한 충성심이었다. 한국에서 하던 식으로 밤새 일하는 것은 자신이 있었다.

영국 사람들은 정기 휴가다 특별 휴가다 해서 일 년에 두 달 정도는 휴가를 떠났다. 하지만 그는 몇 년간 휴가를 거의 가지 않았다. 강원도 촌놈이 영국에 와서 사는 것 자체가 휴가 같기도 했다. 가까운 프랑스 파리에 놀러 가서 찍은 사진을 친구들에게 보내주면 다들 부러워했으니 말이다. 휴가도 제대로 안 가고 일에 미쳐 있는 그의 모습은 영국인들에게 색다르게 비쳐졌다.

지금도 그렇지만 당시에는 탠저린같이 유명한 디자인회사에서 일하는 아시아인이 극히 드물었다. 2002년 한ㆍ일 월드컵 전까지 유럽인들은 한국에 대해 잘 알지 못했다. 한국에 대한 이미지는 동남아시아보다 아래였다. 한번은 고객사인 모토로라 사장과 미팅을 가졌는데 회의에 참석한 그는 청소부로 오인을 받기도 했다.

하지만 한국인 특유의 근면함, 성실함과 열정은 결국 통했다. 인턴에서 3개월 만에 정직원으로, 입사 6년 뒤인 2002년에는 아시아지역 담당 부사장으로, 2005년에는 공동 대표로 올라섰다.

탠저린 공동 대표인 마틴 다비셔는 그를 가리켜 "아무리 작은 일을 맡겨도 주인의식을 갖고 일했다. CEO에게 가장 필요한 자질이었다"라고 말했다.

탠저린 공동 대표인 마틴 다비셔(맨왼쪽) 등 직장 동료들과 함께 한 이돈태 대표.

좋은 디자인이란

이돈태는 탠저린의 아시아 지역 비즈니스를 맡아 서울사무소에 주로 머물고 있다. 그가 입사했을 당시 탠저린의 아시아 매출 비중은 20~30%에 불과했지만 지금은 절반 이상이다. 유럽 제조업이 공동화되면서 아시아 지역 클라이언트의 중요성이 높아졌다.

그리고 모교인 홍익대에서 산업디자인학과 교수로 후배들도 가르친다. 여기에 삼성물산 디자인 고문이라는 직함도 달았다. 그는 2005년 삼성물산 건설부문의 디자인 컨설팅을 맡았다. 삼성물산 디자인 고문을 맡았을 때 그의 나이는 38살이었다.

이돈태의 등장으로 건설업계에 디자인 바람이 불었다. 그가 한 일은 아파트 외관, 조경 등의 조화로움을 추구한 것이다. 아파트 내부의 전기 콘센트, 스위치, 비디오폰 등도 색깔과 모양을 통일해 안정감을 갖추도록 했다. 아파트 입구에 있는 대형 문주를 직접 디자인하기도 했다. 2009년에는 '코원'과 손잡고 MP3 플레이어도 만들었다. 영국 최대 IT 전문지 《PC Pro》는 이를 두고 "애플 아이팟 터치보다 우수한 MP3 플레이어"라고 평가했다.

어떤 사람들은 디자인에 돈을 쏟아부으면 아파트 분양가나 제품 가격이 올라가는 것 아니냐는 오해를 하기도 한다. 하지만 디자인은 동일한 비용을 투입해 효과를 극대화하기 위한 것이라고 설명한다. 무조건 예쁘게 치장해주는 것이 아니라 같은 돈을 들여도 사람들이 쓰기 편하고 좋아할 만한 제품을 만들어 클라이언트가 돈을 벌 수 있도록 도와주는 것이 디자이너의 역할이다.

그는 "1980년대에는 소비자들이 물건을 살 때 '가격'을 중시했고 1990년대에는 '품질'을 중시했다. 2000년 들어 소비가 자아실현의 도구가 되면서 '품격'이 중시됐다. 디자인은 '품격'을 높이는 도구"라고 말한다.

디자인은 사람에 대한 배려이기도 하다. 애플은 초창기 노트북인 '아이북' 내부에 조립식 수리도구를 집어넣었다. 고객들이 컴퓨터에 문제가 생겨 제품을 분해하면 이 도구를 발견하게 된다. 이처럼 보이지 않는 곳까지 세심하게 신경을 쓰는 것이 디자인이다.

그는 또 "좋은 디자인은 시장보다 반(半) 발자국 앞서가면서 사용자에 대한 배려가 배어 있어야 한다"고 한다. 너무 앞서나간 혁신적인 제품보다는 대중이 어느 정도 위치에 있는지, 무엇을 원하는지 정확하게 파악하고 있어야 한다는 뜻이다.

일단 나가라!

세계 디자인 업계에서 이름을 떨친 이돈태는 1968년 주문진에서 태어났다. 아버지는 초등학교 미술 선생님이었다. 아버지의 영향으로 어릴 때부터 미술에 관심을 갖게 되었다.

고등학교 시절은 잘 까불고 친구들과 어울려 다니기를 좋아하는 평범한 학생이었다. 3학년 5반이었는데 야간 자율학습을 마치면 같은 반 친구들과 남대천에 있는 포장마차에서 간식을 사먹곤 했다. 포장마차에 3학년 5반이라는 이름을 붙여놓고 드나들며 공부 스트레스를 해소했다.

디자인을 배우고 싶었는데 지방에 있다 보니 정보에 어두웠다. 미대에 가려면 실기를 봐야 한다는 것도 잘 몰랐다. 고등학교 졸업 후, 서울에서 미술 학원을 다니며 삼수 끝에 홍익대에 합격했다.

막상 대학에 들어가서는 그림보다 사회 문제에 더욱 관심을 갖기도 했다. 강릉고등학교 선배인 김성수 열사의 죽음이 계기가 되었다. 김성수 열사는 1986년 서울대 지리학과에 입학해 총학생회 연극부원으로 활동하면서 시위 중에 두 차례 연행이 되었고, 그 해 6월 부산 송도 앞바다에서 시멘트덩이를 매단 채 주검으로 발견됐다. 경찰은 성적 불량에 의한 비관 자살로 처리했으나 머리 부분에 상처가 발견되는 등 의심스러운 점이 많았다. 5공 시절 대표적인 의문사로 남아 있다가 2002년 의문사진상규명위원회에서 '민주화운동 관련 공권력의 위법한 행사로 사망했다'는 결론을 내렸다. 그는 이 사건을 계기로 사람에 대해 관심을 갖고 고민하기 시작했다.

디자이너는 사람에게 애정을 갖고 사람들이 어렵고 힘들어하고 고민하는 것을 해결해주는 직업이라고 그는 말한다.

대학교 2학년 때 이돈태는 1기 삼성장학생으로 선발되어 매달 25만 원과 작업 공간, 기자재 등을 제공받았다. 각 학교, 각 지역에서 온 친구들과 어울려 교육도 받았다. 그런데 디자인을 잘하는 학생들이 너무 많았다. 졸업하면 삼성에 입사할 수 있는 기회가 주어졌는데 그 친구들은 우르르 삼성으로 몰려갔다. 그들과 어떻게 하면 차별화될 수 있을까 고민하다 공부를 더 하는 것이 좋겠다는 결론을 내렸다.

대학교 1학년 때 배낭여행을 다녀와서 외국생활에 대한 두려움도 별로 없었다. 미대 입시생들을 가르쳐 번 돈을 모아 유학을 떠났다.

유학 경험자로서 그는 후배들을 보면 "일단 나가라. 나가야겠다는 마음을 먹고 가슴이 움직이면 일단 나가라. 머리로는 나중에 생각하고 가서 부딪치다 보면 분명히 방법과 길이 생긴다"고 조언한다. 본인도 그런 마음으로 유학을 떠났었다.

요즘 젊은 사람들은 똑똑하고 접하는 정보가 많다 보니 리스크를 두려워한다. 유학 가서 성공하는 것이 계획대로 되는 것도 아니고 변수도 워낙 많다. 하지만 용기를 내라고 그는 독려한다. 안에서 경험하는 것보다 밖에서 경험하면 이해와 사고의 폭이 훨씬 넓어지기 때문이다.

디자인의 경우도 한국에서는 1에서 5까지의 과정을 디자인으로 정의한다면 영국이나 북유럽에서는 -5에서 +20까지를 디자인의 영역으로 본다. 보고 배우는 데 차이가 날 수밖에 없다. 많은 경험을 할수록 고객에 대한 이해가 높아지고 좋은 디자이너로 성장할 수 있다는 것이 그의 지론이다.

차별화만이 살 길

이돈태는 CEO 대상 강연 등에 자주 나선다. 이때 강조하는 것이 '미 패러다임(Me Paradigm)'이다. 다른 사람들이 잘하는 것을 쫓아가면 절대 이길 수 없다. 내가 잘하는 것이 무엇인지 찾아서 공략해야 한다. 내가 판을 짜놓고 다른 사람이 그 판에 들어오게 만드는 것이다.

그는 한 강연에서 홍대 앞 '조폭 떡볶이'가 디자인 경영의 사례라고 설명하기도 했다. 디자인은 기대 이상의 감동을 줘야 하는데 좋은 예가 조폭 떡볶이라는 것이다. 이 집 주인은 투박한 외모와 굵은 금목걸이 때문에 '조폭'이라는 별명이 붙여졌다. 하지만 조폭 이미지와 달리 고객들에게 친절한 서비스를 제공한 것이 반전이었다. 흔한 떡볶이 집과는 차별화된 '스토리'와 '감동'으로 이 집은 문전성시를 이루게 되었다.

그의 삶도 되돌아보면 항상 남들과 차별화하기 위한 치열한 노력이 있었다. 고등학교 때 디자인을 전공하겠다고 결심한 것도 막연한 동경과 함께 남들이 하지 않는 걸 찾고 싶다는 생각에서였다.

명문인 강릉고에는 공부 잘하는 친구들이 많았다. 1년에 서울대에만 40~50명씩 진학했다. 그 친구들의 꿈은 대부분 공무원, 판검사였다. 그들과의 차별화 방안을 고민하다 디자이너가 되기로 마음을 먹었다. 같은 삼성장학생이었던 친구들이 삼성에 입사할 때도 차별화를 위해 더 배워오겠다고 결심해 유학을 떠났다.

탠저린에 입사해서는 동료들이 모두 휴가 갈 때도 남아서 열심히 일했다.

이돈태 대표는 현재 서울사무소에서 탠저린 아시아지역 비즈니스를 맡고 있다.

영국항공 비즈니스석을 디자인할 때도 이전에 없었던 창조적인 아이디어를 내기 위해 노력했다. 남들과 다른 길을 가려면 변화를 두려워해서는 안 된다.

삼성전자나 LG전자 등 한국 기업들이 휴대폰으로 해외에서 성공을 거둔 것도 과감함 때문이다. 1990년대 초 유럽에서는 막대 형태의 휴대폰이 대세였다. 여기에 삼성전자는 '폴더폰'을 내놔 휴대폰 디자인의 패러다임을 바꿨다. '장난감 같다'는 우려에도 불구하고 독창적인 디자인으로 승부를 걸었던 것이다.

10년 전 한국 기업이 일본의 소니를 따라잡을 것이라고 아무도 예상하지 못했다. 하지만 한국 기업들은 국내외를 막론하고 전문가를 찾아가 그들의 의견을 듣고 혁신을 추구했다. 때로는 자신들의 부족한 모습까지 드러내며 컨설팅을 받고 충고를 받아들였다.

반면 일본 기업들은 자신들이 잘한다는 생각에 빠져 변화에 보수적이었다. 과거의 성공이나 예전의 행동을 답습하기만 한다면 결국 남들에게 뒤처질 수밖에 없다.

강릉을 세계적인 관광도시로

세계를 누비며 다닌 그도 아직 안 가 본 나라가 많고 같이 일해 보고 싶은 회사가 많다며, 더 많은 것을 보고 많은 사람을 만나고 싶어 한다. 그런 뒤의 그의 꿈은 고향인 강릉을 세계적인 관광도시로 종합 디자인하는 것이다.

회사나 개인도 마찬가지지만 도시도 자기만의 경쟁력을 찾아야 한다. 한국의 도시 CI(City Identity)를 보면 해·달·구름·강·산 일

색이다.

유럽의 경우 도시 CI 하나 만들 때도 그 도시의 역사, 유산, 다른 도시와의 차별점을 찾아 치열하게 고민한다. CI만 딱 봐도 그 도시가 어떤 도시인지 알 수 있게끔 하는데 우리나라는 오히려 차별화를 두려워한다.

디자인에서 가장 안 좋은 것이 다수결로 결정하는 것이라고 한다. 10명 중에 6명이 좋다고 해도 반대한 나머지 4명이 전문가이고 찬성한 6명은 비전문가일 수 있다.

10년, 20년 뒤에 남북이 통일된다면 서울에서 유럽까지 기차로 연결될 가능성이 높다. 지금이야 강릉이나 속초 같은 강원도 관광도시들이 휴가지로 각광을 받고 있지만 향후 기차를 타고 저렴한 비용으로 북한에도 가고 유럽에도 갈 수 있다면 이들 도시가 경쟁력을 잃게 될 것이 분명하다. 유럽 도시들은 같은 나라 안에서도 관광객을 유치하려는 경쟁이 치열하다고 한다. 도시마다 정책과 전략을 갖고 움직이고 있는 것이다.

강원도에 공공디자인을 도입하기 위한 프로젝트 '디자인 강원' 의 자문위원으로 활동하고 있는 그는 지역 경쟁력을 확보하기 위해 하드웨어뿐만 아니라 시스템 등 소프트웨어가 갖춰져야 한다고 조언하고 있다. 하지만 아직 강원도의 공공디자인은 눈에 보이는 것 중심으로 이뤄지고 있는 단계다.

강원도만의 개성을 찾아 스위스 못지 않은 세계적인 관광도시로 발돋움하는 것이 강원도민들의 바람일 것이다. 유럽 각국 도시 간의 경쟁을 지켜봐 온 그는 고향인 강원도가 세계적인 관광도시로 발전하는 데 기여하고 싶다고 한다. 영국을 비롯해 중국 등 해외 출장을 다니느라 바쁜 와중에도 그는 틈틈이 강원도를 찾는다. 고향은 찾아가면 마음이 편해지고 생각을 정리할 수 있는 곳이다.

디자인이 무엇인지 모르고 막연하게 동경했던 강원도 촌놈은 성공한 디자이너가 되어 돌아왔다. 차분하고 겸손하지만 그의 내면에는 태백산처럼 크고 단단한 열정과 저력이 담겨 있다.

▶ 이돈태　1968년 강원도 강릉 출생. 명주초등학교, 강릉중학교, 강릉고등학교, 홍익대학교 산업디자인과 졸업. 영국 왕립예술대학원 산업디자인학 석사. 2003년 영국 D&AD 디자인상. 2005년 영국 탠저린 공동 대표. 2005년 삼성물산 디자인 고문. 2005년 홍익대학교 산업디자인과 교수.

"강원도는 산, 강, 바다가 공존하는 세계에서 가장 아름다운 곳입니다. 정치인들도 여야를 떠나 강원도를 떠올리면 마음이 포근해지고 기분이 좋아진다고 합니다. 저도 기쁠 때나 슬플 때, 어려울 때마다 고향 강릉의 경포대, 오대산, 소금강을 보며 큰 힘을 얻었습니다."

강원도 여성에 대한 일반적 이미지는 '착하고 수더분하다'는 것이다. 하지만 이는 강원도 여성들의 한 부분만 반영된 이미지이다. 강원도 여성들은 따뜻한 심성에 생활력이 강하고, 맡은 일도 '똑부러지게' 해내는 것으로 유명하다.

특히 강원도 강릉 여성들은 문학과 예를 숭상하는 문화적 토양에서 성장해, 자존감이 높고 정치 의식도 강한 편이다. 역사적 인물만 살펴봐도, 강릉의 신사임당은 평범한 현모양처가 아니라 철학에 조예가 깊고 그림과 시작에 능한 '예인'이었다. 또 여류시인 허난설헌도 본인의 재능을 숨기는 것을 거부하고, 역사를 공부하고 문학에 대한 열정을 불태운 여성이었다.

지금도 강원도 출신 여성들이 정치·경제·사회·문화 분야에서 두각을 나타내고 있다. 특히 2012년 국회의원 선거에서는 강원도 출신 야당 여성 국회의원이 탄생했는데, 강릉 출신의 김현 국회의원이 그 주인공이다.

민주통합당 소속 김 의원은, 우리나라 첫 여성 춘추관장을 지내고, 2011년 강원도지사 보궐선거 최문순 캠프 부대변인 등을 거쳐, 2012년 총선에서 비례대표 국회의원으로 당선되었다. 또 그는 19대 국회의 첫 번째 당 대변인으로도 발탁됐다. 당 대변인은 '정당의 입'에 비유되며, 사무총장, 원내대표, 정책위의장과 더불어 당의 핵심으로 분류되는 요직이다.

그런데 그의 동향들은, 김현의 화려한 경력보다는 '걸어온 길'에 관심이 많다. 정치적으로 '보수의 텃밭'이었던 강원도 출신 여성이, 야당의 지도부에 오른 전례가 거의 없었기 때문이다.

실제 배경만 놓고 보자면 김현에게는 야당 정치인으로 성장하도록 밀어준 특별한 '빽'이 없다. 그는 강원도 강릉 중앙동(옛 성남동)

'포목점 집 딸'이다. 강릉에서 초등학교부터 고등학교를 마칠 때까지, 독서가 취미인 평범한 모범생이었다. 한양대학 사학과 재학 시절 학생 대표로 정치권에 입문했지만, 좋은 자리를 보장받고 전격 발탁된 것은 아니었다.

김현은 오히려 오랜 기간 당직자로 바닥에서부터 뛰었다. 일례로 2011년 강원도지사 보궐선거에서도 부대변인으로서 지역 곳곳을 지원하는 실무 분야를 맡았다. 이에 김 의원이 정치권 입문 후 국회의원 배지를 달기까지는 무려 25년이 걸렸다. 판사, 검사, 방송인 등 경력을 갖춘 일부 유명인들이 '신데렐라 공천'을 받거나, 민주당 강세지역인 호남을 기반으로 성장한 것과는 전혀 다른 길을 걸어온 것이다.

그렇다면 평범한 강원도 여성이 청와대와 정당 지도부를 누비는 정치인으로 성장한 비결은 무엇일까? 여성이 내세우는 부드러움? 여성 특유의 섬세함? 아니다. '열정'이다. 김현은 본인의 성장 비결로 '강원도에서 배운 서민정치와 열정'을 꼽는다.

강원도, 꿈을 키워준 요람

강원도는 김현에게 공부방과 같은 곳이다. 그의 고향 강릉은 율곡 이이 등 사상가, 천재 여류시인 허난설헌을 배출한 지역으로, 학문과 예를 숭상하는 문화가 예로부터 강했다. 이런 문화는 그가 어린 시절부터 철학과 역사에 대해 관심을 갖는 데 영향을 미쳤고, 이후 대학에 입학할 때 사학과를 지원한 데에도 밑거름이 됐다.

또 강릉의 최대 축제인 '단오제'는 공동체 문화를 자연스럽게 가르쳐주는 현장 학습장이었다. 단오제가 다가오면 가난한 사람도, 부자도 모두 행복했다. 이웃들끼리 음식을 넉넉히 만들어 나눠먹고, 저녁에는 동네 사람들끼리 손을 잡고 단오제 구경을 나갔다.

단오제의 각종 탈춤과 전통놀이는 기득권층을 풍자하는 일종의 퍼포먼스였다. 이날만큼은 평소 고개 숙이고 살던 시장 상인도, 기성세대에 억눌려 답답해하던 젊은이들도 어깨를 쭉 폈다. 김현도, 단오제를 통해 공동체 문화의 매력에 푹 빠져들었다. 그가 후에 '사람 사는 세상'이라는 정치적 철학을 갖게 된 배경에는, 어린 시절부터 체험한 이런 문화의 영향이 컸다.

하지만 고향 강원도는 때로 그에게 시험대였다. 강원도는 오랜 기간 '보수의 텃밭'이었으므로, 운동권 대학생과 야당 정치인은 고향에서 큰 환영을 받지 못했기 때문이다.

김현은 1987년 한양대 4학년 재학 시절 총학생회 간부로 6월 민주화 항쟁을 겪었고, 이를 계기로 1988년 재야의 인사들과 함께 학생 대표로서 평민당에 입당했다. 이에 대해 강릉의 가족들은 눈물을 흘리며 반대했다. "강원도에서 야당 생활하면 '빨갱이' 소리를 듣는 것 아니냐"며 걱정이 태산 같았다. 고향 친구들도 "교수 꿈을 이뤄서 편안하게 살지, 왜 굳이 강원도 여자애가 호남당(당시 호남 출신이 많던 민주당을, 일부 반대파가 비하하던 말)에 들어가느냐"고 말렸다.

유일하게 다른 의견을 낸 사람은 의외로 외할머니였다. '강릉 최씨'로 강원도 토박이인 외할머니는 '생활력 강한 강릉 여성의 상'으로 불릴 정도로 세상일에 관심이 많았다. 포목점 장사도 거들어주고, 손자, 손녀들과 가끔 정치에 대한 의견 교환도 했다.

외할머니는 "6·25 전쟁 나기 전에는 강릉, 양양, 속초가 다 한동

1972년 김현의 유치원 졸업사진. 앞줄 오른쪽에서 세 번째.

네였고, 강원도 사람들끼리 서로 도우면서 살았다"며 "전쟁 이후로 강원도 사람들이 편 갈라서 서로 싸우는데 그게 좋은 건 아니다"라고 말했다. 또 "우리 현이가 편안한 삶을 선택하지 않고, 대신 저렇게 힘든 야당에 가서 일한다고 하면 다 이유가 있을 것"이라고 했다. 외할머니는 김현의 등을 쓰다듬으며 "그저 몸조심하라"고 했다. 또 "강원도 사람들은 예로부터 어려운 사람을 지나치지 않는다"며 "힘 센 놈들 말고, 어려운 사람들부터 도와주는 정치인이 되라"고 당부했다.

경포대는 '고민 상담소'

'서민을 위한 정치를 하자.' 이런 결심으로 김현이 정치권에 뛰어들 당시 평민당(민주당)에는 강원도 출신이 손에 꼽을 정도로 적었다. 평민당의 주요 조직 대다수는 호남 출신이었다. 그는 거친 야당의 분위기에 지치고, 여성에 대한 유리벽에 부딪쳐 외로울 때마다 고향에 내려갔다. 강릉의 가족들은 따뜻하게 맞아줬지만, '지금이라도 야당 생활을 그만두라'는 권유를 멈추지 않았다.

이때마다 그는 경포대를 찾았다. 경포대는 관광객들에게는 해수욕장이었지만, 그에게는 '말없이 고민을 들어주는 친구'였다.

'역사는 흐른다. 언젠가는 강원도와 내 고향 강릉에도, 나와 같은 야당 정치인이 인정을 받는 때가 오겠지……'

경포대 앞에서 실컷 울고, 다시 서울로 올라와 마음을 다잡고 뛰는 생활이 이어졌다. 실무 분야에 뛰어들어 정치의 기본을 배우기 시작했다. 1988년 평민연 총무간사를 시작으로 1992년 '민주개혁 정치모임'에서 총무와 조직 분야를 맡았고, 1997년 야권의 대선 승리 후 새정치국민회의 소속 개혁적 국회의원 모임 '열린 정치 포럼' 정책실장을 맡았다. 공보 분야 일은 2000년대부터 본격 진행했다. 당 대변인실 공보 분야에서 일하면서 2002년 서울시 선대위 부대변인으로 발탁된 것이다. 크고 작은 선거를 치르면서 그가 나름 '공보 노하우'를 쌓자, 이곳저곳에서 '김현은 어디 있느냐'며 찾는 사람이 늘었다.

그리고 30대 강원도 출신 여성 신인 정치인에게 운명적 계기가 찾아왔다. 2002년 대선과 노무현 대통령과의 만남, 그리고 참여정부의 탄생이다. 2002년 대선 캠프에서 일한 그는 참여정부 출범을 앞두고 인수위 행정관에 발탁됐다. 이어 2005년 1월, 우리나라 최초의 여성 춘추관장에 임명됐다. 춘추관은 청와대 내에 있는 기자실을 뜻하는데, 이곳을 총괄하는 춘추관장은 청와대와 언론의 '소통 창구' 로 불린다.

그런데 이 화려한 경력 이면에는, 일반인에게 알려지지 않은 비화가 있다. 그의 춘추관장 임명 과정에 우여곡절이 굉장히 많았다는 점이다. 강원도 출신 젊은 여성이라는 이유로, 하마터면 그는 춘추관장 임명 과정에서 낙마할 뻔했다. 이를 이해하려면, 먼저 당시 청와대 언론 환경부터 살펴봐야 한다.

열린 정부를 지향한 참여정부는, 기존과 다른 언론 환경을 추구하는 실험을 시도했다. 소수 언론사만 청와대 취재를 할 수 있던 시스템을 바꿔 모든 언론사에 전면 개방했고, 인터넷 뉴스매체를 비롯한 언론사 대부분에게 국정의 주요 결정 내용을 브리핑을 통해 알렸다. 이 시기에 청와대를 취재하는 기자들의 수가 급격히 증가했고, 2005년에는 300여 명에 달했다. 언론 관련 업무도 기존과 비교할 수 없을 정도로 증가했다.

따라서 이런 실무를 총괄하는 청와대 춘추관장이 누가 될지가 관심사로 떠올랐다. 나이가 많고 경력도 쟁쟁한 '청와대 기자단' 과 호흡을 맞추려면 노련한 중진 남성이 발탁될 것이란 전망이 나왔다. 호남 기반 정당에서, 부산 출신 대통령이 탄생했으니 지역적 연고를 따져 호남 또는 부산 경남 출신 정치인이 춘추관장에 임명될 것이란 관측도 나왔다.

반면 노무현 대통령은 강원도 출신 39세의 여성 김현을 주목했다. 당직자로서 바닥부터 기본을 다져온 경력과, 대선 캠프에서 열정적

노무현 대통령과 김현, 딸과 함께.

으로 활동한 점을 눈여겨본 것이다.

그런데 일부 청와대 고위 인사들은, 변방인 강원도 출신의 여성을 춘추관장으로 임명하는 것을 반대했다.

"젊은 신인, 그것도 30대의 여성에게 청와대의 춘추관 관장을 맡기는 것은 너무 위험합니다."

"청와대와 담당 기자들 대다수가 호남 출신인데, 왜 강원도 출신입니까?"

"출입기자들보다도 어린데 잘할 수 있을까요?"

이런 반대에 개의치 않고 노무현 대통령은 김현을 춘추관장으로 임명했다. 당시 청와대에 근무했던 한 관계자는, 당시 상황에 대해 이렇게 증언했다.

"노무현 대통령은 주요 업무를 맡길 때, 당장 검증된 능력보다 가능성을 보고 사람을 결정했습니다. 그렇게 인재를 키워야, 국민들도 '아 나도 노력하면 저런 사람이 될 수 있겠구나' 라고 희망을 가질 것이라는 논리였죠. 김현은 당시 주류였던 호남이나 부산 출신은 아니었지만, 이 때문에 오히려 지역주의 색깔에서 자유로울 수 있다는 장점이 있었어요. 또 강원도 출신답게 마음이 따뜻하고 사람을 잘 챙긴다는 평가를 받고 있었죠."

이런 우여곡절 끝에, 우리나라 정치 역사상 최초의 여성 춘추관장은 탄생했다. '김현=강원도의 열정' 이란 공식도 언론을 통해 이때부터 전파됐다.

청와대 생활의 빛과 그림자

청와대 근무는 모든 정치인들의 꿈이다. 청와대에서는 최고의 엘리트와 정치 전문가들이 모여 대통령과 국정운영에 대해 의논한다. 이에 김현 의원의 정치 후배들도 청와대 생활에 대해 궁금해한다. 드라마나 영화에서 보던 것처럼, 청와대에는 카리스마 넘치는 사람들이 많고 세련된 옷차림의 엘리트들이 회의를 하느냐고 묻는다.

하지만 김현 의원은 청와대 생활이 일반인의 상상처럼 화려하지만은 않다고 말한다. 강력한 대통령제에서, 대통령을 최측근에서 보좌하는 것이 상상을 초월할 정도로 긴장되고 고되다는 뜻이다.

특히 참여정부의 청와대 춘추관장 생활은 '경계인의 삶' 과 같았다. 청와대와 언론의 중간에서 양쪽의 입장을 모두 듣고, 동시에 설득하려면 상당한 노력이 필요했다.

그 역시 춘추관장으로 근무하면서 중요한 국정운영 브리핑 공지에서부터 사소한 잔무까지 챙기느라 늘 바빴다. 기자들의 마감 시간에 맞춰 브리핑이 나오는지, 중요한 통계의 수치가 제대로 적혀 있는지를 살펴야 했다.

그럼에도 그가 '참여정부의 첫 춘추관장' 출신임을 자랑스러워하는 것은, 치열한 소통 노력이 헛되지 않았다는 자부심에서다. 그가 청와대 재직 4년 4개월 동안, 노무현 대통령의 해외 순방을 수행해 방문한 국가는 무려 55개국에 달한다. 그는 이 과정에서 백악관 근무자들을 비롯한 다른 나라 공보 분야 담당자들을 만나, '국제 감각'을 전수받기도 했다.

한편 그는 춘추관장 경험을 바탕으로, 정치권 후배들에게 사소하지만 중요한 정보를 알려줬다. 청와대에서 일하고 싶다면 정치적 감각을 익혀야 하는 것은 너무나 당연한 것이고, 더불어 사람들과 소통하고 서비스하는 자세를 익혀야 한다는 내용이다. 이를 요약하자면 '강원도 엄마 같은 리더십'이다.

일례로 그는 춘추관장으로서 노무현 대통령의 해외 순방에 동행할 때마다, 청와대 취재기자들의 최대 실무 고민이 의외로 '기사 전송 시스템'이라는 것을 알게 되었다. 해외에서 공을 들여 기사를 작성해도, 컴퓨터 전원이 꺼지거나 현지 인터넷에 접속하지 못하면 한국의 방송국과 신문사로 기사를 보낼 수 없어 헛수고가 되기 때문이다. 이에 그는 해외 순방에 앞서 브리핑 시간, 현지와 한국 시차, 컴퓨터 전원을 확인했다.

또 그는 '밥'에 유난히 신경을 썼다. 강원도 '촌'에서 자란 그는, 어린 시절부터 '밥을 챙기는 것이 곧 사람을 챙기는 것'이란 나름의 믿음을 갖고 있었다. 이에 해외 순방 취재기자들이 현지 음식에 적응을 못할 경우를 대비해, 본인의 짐을 대폭 줄여 '비상식량'을 챙

청와대 근무 시절, 미국 백악관에서 메리와 함께.

기기도 했다. 이런 사소한 노하우들은, 그가 이후 당으로 돌아와 각
종 선거를 치르는 데 큰 도움이 되었다.

한편 2007년 5월, 그가 춘추관장 임기를 마치고 물러날 때 청와대
출입기자들은 감사패를 제작해 선물했다.

"기자들이 엄마라고 부른 마지막 춘추관장일 것입니다. 바라보기
만 해도 넉넉함이 느껴지는 사람이었으니 그가 떠난 허전함이 더합
니다. 사람을 좋아했고 그 사람들도 좋아했던 사람으로 모든 기자들
이 기억할 것입니다."

또 참여정부 초기에 파격 인사를 단행했던 노무현 대통령은 김현
춘추관장의 활동을 지켜보면서 "내가 사람 보는 눈이 있죠?"라고 은
근히 자랑했다고 한다. 호남 출신도, 부산 출신도 아니고, 노련하지
도 않은 강원도 출신 젊은 여성의 활약을 장하게 여겼다는 것이다.

강원도 심야 버스 타는 부대변인

국회의원으로 당선되기 전까지 김현의 별명은 '김부'였다. 선거를 취재하는 기자들이 '김현 부대변인'을 빨리 부르기 위해 약칭으로 '김부! 김부!'라고 외쳐서다. 2007년 당으로 돌아온 그는 2009년 재보선, 2010년 6월 전국 지방선거 등 굵직한 선거에서 실무자로 일했고 2011년 4월, 드디어 고향 강원도지사 선거 캠프에 뛰어들었다.

2011년 강원도지사 보궐선거에서 민주당은 최문순, 한나라당(현 새누리당)은 엄기영 후보를 내세웠는데, 초반에는 여권의 일방적 승리기류가 강했다. 반면 선거 중반기에 최문순 후보가 선전하면서, '야당이 강원도를 적극 지원하면 이길 수 있다'는 분석이 나오기 시작했다. 다소 희망을 갖게 된 민주당은 강원도 출신 주요 정치인을 지역에 급파했다. 우상호 대변인, 김현 부대변인 등이다. 강릉 출신 김현에게는 '고향 강원도 곳곳을 뛰면서 도지사 선거를 도와 달라'는 요청이 쏟아졌다.

당시 민주당은 야당인 데다 예산까지 부족한 상황이어서, 그는 고속버스로 서울과 강원도를 오갔다. 중앙당 회의를 챙기기 위해 심야 버스로 상경하고 이튿날 새벽에 다시 강원도 캠프로 내려가는 생활이 이어졌다. 일부 지인들은 강원도에서 결국 야당이 질 것이라며, 강원도 출신 야당 정치인들의 노력도 헛고생이 될 수 있다고 우려했다. 하지만 강원도에서의 야당 생활이 얼마나 어려운지 체험했던 그의 생각은 달랐다.

"강원도가 아직까지는 진보적 정치인들에 대한 믿음이 적은 곳이기에, 제가 고향에서 뛰면서 조금이라도 도민들의 생각을 바꾸고 싶습니다. 만약 이번 선거에서 야당이 이긴다면, 강원도에서 야당이 더 뿌리를 내릴 수 있겠죠. 만약 진다고 해도, 우리의 노력이 언젠가는 강원도민의 인정을 받을 것입니다. 그것이 제 고향인 강원도 선거에서 바라는 성과입니다."

그는 춘천의 중앙 캠프에서 회의를 하고, 강릉으로 이동해 거리 지원유세 현장에서 뛰었다. 접전 끝에 이 선거에서 민주당은 예상을 깨고 역전극을 이끌며 승리했다.

한편 이 선거에서 당선된 최문순 강원도지사는 2012년 필자와의 인터뷰에서, 당시에 대해 이렇게 회고했다.

"강원도지사 선거를 치르려니 막막하기도 하고, 너무 외롭기도 했습니다. 인력도 부족하고 여론조사 수치도 낮아서 고민하고 있는 상황에서, 큰 선거에서 여러 번 뛰어본 강원도 출신 정치인들이 선뜻 고향으로 내려왔어요. 그 중의 한 사람이 바로 김현 부대변인입니다. 당시에 고향 출신 정치인의 지원이 얼마나 고맙던지, 말로 표현할 수 없을 정도였죠. 제가 현재 도지사라서 정치적 발언을 하기는 조심스럽지만, 이것 하나는 확실해요. 강원도의 정치적 위상이 높아지고 있고, 또 강원도 출신 인재들이 최근 정치권에서 맹활약하고 있습니다. 이런 의미에서 김현은 강원도가 키우고, 강원도가 자랑할 만한 여성 정치인입니다."

운동화 신은 슈퍼 땅콩

미래의 정치인을 꿈꾸는 강원도 후배들에게, 김현 의원은 두 가지를 당부했다.

‘약점을 강점으로 바꿀 것’과 ‘현장에서 최선을 다할 것’이다.

김 의원은 먼저 강원도 출신이며 여성이란 특징에 대해 “정치적 환경만 놓고 보면 약점이나, 실력과 정직함을 놓고 판단해보면 강점”이라고 말했다. 정치현장에 여전히 지역주의가 있고, 여성에 대한 벽이 존재하지만 실력으로 무장한다면 그 벽을 뛰어넘을 수 있다는 뜻이다. 또 강원도 사람들에 대한 좋은 이미지도, 정치를 하는 데 도움이 됐다고 한다.

“아직까지 정치권에서 지역 연고도 중요하고, 여성에 대한 편견이 남아 있습니다. 따라서 강원도 출신 또는 강원도 여성이라고 해서 특별히 차별을 받지는 않지만, 그렇다고 특별히 우대를 받지도 못합니다. 하지만 이런 특징은 장점이 될 수 있어요. 지역주의나 연고에 기대지 않기 위해 더 열심히 노력하게 되니까요. 또 제가 전국의 정치현장을 돌면서 각 지역 유권자를 만나보면, 강원도 사람을 싫어하는 분들이 거의 없어요. 제가 ‘강원도 강릉 출신’이라고 하면, 그분들의 첫마디가 ‘산 좋고 물 좋고 사람 좋은 동네에서 왔다’는 것이거든요.”

그는 또 과거와 달리 강원도가 정치적으로 매우 중요한 지역으로 부상하고 있다고 강조한다.

“강원도는 우리의 소원인 남북통일을 상징하는 지역입니다. 또 최근 정치적 역동성이 가장 뚜렷하게 드러나는 지역이기도 합니다. 강원도 정치인과 이곳 출신 신인들이 어떤 정치를 하느냐에 따라 고향의 미래가 결정되겠죠.”

더불어 그는 그동안 특별한 지역 연고 배경이나 재력의 뒷받침 없이, 야당에서 버틸 수 있었던 비결(?)에 대해 ‘체면 따지지 않는 알뜰함과 가족의 동의’를 꼽았다.

"국회의원에 당선되어서 차량 지원을 받기 전까지는 대중교통을 자주 이용하고 다녔어요. 돈의 유혹에서 벗어나려면 나부터 소비를 줄여야 하니까, 아끼고 또 아끼며 살았어요. 체면보다는 알뜰하게 사는 것이 중요한 거죠. 그리고 처음에는 정치를 반대했던 가족들이, 나중에는 십시일반으로 경제적 지원을 해줘서 정치를 계속 할 수 있었어요. 고향 친구들도 처음에는 저의 야당 입문을 반대했지만, 이제는 '야당에서 강원도의 힘을 보여주라'고 격려해줍니다. 이런 관심에 대해 보답하는 길은 깨끗하고 좋은 정치를 하는 것이라고 생각합니다."

한편 그가 고향 후배들에게 강조하는 '최선'은 선거와 연관돼 있다. 선거는 '민주주의 꽃'이다. 동시에 정치인들이 반드시 거쳐야 할 시험이다. 이에 공직에 출마한 후보는 물론, 선거 캠프를 지원하는 실무진의 실력도 선거운동 과정에서 극명하게 드러난다. 김현 의원은 "선거 과정에서 어렵고 힘든 일을 맡더라도, 열심히 최선을 다하면 그만큼 성장할 수 있다"고 강조했다. 실제 그가 당내에서 실력을 인정받은 것도 수차례의 선거 지원을 통해서다. 지난 2002년, 노무현 대선 후보 유세 현장을 함께 뛰었던 민주당 이낙연 의원은 당시 상황에 대해 이렇게 말한다.

"2002년 대선 후보들을 취재하는 기자들을 태운 대형 버스가 지방의 한 식당에 도착했습니다. 시간은 촉박하고, 일손은 부족했어요. 기자들은 배가 고프다고 아우성이고요. 그래도 어떡합니까. 지방의 식당에서 음식과 음료수가 빨리 나올 리가 없는데요. 그때, 한 당직자 여성이 벌떡 일어나 직접 음료수를 배달하기 시작했습니다. 그가 바로 김현입니다. 그는 '대통령 후보를 보좌하는 나는 그런 하찮은 일은 못 한다'는 사람이 아니라 '대선 후보를 돕는 나는 어떤 일이든 기꺼이 한다'는, 그런 사람이었습니다. 바로 이 순간 누군가 그 일을 해야 한다고 판단하면, 본인부터 움직이는 사람이죠. 당시에 김현은 본인보다 나이가 어린 기자에게도 음식을 배달해주고 물을 따라줬어요. 물론 소주도 기자들에게 갖다 줬죠. 취재에 지친 기자들이 밥도 먹고 싶지만 시원한 소맥 한 잔을 간절히 원한다는 걸, 수차례의 공보 지원 업무 경험을 통해 알았던 겁니다. 하하하."

김현 의원이 선거에서 활동하는 것을 본 선배 의원이 재미있는 별명도 붙여줬다. 바로 '강원도가 키운 슈퍼 땅콩'이다. 2009년 재보선 유세 현장에 동행했던 민주당 강기정 의원이, '김현 부대변인은 체구는 작아도 실력과 열정은 대단하다'며 '슈퍼 땅콩'이라고 부른 데서 유래했다.

두 켤레의 신발

김현 의원은 2012년 국회의원이 된 후에도 고3과 같은 생활을 이어가고 있다. 당 지도부가 강원도를 방문할 때면, 전날부터 잠을 이루지 못하고 준비를 한다. 본인의 활동이, 강원도 야당 정치인들에게 조금이라도 힘이 되길 바라는 마음에서다. 그의 정치적 동지인 안희정 충남지사의 말을 빌리자면, 그는 여전히 '드러나지 않는 곳'에서 더 많은 일을 한다.

그렇다고 이런 노력이 항상 좋은 결과로 이어지는 것은 아니다. 그는 대변인으로서 때로 언론과 부딪치고, 때로는 크게 상처도 입는다. 그럼에도 그는 본인을 지켜보는 '기자들과 강원도 후배들'을 멘토로 꼽는 것을 주저하지 않는다.

"나를 지켜봐주고 응원해주는 기자들, 그리고 강원도 후배들이야 말로 김현에게 가장 무서운 멘토입니다. 이들은 나에게 관심을 가져 주는 고마운 조력자이자, 내가 정치를 제대로 못하면 가장 먼저 비 판을 할 감시꾼이기 때문입니다. 19대 국회에서 긴장을 늦추지 않고 열심히 좋은 정치를 하겠습니다. 강원도 후배들에게 부끄럽지 않은 정치인이 되겠습니다."

김현 의원은 오늘도 새벽 5시 30분에 일어난다.

그리고 회의용 정장 구두와 현장에서 신을 운동화를 가장 먼저 챙 긴다. 대변인으로서 브리핑을 할 때면 구두를 신고, 민생현장으로 봉사를 나갈 때는 운동화를 신기 위해서다. 강원도가 키운 슈퍼 땅 콩의 하루는, 이렇게 두 켤레의 신발과 함께 시작된다.

▶ 김현　1965년 강원 강릉 출생. 1984년 강릉여고 졸업. 1989년 한양대 사 학과 졸업. 1988년 평화민주통일연구회 총무간사. 2005년 노무현 대통령 비서실 춘추관장 겸 보도지원 비서관. 2011년 최문순 강원도지사 선대위 부대변인, 박원순 서울시장 후보 선대위 부대변인. 2012년 민주통합당 제 19대 국회의원, 민주당 대변인.

강원도 촌놈
민주당 최고위원

우상호

"강원도 발전이 더디다는 것 때문에 서운해하는 분들이 있습니다. 하지만 자연 그대로의 원형을 보존하고 있는 강원도야말로 미래의 희망이 있는 곳입니다. 또한 강원도는 누군가를 누르고 무엇인가를 빼앗아 성장한 지역이 아닙니다. 사람들이 서로 공존하고 순박함을 지켜나가는 곳입니다. 이런 강원도가 미래의 가치를 키워가는 곳이 되길 기원합니다. 저도 고향 강원도를 생각할 때마다, 그런 꿈을 꿉니다."

강원도 철원은 분단의 상흔이 남아 있는 곳이다. 북한과 가까운 접경지역이란 특성 때문에, 철원 사람들은 오랜 기간 전쟁의 공포에 시달려야 했다. 이에 철원 주민들의 정치적 성향은 오랜 기간 보수적 성향이 강했다. 통일의 염원에도 불구하고 이에 대한 주장을 적극 펼치는 것은 일종의 금기였다.

그런데 이런 철원에서 성장한 덕에, 남북평화의 중요성을 더 과감하게 외치게 된 강원도 출신 정치인이 있다. 민주통합당의 우상호 최고위원이다.

그는 서울 서대문 갑의 재선 의원으로, 2012년 6월 전당대회에서 최고위원에 당선됐다. 그가 최고위원에 당선된 것은, 개인적으로도 의미 있는 일이지만 '486(40대 연령 80년대 학번 60년대 출생) 정치인'이 지도부에 진출했다는 상징성이 있다. 또 그는 강원도 출신으로는 최초로 야당 선출직 최고위원에 올랐다.

그동안 그는 철원에서 성장하며 고민했던 강원도 접경지역의 문제를 정책으로 풀어내려 노력했고, 이런 노력은 최고위원 경선 중 고향 강원도의 도민들로부터 인정을 받았다. 강원도 지역 순회 경선에서, 그가 선배 정치인을 물리치고 원주에서 2위를 차지한 것이다. 강원도에서의 좋은 성적은, 그가 최고위원으로 최종 당선되는 것에도 큰 영향을 미쳤다. 그만큼 강원도 도민들이 그에 대해 갖는 기대가 크고, 그의 어깨가 무겁다는 의미다.

철원 소년의 꿈

우상호 의원의 별명은 두 개다. '486 정치인의 맏형'과 '강원도가 낳은 차세대 정치인' 이다.

먼저 486세대는 40대, 1980년대 학번, 1960년대 출생을 뜻하는데, 우상호 의원은 이 세대의 정치인들 사이에서 맏형 노릇을 하고 있다. 이들 세대는 한국 정치사에서 '학생들의 민주화운동' 을 이끌었다는 의미가 있다. 또 이들의 철학은 크게 세 가지 공통점이 있다. 남북문제에 있어서는 평화를, 경제문제에 있어서는 서민 중심의 정책을, 그리고 정치 개혁에 있어서는 '변화' 를 추구한다는 점이다.

'486 맏형' 인 우상호 의원도 이런 정치철학을 갖고 있다. '남북 평화' 에 대한 강한 신념은 고향 강원도 철원과 깊이 연관돼 있다. 철원은 북한과 매우 가까운 지역이며, 한국 전쟁의 상처가 깊게 남아 있는 곳이다. 이런 환경에서 자란 그는 자연스럽게 남북문제에 대한 관심을 갖게 됐다.

"철원은 한국 전쟁 전에는 북의 지배하에 있었어요. 이런 지리적 특성 때문에 전쟁이 난 후 남과 북의 '철원 쟁탈전' 이 매우 치열했어요. 휴전 직전까지도 많은 병사들이 희생됐고요. 이렇다 보니, 저의 어린 시절에도 철원에는 전쟁의 상흔이 남아 있었습니다."

소년 시절의 그는 막연하게, 우리나라가 왜 남북으로 갈라져 있는 것인지 궁금했다. 그리고 '왜 많은 사람들이 서로 죽여야 했는지' 이해할 수 없어 가슴이 아팠다.

우상호의 이런 기억과 고민은, 정치권에 입문한 후 접경지역의 문제를 연구하고 남북평화의 필요성을 주장하게 된 밑거름이 됐다. 그가 2012년 지도부 선거에 출마하면서 내건 주요 공약 중 하나도 '한반도 평화 체제의 정착' 이다.

그는 또 지도부에 당선된 후 고성을 찾아 최고위원회를 열고, 평화 정책 실현 의지를 표명했다. 더불어 금강산 관광을 재개해, 강원도 북부지역 경제를 살려야 한다고 주장했다.

그의 두 번째 정치신념인 '서민 중심 정책'은 서울 유학 시절의 경험과 맞닿아 있다. 철원 동송초등학교 6학년 때, 그는 형의 공부를 위해 어머니와 갑자기 서울로 상경하게 됐다.

이를 계기로 그는 철원에서는 한 번도 경험하지 않았던 '엄청난 양극화의 벽'을 봤다. 서울로 상경하기 이전 철원에서 살 때, 그는 부잣집 아들 가난한 집 아들 간의 큰 차이를 느끼지 못했었다. 동송초등학교 친구들 중 몇몇을 부러워한 적은 있었지만, 그 이유는 '돈'이 아니라 '책' 때문이었다. 그는 책이 많은 친구 집에 자주 놀러 갔고, 어른들도 책을 읽으러 오는 소년을 귀여워했다.

하지만 서울에서는 이런 너그러운 문화가 없었다. 우상호는 단칸방 집 아들이었고, 친구는 '대저택에 사는 도련님'이었다. 서울 생활로 인해 그는 '강원도 촌놈'이 겪는 소외감을 처음으로 뼈저리게 느꼈다. 또 임시로 정착한 서울 종암동에서 '공장 누나들의 일상'을 지켜보며 막연하게 '가난의 문제'를 느꼈다. 당시 종암동에는 수출 의류를 가공하는 작은 공장들이 많아서, 공장 누나들이 월말에 월급을 받아 시골집에 생활비를 부치는 모습을 그는 자주 목격하곤 했다. 또한 그 역시 19살 때부터 직장을 다니며 가장 노릇을 한 누나의 헌신 덕에 대학을 졸업할 수 있었다.

이에 그는 정치인이 된 후에도 '누나'라는 단어를 들으면 '씩씩한 소녀 가장들'의 모습부터 떠올린다. 가난한 집안을 돕고 싶어 일터에 나선 누나들, 월급날이면 환하게 웃으면서 동생에게 연필 몇 자루를 사주던 모습이 떠올라 가슴이 찡해진다는 것이다. 이에 그는 국회의원이 된 후, 이를 잊지 않았고 양극화 해결에 고민하고 있다.

우상호는 최근 '경제민주화'를 주장하면서 서민 중심 정책을 마

연세대 총학생회장 당시 이한열 열사 민주국민장 집행위원장으로 그의 사진을 들고 있는 우상호.
p.134의 사진은 이한열 열사의 무덤을 찾았을 때.

련하고 있다.

마지막으로 진보·개혁 정치 노선은 그의 대학시절의 치열한 삶과 연관돼 있다. 그와 486 정치인들은, 인생을 완전히 바꿔버린 대사건을 대학시절에 겪었다. 연세대학교 학생 이한열의 사망과, 이로 인해 폭발한 '6월 민주화 항쟁'이다.

그 당시 연세대 총학생회장 우상호는 '이한열 열사 민주국민장 집행위원장'을 맡았고, 이를 통해 '역사와 민주주의 흐름'의 한가운데 설 수밖에 없었다. 이에 그는 정치권에 입문한 후에도 '이한열 추모 사업회'를 이끌고 있다.

지원군 100명, 동송초등학교 동창들

강원도 출신 우상호 의원은 스스로를 '촌놈'이라고 부른다. 이 별명을 너무 좋아해, 자서전 제목을 『촌놈』이라고 붙였을 정도다. 그가 유난히 강원도 출신임을 자랑하는 이유는, 철원이 준 선물이 너무 많아서다.

철원은 자연 환경 그 자체가 '시제(時題)'였다. 그는 초등학교 시절부터 철원의 논과 저수지를 주제로 글을 자주 썼다. 문학반 선생님들이 칭찬해주면 더 열심히 시를 지었다. 이런 배경은 그가 정치 입문에 앞서 일찌감치 시인으로 등단하는 데 자산이 됐다.

또 그에게 철원은 '지원군 100명'이 살고 있는 곳이다. 철원에 거주하고 있는 동송초등학교 동창들 100여 명은, 그의 가장 큰 재산이자 자랑거리이다.

일례로 2012년 총선에서 그가 서울 서대문 갑 지역구 재선에 성공하자, 이례적으로 강원도 철원 곳곳에 '축하 플래카드'가 걸렸다. 우상호 의원의 동송초등학교 동창들이, 끈끈한 우정을 과시하면서 깜짝 선물을 마련한 것이다. 그의 친구들은 '멸치'라고 불리던 병약한 소년 우상호가, 유명 정치인이 된 것을 무척 자랑스러워했다. 또 우상호 의원이 정치인이 된 후에도, 꾸준히 강원도 발전방안을 제시하는 것을 응원해왔다.

그가 2012년 최고위원이 된 후, 강원도 현장 지도부 회의를 마련하고 강원 발전 공약을 추진하는 것도 친구들의 이런 마음에 조금이라도 답하기 위해서였다.

더불어 철원은 그에게 안식처이다. 그는 중요한 결정을 내려야 할 때마다 부인과 조용히 철원을 방문했다. 야당이 대선에서 패했을 때, 선거에서 낙선했을 때, 그리고 정치인으로 사는 것이 너무 고통스러울 때 그는 철원을 찾아 위안을 얻었다. 동송초등학교를 한 바퀴 돌고, 저수지를 둘러보고, 접경지역을 보고. 이렇게 그는 철원에서의 1박 2일을 통해, 위안을 받고 마음을 다잡을 수 있었다.

'강원도 촌놈'과 안치환과 우현의 인연

강원도와 더불어 우상호의 정치적 성장의 이면에는, 대학 시절 만났던 사람들도 영향을 미쳤다. 연세대 입학 초기만 해도, 그는 문학청년이었다. 그가 사회문제에 눈뜨게 된 계기는, 역설적으로 군대 생활이었다. 1985년 2·12 부재자 투표를 보면서, 그는 '구조'에 대해 고민하고 학생운동에 뛰어들 것을 결심했다.

그는 1985년 복학한 후 후배 오연호(현재 〈오마이 뉴스〉 대표이사)를 통해 문과대학의 한 친구를 소개받았다. 이후 문학에 대한 관심을 역사와 민주주의 등으로 넓혀갔고 대학 4학년 때 연세대학교 총학생회장 선거에 출마해 당선되었다.

그런데 이 과정에서, 경쟁 후보 진영에서 '스타'가 탄생했다. 상대 후보의 지지 유세를 위해 무대에 오른 사람이 바로 84학번 안치환이다. 그는 자작곡 〈솔아 솔아 푸르른 솔아〉를 선보였고, 당시 큰 인기를 얻었다.

한편 그가 대학 시절 만났던 '정치적 동지' 중 한 명이 고려대학교 총학생회장 이인영이다. 요즘은 '연대와 고대'를 언급하면 '연고전'을 떠올리지만, 1980년대 후반 상황은 완전히 달랐다. 연대 총학생회장 우상호와, 고려대 총학생회장 이인영(현재 민주당 의원)은 학생 시절 민주화운동 현장에서 만나 '정치적 동지'가 됐다. 두 사람은 정치권 입문 후에도 끈끈한 인연을 이어왔다. 2010년 민주당 전당대회에서는 이인영이, 2012년 전당대회에서는 우상호가 각각 최고위원으로 당선됐다.

'강원도 촌놈 우상호'를 지원해주는 또 다른 인물은 배우 우현 씨다. 우현 씨는 영화 〈음란서생〉〈왕의 남자〉〈조선 명탐정〉과, TV 드라마 〈뿌리 깊은 나무〉에서 개성 있는 연기로 호평을 받은 배우다. 공교롭게 두 사람의 성이 같아, 친척으로 오해하는 이들도 있지만 사실 이들의 인연은 연세대 학생운동을 통해 맺어졌다.

우상호가 87년 연세대 총학생회장으로 6월 항쟁의 한가운데에 있었을 때, 우현은 같은 학교 총학생회 사회부장이었다. 우현은 당시에도 카리스마가 강하고 분위기를 잘 이끌어, 집회가 열리면 사회를 도맡곤 했다. 우상호가 구속된 후에는 그를 대신해 학생회를 지켰다. 그렇게 두 사람은 함께 소주를 마시고, 같이 토론하고, 울기도 하면서 격정의 시대를 같이 보냈다.

한편 우상호 의원이 우현 씨에게 반말을 하는 것을 보고 놀라는 사람이 많은데, 이는 외모 때문에(?) 우현 씨가 선배일 것으로 추측해서이다. 그러나 실은 우상호 의원이 무려 3년 선배이다. 그는 1962년생으로 연세대 국문과 81학번이며, 우현 씨는 1964년생, 신학과 84학번이다.

우현은 최근 한 언론사와의 인터뷰에서, 대학생 우상호의 모습을 '강원도 촌놈'이라고 묘사했다.

"(우상호가 대학 시절) 점퍼차림에 머리는 덥수룩하니, 촌티가 무지하게 많이 났다. 총학생회장 출마한다고 할 때도, 속으로 '아니 저 강원도 촌놈이 총학생회장까지 하려고 해? 이렇게 생각했다. 그런데 상호 형은 강원도 촌놈이라 그런지 평소 수더분하게 느껴지는 것이 있었고, 그가 총학생회장에 출마한 후에는 마침 한참 학생운동의 대중성을 강조하던 무렵이라 모두가 열렬히 지지했다. 덕분에 그는 압도적 지지로 당선됐다.”

우현은 우상호와 같은 집에 살았을 정도로 친한데, 가끔 ‘강원도 촌에서 올라온 대학생’에 대해 가슴 속 기억을 전해주었다.

“어느 날엔가는 상호 형이 ‘현아, 광화문 앞에서 총 맞아 죽는 첫 번째 사람이 있다면 그게 나일 것’이라고 해서 ‘형, 그럼 내가 두 번째로 죽겠다’는 얘기를 하며 펑펑 울었다. 지금 생각하면 좀 쑥스럽지만(웃음) 그 마음만은 지금도 그대로라고 생각한다.”

최근까지도 우상호―우현의 인연은 이어지고 있다. 우현 씨는 우상호 의원 후원회장을 맡고 있다. 또 2012년 6월 지도부 선거에서 우상호 후보 선거 응원전을 펼쳤다. 우상호 의원이 최고위원으로 당선되자, 우현 씨는 마치 자신이 당선된 것처럼 기뻐했다.

공지영은 칭찬받고, 우상호는?

우상호의 ‘멘토’ 중에는 소설가 공지영 씨도 있다.

공지영씨는 소설 『도가니』『무소의 뿔처럼 혼자서 가라』『우리들의 행복한 시간』등을 펴냈고, ‘파워블로거’로도 활동 중이다. 그는 본인의 저서에서 ‘우상호, 좋은 사람’이라며 편파적 지지(?)를 보내 우 의원과의 친분을 공개한 바 있다.

이에 우상호 의원이 언론사 정치부의 젊은 기자들과 만날 때면,

'공지영과의 추억'에 대한 질문을 자주 받는다.

"연세대 시절부터 공지영 씨와 친했어요? 공지영 씨는 그때에도 유명했나요?"

우상호 의원은 웃으며 말을 시작했다가, 끝에 가서는 '울분'(?)을 토해냈다.

"내가 강원도 촌놈이잖아. 연세대 들어가면 다들 잘생긴 애들만 있을 줄 알았는데 다들 뭐 비슷하던데. 하하. 그런데 문학동아리 들어갔더니, 유난히 잘생기고 예쁜 애들이 좀 있었어. 그 중에서도 선배들이 '우와, 정말 예쁜 신입생이 왔다'며 주목한 사람이 있었는데, 그 사람이 바로 공지영 씨야. 내 친구니까, 사석에서는 지영이라고 부를게. 여하튼, 문학동아리에 모여서 다들 각자 습작시를 읽었는데, 후배들 대다수가 지적을 받았어. 시라고 하기에는 너무 부족하다는 야단도 많이 맞았고, 나도 좋은 평가는 못 받았지. 이때 지영이가 「밤」이라는 시를 읽었어. 나는 속으로 '동시 같다, 내가 더 잘 썼다'고 생각했어. 당연히 지영이에게 더 날카로운 비판이 쏟아질 줄 예상했어. 그런데 선배들이, 지영이에게 엄청 칭찬을 하는 거야. '시적 감수성이 보인다' 이렇게까지 말하면서. 나를 심하게 야단치던 선배도, 지영이에게 '조금 더 다듬으면 좋은 시가 되겠어'라고 아주 부드럽게 충고를 하는 거야. 내 참, 화가 버럭 나려고 했어. 우리 같은 촌놈에 비해 '부티'가 나고, 예쁜 데다 칭찬까지 받는 지영이한테 샘이 났지."

이쯤 되면, 기자들이 또 다시 묻는다.

"그럼, 공지영 씨를 싫어했나요?"

그는 다시 웃음을 지으며, 이렇게 답한다. 이번에는 친구에 대한 자랑스러움이 묻어난다.

"다른 사람 같으면, 인기 많다는 이유로 시샘을 받을 수도 있었겠지. 그런데 지영이가 그때도 너무 착했거든. 그리고 자기가 가진 물건을 친구들이 달라고 하면 선뜻 줘버릴 정도로 욕심이 없는 성격이야. 그래서 아무도 지영이를 미워할 수 없었어. 솔직히 나는, 지영이가 너무 착해서 치열한 소설을 쓰는 작가가 될 줄은 몰랐어. 오히려 시인이 될 줄 알았지. 하지만 나중에 지영이가 낸 책을 읽어 보고는, 정말 대단하다고 생각했지. 치열함도 있지만 삶에 대한 따뜻한 시선이 있잖아. 사람들이 공지영을 말하면서 자꾸 예쁘다고만 하는데, 나는 대중들이 공지영의 그 마음을 더 봤으면 해."

두 사람의 우정은, 최근 정치활동에서도 드러나고 있다. 공지영 씨는 2012년 4월 국회의원 선거를 앞두고 친구 우상호의 지원 연설에 나서면서 우정을 다시 과시했다. 공지영 씨가 투표참여를 호소하면서 우상호를 응원한 곳은 그들이 꿈과 고민을 함께 했던 서울 연세대학교 정문 앞이었다.

하청 정치 청산, 486의 '길'을 묻다

우상호가 강원도에서 다시 힘을 얻은 시기는, 국회의원 선거에 떨어져 원외위원장으로 활동한 때였다.

2004년 17대 총선에서 초선 배지를 단 그는, 2008년 18대 총선에서 경쟁자 한나라당(현재 새누리당) 이성헌 의원에게 패했다. 그는 큰 충격을 받았지만 '서민들의 눈높이'에서 정치를 다시 보게 되었다. 마음이 답답할 때면 고향 강원도를 훌쩍 찾아, 철원에서 마음을 다잡았다. 고향 친구들은, 그가 의원이든 아니든 무조건 반겨줬다.

국회의원 선거운동 중에 동네 주민과 함께.

또 그는 지도부의 요청에 따라 중앙당 대변인 역할도 자주 맡았다. 정치 이슈 분석이 빠르고, 언론 관계도 좋은 점이 반영된 것이다. 그는 '당을 위해서'라는 생각에 제의를 수락하고 당 대변인으로 활동했지만, 일각에서는 비판의 소리도 들려왔다. "486 세대로서, 왜 국민에게 외면받았는지 바닥에서 더 처절하게 반성하라"는 요구였다. 그는 이런 말을 들을 때마다 한편으론 상처를 입었지만, 한편으로는 '486의 정신'을 지키는 방법을 더 고민하게 됐다.

그리고 2010년, 그가 '486의 맏형'으로 불리게 된 결정적 사건이 일어났다. 새로운 당 지도부를 선출하는 10·3 전당대회를 앞두고, 486 정치인들이 계파를 떠나 이례적으로 힘을 모은 것이다. 이들은 486세대의 자존심을 걸고, '더 이상 하청 정치를 하지 않겠다'고 선언했다. 계파의 보스에 기대 그들이 시키는 정치를 하던 관행을 극복하겠다는 뜻이었다.

이들은 "이제 우리는 486 세대의 고민, 꿈, 희망을 대변할 것"이라고 약속했다. 당시 전당대회에서 지도부에 도전한 486 정치인은 최재성, 백원우, 이인영 후보 등이었다. 이들을 지지하는 486 정치인들은, 1차 예선에서 최다득표를 얻은 후보를 단일후보로 인정하고 지원키로 했다. '486의 가치를 중심으로 한 단결과 약속'이 전당대회를 앞두고 극적으로 이루어진 것이다.

한편 본인은 출마하지 않고 486의 힘을 결집시킨 인물, 우상호는 뒤편에 서 있었다. 자신보다는 후보들이 주목받기를 원해서다. 그는 '나의 정치'가 아닌 '우리의 정치'를 희망했고, 대의원의 지지를 받는 486 동지를 밀어주고 싶어 했다.

결과적으로 486의 약속은 일부 후보의 불참으로 도중에 빛이 바랬으나, 이인영 후보를 지도부에 입성시키는 성과를 낳았다. 이인영 후보는, 돈·조직·국회의원 배지조차 없어 '삼무(三無)'라는 별명으로 불렸으나 거물들을 꺾고 486 출신 최고위원으로 당선됐다. 그의 선거운동 과정에는, 1987년 6월 항쟁 '넥타이부대'를 연상시키는 빨간 넥타이 응원단이 등장하곤 했다. 그를 응원한 우상호 전 의원도, 전당대회 현장에 빨간 넥타이를 매고 왔고 이인영의 당선에 눈물을 글썽였다.

한편 전당대회 전후 486 모임에 참가했던 한 관계자는 숨겨져 있던 이야기를 이렇게 공개했다.

"대학 시절처럼 편하게 대화를 나누기 위해, 서울의 한 식당에 모여 소주를 마셨다. 분위기가 편해지자, 서로 속마음을 털어놓기 시작했다. 우상호에 대한 칭찬과 비판도 이어졌다. '너는 잘나서 지도부가 서로 모서갔으니, 양지에서 산 것 아니냐'는 거친 표현도 나왔다. 하지만 대다수는, 본인의 고민과 꿈을 말했다. '나, 정치인으로 사는 게 괴롭다. 대학 시절 꿈꿨던 세상을, 현실에서 만들기 위해 정치권에 들어왔는데 나 역시 똑같이 계파 보스 눈치나 보고, 공천받으려고 줄 서는 것 같아 너무 힘들고 부끄럽다' '국회의원 선거에서 떨어지고 나니까, 내가 얼마나 오만했는지 알게 됐다. 이제부터라도 우리가, 우리 세대에게 약속했던 정치를 하고 싶다.'"

누군가는 눈물을 흘렸고, 결국은 서로 어깨를 두드렸다. 486의 정치적 독립은, 이런 치열한 자기반성을 통해 나온 것이다.

강원도지사 선거와 우상호

2011년 4·27 강원도지사 보궐선거에서, 야권은 '강원도 출신 정치인'을 캠프 핵심으로 선발했다. 우상호는 고향을 찾아 최문순 도지사 후보 선대위 대변인으로 일했다. '강원도 촌놈' 기질과, 중앙당에서 수차례 대변인을 했던 경험을 활용해 최문순 후보 알리기에 집중했다. 또 고향 철원에서 어린 시절을 보낸 경험을 바탕으로 '남북평화가 곧 경제'라는 가치를 적극 알렸다. 이 선거에서 민주당은 예상을 뒤엎고 역전승을 거뒀고, 이광재에 이어 최문순 도지사를 당선시켰다.

이후 서울시장 보궐선거에서도 그는 두 가지 역할을 했는데, 둘다 주변의 원망을 들을 수도 있는 모험이었다.

그 첫 번째는, 박영선 의원에게 서울시장 출마를 권유한 일이다. 우상호, 이목희 등 당시 원외위원장이었던 개혁적 인사들은 민주당의 서울시장 후보 선거가 경선 과정에서부터 국민 관심을 끌어야 한다고 판단했다. 이에 박영선 의원은 출마를 권유받았지만 망설였고, 박 의원을 설득하기 위한 자리가 서울의 한 중국집에서 마련되었다.

이때 박영선 의원은 '울면'을 먹으면서 울었다. 평소 강직하고 똑 부러지는 박영선 의원이 왜 동료 의원들 때문에 울었던 것일까. 전말은 이러하다.

우상호를 포함해 민주당의 개혁파 정치인들은, 출마를 망설이는 박 의원에게 당과 국민의 요구에 따라야 하는 정치인의 본분을 강조했다. 몸을 태워 주변을 밝히는 '촛불의 역할'을 하라고 했다. 민주화운동, 노동운동에 목숨을 걸었던 동료들의 권유에, 박 의원은 그만 눈시울이 뜨거워졌다. 설득하는 의원들도 목이 메긴 마찬가지였다. 망설이던 박 의원은, '서로 울면서 먹은 울면 사건' 이후 서울시장 출마를 공식 선언했다. 당 내부 경선에서, 민주당 후보로도 당선됐다.

하지만 이후 선거 판세를 좌우할 더 큰 변화가 일어났다. 시민운동가 출신의 무소속 박원순 후보와 안철수 서울대 교수의 '서울시장 후보 단일화 선언'이 그것이다. 이에 따라 서울시장 후보 경선은, 야권 전체로 판이 커졌다. 판세는 민주당 박영선—무소속 박원순 후보 양강 구도로 흘러갔고, 접전 끝에 박원순 후보가 당선됐다. 야권은 급히 단일후보 선대위를 꾸렸고, 민주당 출신의 우상호 대변인을 임명했다. 그에게 이제 두 번째 역할이 주어진 것이다.

이에 일부 민주당 당원들은, 우상호 서대문 지역위원장에게 '우리 당 소속이 아닌 무소속 후보를 굳이 도와야 하느냐'는 볼멘소리를 했다. 또 만약 한나라당 나경원 후보가 당선된다면 괜한 헛고생만 하는 것 아니냐는 걱정도 했다. 그는 지역 유권자들을 설득하면서, 박원순 선대위에서 대변인을 맡아 새벽부터 밤까지 박 후보의

홍제천 폭포 마당에서 열린 제16회 서대문구 장애인 한마당 축제에서. 가운데가 우상호.

당선을 위해 뛰고 또 뛰었다.

이 과정에서 야권은 무소속 후보를 위해 민주당 대변인, 문화·예술계 유명인사가 결합된 '무지개 전략'을 선보였다. 이를 통해 우리나라 최초로 시민운동가 출신의 서울시장이 탄생하게 되었다.

우상호의 과제, 486의 과제

2012년, 우상호 의원은 재선에 성공하고 드디어 정당 지도부에 입성했다. 그는 강원도 출신으로서는 최초로 민주당 선출직 최고위원에 오른 기록을 세웠다.

이에 지금 그는 기대와 주목을 받는 중견 정치인이지만, 동시에 두 가지 무거운 과제도 안고 있다.

첫 번째 과제는 '486 정신의 실현' 이다. 486 세대는, 한국정치의 격동기에 청년기를 보냈다. 그랬기에 누군가는 친구를 민주화운동 과정에서 잃었고, 누군가는 수감생활을 해야 했다. 그들은 남북 분단을 이용하려는 기득권층을 비판했고, 통일의 염원을 간직하고 있다. 현재 486 세대 대다수는 평범한 시민으로 살아가고 있지만, 역사와 민주주의에 대해 고민했던 뜨거운 기억을 안고 있다.

따라서 486 정치인들은 또래 세대의 열망을 대변해야 한다. 동시에 2030세대의 역동성을 담아내면서, 동시에 50대와 60대 세대가 원하는 민생 문제를 풀어내야 한다. 특히 남북관계가 고착된 상황에서, 486 정치인들이 남북평화에 어떤 역할을 할지가 중요한 과제로 떠오르고 있다.

우상호의 두 번째 과제는 '정치 개혁' 이다. 강원도민들은 2010년 지방선거에서 야당에 힘을 실어줬고, 2011년 강원도 도지사 보궐선거에서도 야당 최문순 후보를 당선시켜 줬다. 하지만 이듬해 2012년 총선에서는 공천 다툼을 벌인 야당을 외면하고 새누리당에게 9석 전석의 승리를 안겨줬다. 즉 강원도민은 여야를 떠나 '낡은 정치' 를 심판하고, 새로운 정치를 갈망하고 있다. 이에 강원도민의 열렬한 응원 덕에 최고위원에 오른 그는 앞으로 바짝 긴장하고, 이런 욕구를 반영해 새로운 정치를 해야 한다.

이에 대해, 그는 이렇게 포부를 밝힌다.

"1987년 정치 민주화에 온몸을 던졌듯이, 이제 강원도 경제를 살리는 남북평화를 위해, 서민을 위한 경제민주화를 위해 최선을 다하겠습니다."

강원도가 키운 486의 맏형 우상호 의원. 그가 고향 철원에서 꿈꾸었던 '남북통일'의 꿈을, 앞으로 정치권에서 어떻게 실현해갈지 주목된다.

▶ 우상호   1962년 강원도 철원 출생. 동송초등학교, 서울 광운중학교, 용문고등학교, 연세대학교 졸업. 1987년 전국대학생대표자협의회 동우회 회장. 1994년 도서출판 두리 대표. 2004년 제17대 열린우리당 국회의원. 2012년 제19대 열린우리당 국회의원. 이한열 추모사업회 사무국장, 민주통합당 최고위원.

강원도의 따뜻한 카리스마
개그맨
김국진

"내가 어디에서 무엇을 하든 내 마음의 버팀목은 고향이었습니다. 영원한 내편이 될 강원도, 그곳에는 꿈과 낭만, 열정이 있습니다. 입맛 없을 때 어머니의 손맛이 가득 담긴 밥상이 그립듯이 강원도는 무한한 에너지로 마음을 치유하는 묘한 매력이 있습니다. 저에게 강원도는 힐링(healing)입니다. 그리고 사랑입니다."

혀 짧은 약점을 딛고 웃음대통령의 꿈을 이룬 개그맨 김국진. '밤새지 마란 말이야', '오 마이 갓' 등 대박 유행어를 탄생시키며 공중파 예능프로그램의 명 MC로 제2의 전성기를 누리고 있는 그는 강원도 인제가 낳은 재간둥이이다.

1990년대 후반, 예능프로그램은 물론 드라마와 시트콤, 영화, 광고, 식품에 이르기까지 대중문화 전반을 점령했던 그는 결혼과 골프, 사업에 연이어 실패하며 돌연 TV에서 자취를 감췄다.

하지만 오뚝이처럼 일어난 그는 2008년 브라운관에 컴백, 톱스타로서 가질 법한 오만 섞인 자존심은 접어둔 채 차근차근 자리를 잡기 시작했고 현재 〈황금어장—라디오 스타(MBC)〉와 〈해피선데이—남자의 자격(KBS)〉, 〈붕어빵(SBS)〉 등 공중파 예능프로그램의 굵직한 진행을 맡으며 제2의 전성기를 맞이하고 있다.

인제, 그곳에는 사랑이 있다

김국진은 고향에 대해 "내 고향 인제는 언제나 제가 돌아가고 싶은 곳이죠." 이렇게 정의한다. 입맛이 없을 때 그는 밥 한 공기를 뚝딱 해치우게 만들었던 강원도 인제의 묵은 무를 떠올린다고 한다. 실제로 〈해피 선데이—남자의 자격〉에서 '내 인생 최고의 밥상'이라는 주제로 추억이 가득 담긴 소울 푸드를 찾아 가져오는 미션에서 그는 강원도 인제를 찾았다.

그날 김국진은 어린 시절 축구부 활동을 하면서 먹었던 최고의 음식을 찾아 강원도 인제 산골로 떠나 3년 묵은 무를 소개했다. 갖가지 화려한 반찬보다 우리 입맛에는 김치가 기본이라고 생각했고, 어린 시절 밥상에 올라 입에 침이 고이게 만들었던 묵은 무가 생각났던 것이다. 방송에서는 이윤석의 '어머니표 된장찌개'가 우승을 차지했지만 방송이 나간 직후 인제의 묵은 무에 대한 문의가 많았다고 한다.

그는 당시에 대해 이렇게 회상했다.

"무가 나던 계절이 아니었어요. 그런데 고향에 내려가 묵은 무를 가져왔더니 그날 이후 묵은 무를 어디서 구할 수 있느냐고 방송국에 전화가 쇄도했죠."

고향, 인제 곳곳에 배어 있는 애틋함도 털어놨다.

"제가 뛰어놀던 뒷산, 놀이터…… 어느 하나 추억이 서리지 않은 곳이 없어요."

이 모습 또한 KBS 〈남자의 자격〉에 소개됐다. '남자, 카메라 그리고 떠나라'라는 미션으로 자유여행을 떠나 추억을 담아오는 시간에 그는 동갑내기 친구 김태원과 함께 강원도 인제를 찾았다.

이날 두 사람은 그의 어린 시절 추억이 고스란히 남아 있는 인제 구석구석을 다시 밟았다.

"인제는 지금도 아름답지만, 어렸을 때가 훨씬 아름다웠어요. 지금은 물 속에 잠겨서 그 당시 아름다웠던 나무, 풀, 놀이터가 안 보이더라구요."

그러면서 그는 지금은 고요한 호수로 변해버린 추억의 장소에 대한 아쉬움을 드러냈다.

그렇게 김국진에게 있어 고향이란, 시간이 지나 어떤 모습으로 변해 있다 할지라도 절대 부정할 수 없는, 항상 그를 그곳으로 이끄는 묘한 마력의 힘을 가진 곳이다.

내 꿈은 대통령

김국진은 인제에서 태어나 인제남초교를 졸업, 인제중 2학년 때 서울로 전학을 갔다.

"고향을 생각하면 내린천에서 수영하고 물고기를 잡던 시절이 떠올라요. 여행을 즐기는 편인 데다 고향 친구들도 아직 많이 남아 있어 자주 인제를 찾아요. 요즘에는 스케줄 때문에 아쉬움이 많죠."라며 고향에 대한 각별한 애정을 드러내는 그의 어릴 적 꿈은 대통령이었다. 그 꿈은 초등학교 코흘리개 시절의 입버릇으로 끝난 것이 아니라 강원도 홍천에서 현역으로 군복무를 하던 때까지 계속됐다. 고참들의 군기에 눌려 잠시 공무원으로 장래희망이 바뀌는 시련을 겪기도 했다.

"결국 대통령도 가장 높은 공무원 아닙니까. 개그맨이 되었으니 사람들에게 행복한 웃음을 주고 싶다는 어린 시절의 그 꿈을 지킨 거죠."

그는 축구에도 일가견이 있다. 초등학교 축구부를 지내며 대통령과 축구선수 사이에서 진지하게 진로 고민을 했을 정도이다. 그가 속한 인제남초등학교 축구부는 7년 연속 우승을 이룬 명문이었다. 하지만 그가 초등학교 6학년 때 주장을 맡고 나서 8년 연속 우승의 꿈이 좌절되었고 축구부도 곧바로 해산됐다고 한다.

실제로 초등학교 생활기록부에는 그의 축구실력을 칭찬하는 내용으로 채워져 있다. 1학년 때 '공놀이를 잘한다'로 시작해 6학년 때는 '패스가 정확하고 공격을 잘한다'고 기록되어 있어 축구로 이름을 날렸다는 그의 말을 입증했다.

김국진은 "우리 학교가 그 지역에서 7년 내리 우승한 축구 명문이었는데 하필이면 내가 주장을 맡았을 때 8연패 문턱에서 고배를 마셨어요. 그래서 바로 축구부가 해체됐죠. 제가 명문 축구부를 해체시킨 장본인입니다."라며 씁쓸하게 웃었다.

이후 인제남초등학교는 축구부 대신 농구부가 결성됐다고 한다. 그런데 그 농구부가 곧바로 전국체전에서 2위의 기록을 내 당시 신문에도 대서특필됐다고 한다. 그는 "제가 축구부를 해체시켜서 얻은 성과 아닙니까. 결과적으로는 농구 명문을 만든 것이니 학교가 제게 감사해야죠." 하며 웃었다.

강원도는 국진이네 동네

유년기를 그렇게 보내고 중학교 2학년 때 서울로 이사 오면서 한창 예민하던 시절이라 적응이 쉽지는 않았다. 지금 TV에 보여지는 모습 그대로, 중학생 김국진의 모습 또한 말수가 적고 수줍음 많은 사춘기 소년이었다. 그러던 전학생이 학교 매점 위치도 파악하기 전에 덜컥 반장선거에 출마했다. 친구들에게 "나 김국진이야~" 하고 알리고 싶었다.

친구들 이름은 물론 우리 반이 몇 명인지 제대로 모르는 상황에서도 그는 당당히 반장에 뽑혔다. 시골에서 올라온 전학생의 당돌함이 좋게 평가된 것 같다고 했다.

이후 선생님들도 그를 조금씩 알아봐주기 시작했다.

"아~ 네가 이번에 인제에서 전학 왔다는 국진이구나."

지리 선생님은 아예 전국 지도를 펼쳐놓고 서울은 서울, 경상도는

위쪽이 경상북도, 아래쪽이 경상남도…… 이렇게 설명하시면서 "강
원도는 국진이네 동네, 여기는 국진이 동네예요. 여러분 잊지 마세
요~" 하고 귀에 쏙쏙 들어오게 가르치셨다. 덕분에 그의 친구들은
한동안 강원도를 '국진이네 동네'로 불렀다. 인제와 멀리 떨어진 동
해나 삼척까지도 친구들은 한 동네로 생각했다.

"국진아, 너희 동네에는 진짜로 바닷가에 오징어가 많이 잡히니?
한 마리에 천 원이야?" 하고 물어보는 통에 곤란한 적이 한두 번이
아니었다. 그는 인제에서 태어나 인제에서 자랐을 뿐, 바닷가 쪽으
로는 가본 적도 없는데 산나물 종류를 묻는 질문이라면 모를까, 오
징어 값을 묻는 데에는 마땅한 대답을 할 수가 없었던 것이다.

행복은 잠시, 브레이크 없는 내리막길의 시련

김국진의 조용한 카리스마와 감춰진 끼는 1991년 대학 개그제에
서 유감없이 발휘됐다. 그는 1991년, 제1회 KBS 대학개그제로 연예
계에 입문했다. 15명의 동기와 함께 개그맨으로 데뷔한 후 혹독한
연수를 거쳐 무대에 올랐다. 신인임에도 빠른 시간 안에 대중에게
자신의 이름 석 자를 알리며 사랑을 받았다. 하지만 행복은 짧았고,
시련은 일찍 찾아왔다.

"잘나가던 신인 시절이 있었죠. 신인상을 받고 당시 프로그램을
다섯 개나 했으니까요. 그런데 그런 제가 돌연 방송을 그만두고 미
국 유학길에 오르자 다들 놀라더라고요. 그리고 바로 거기서부터 내
리막길 인생이 시작됐어요. 오해가 있어서 연예인 영구제명이라는
일을 겪기도 했고요."

90년대 말 여러 방송사에서 바쁘게 활동하던 시기. 백상예술대상 남자 코미디언 연기상, 1998 MBC 코미디대상 대상, 2001 제35회 백상예술대상 인기상 등을 받았다.

같은 방송사에서 활동하던 선배 개그맨들과의 불화 때문에 돌연 미국으로 떠났던 김국진은 일명 '감자골 4인방'으로 불리는 동기 개그맨 박수홍, 김수용, 김용만과 함께 타국에서 1년의 시간을 보냈다. 하지만 한국으로 돌아온 후에도 상황은 나아지지 않았다.

"미국 가기 전 6개월, 미국에서 1년을 그냥 보냈죠. 돌아와서 MC를 맡았던 프로그램도 6개월 만에 망했어요. 이름이 〈오키도키 쇼〉였어요. 기억 못 하시죠? 망했으니까요. 막막했지만 그래도 김용만에게는 걱정 말라며 나만 믿으라고 했어요. 전 자신 있었거든요."

그의 강한 믿음 때문이었을까, 김국진은 이후에 〈도전 추리특급〉, 〈테마게임〉, 〈일요일 일요일 밤에—칭찬합시다〉 코너로 다시 전성기를 맞이하기 시작했다. 그가 재기하는 데에도 그의 강원도 정서가 든든한 뒷받침이 됐다. 개그 소재로 활용된 것이다. 다소 촌스러운 패션에 어눌한 말솜씨의 그를 김용만은 "얘가 강원도 출신이라 그래요." 이 한마디로 웃음몰이를 시작했다. 당시 그의 인기는 그야말로 대단했다. 영화와 가요계를 통틀어 국내 연예인들 중에서 인기 순위 1위를 차지했고, 그의 이름을 내세웠던 '국진이빵'은 하루에 60만~70만 개씩 팔렸다.

당시 서태지와 아이들보다 인기가 많았던 김국진. 그는 "국진이빵이 학교 급식에 많이 나갔다고 하더라고요. 저도 사 먹어 봤어요"라며 해맑게 웃었다.

"제 입으로 이런 말을 하기는 그렇지만…… 5년 동안 무려 40개의 트로피를 거머쥐며 상을 휩쓸었어요. 너무 많아서 안 받으러 간 상도 있을 정도였어요(웃음)."

"전성기 때는 방송국 스케줄도 조절이 가능한 정도였어요. 전체 녹화 스케줄 중에 아무 이름 없는 공란의 스케줄이 한 시간 있었어요. 그게 저를 위한 시간대예요. 제가 시간을 빼 달라. 어느 시간대로 해 달라 하면 충분히 조절이 가능한 정도였으니까요."

그러던 그가 다시 내리막길을 만났다. 결혼 1년 만에 파경을 맞아 '돌아온 싱글'이 됐고, 설상가상 사업까지 실패했다. 취미로 시작했던 골프에 푹 빠져 프로테스트에 15번이나 도전했지만 번번이 고배를 마셔야 했다. 천당과 지옥을 오가는, 그야말로 엎치락뒤치락하는 나날의 연속이었다. 결국 그는 연예계를 떠나 무려 5년이라는 긴 시간 동안 세월을 낚시질하며 사람들의 기억에서 서서히 잊혀져 갔다.

"5년 동안 단 하루도 멈추지 않은 채 계속 내려가는 롤러코스터를 타면 기분이 어떨까요? 하지만 전 단 한 번도 힘들다는 생각을 하지 않았어요. 제가 내려온 만큼 다시 오를 수 있을 거라 믿었거든요. 오죽하면 매니저 동생은 제게 '형, 이제 그만 롤러코스터에서 내려. 너무 힘들잖아' 라고 하더라고요. 하지만 그때 저는 '아니야, 나 앞으로 3년은 더 탈 거야' 라고 했죠."

미션의 연속 '인생'

5년 만에 방송에 복귀한 그는 다시 시동을 걸고 오르막길을 타기 시작했다. 〈황금어장―라디오 스타〉, 〈스타 주니어 쇼 붕어빵〉 등 빡빡한 스케줄을 모두 소화해내고 있다. 그리고 2009년, 〈해피 선데이―남자의 자격〉을 통해 다시 정상을 향해 달려가는 중이다.

"지금의 저는 바닥을 찍고 다시 일어서려는 상태예요. 아이가 걸으려면 2천 번을 넘어져야 한대요. 저 역시 그랬죠. 사랑에 넘어지고, 사람에 넘어지고…… 그렇게 많이 넘어진 뒤 일어났을 때 비로소 뛸 수 있고 날 수도 있는 거예요. 오르는 길이 있으면 내리막길도 있어요. 내리막길을 두려워하면 더 많이 오를 수 없어요. '쑤욱' 내려가면 이후에 얼마든지 '쑤욱' 올라갈 수 있어요."

다시 돌아온 김국진에게 지난 몇 년간 늘 지난날에 대한 질문들이 앞섰다. 혹자들은 가슴 아픈 개인사를 예능 프로그램에서 자연스럽게 승화시키는 것이 아니냐고 묻기도 했다. 하지만 아무리 연예인일지라도 안타까운 일은 안타깝고, 슬픈 기억은 슬픔 그대로다. 그 역시 그랬다.

"제가 그런 얘기(힘들었던 과거) 하는 것을 별로 좋아하지 않아요. 그런데 예능이라는 게 참 묘한 선이 있어요. 이게 너무 안 받아도 문제고 너무 정색을 해도 문제거든요. 그걸 또 받으면 희화화가 되고요. 선을 잡기가 참…… 그래서 웬만하면 웃어요. 거기서 화를 내면 이상하잖아요. 멋쩍은 웃음을 짓죠.”

전 국민이 그의 개인사를 웃음으로 치부하는 데 대해서도,

“모든 사람들의 기억에서 제 과거를 지우는 것이 가능합니까. 인정하고 싶지 않지만 모두 공개된 일이고 모두가 알게 된 이상 저도 그 부담을 받아들여야죠.”

개인사 공개에 대한 부담감도 연예인의 숙명으로 인정해야 한다는 것이다.

거침없이 질주하며 올라갔던 정상에서 한순간에 나락으로 떨어지며 인기와 명예를 송두리째 잃었고, 사랑에 무너지며 쓰디쓴 좌절도 맛봤던 김국진. 하지만 그는 벼랑 끝에 매달린 순간에도 자신을 믿었고, 성급한 욕심보다는 느긋한 여유로 ‘때’를 기다릴 줄 알았기에 다시 일어설 수 있었다.

실패도 가 볼 만한 길

마르고 자그마한 체구에 조용조용한 말투, 김국진은 전형적인 개그맨의 이미지는 아니다. 그런데 그가 브라운관에서 최고의 진행자로 입지를 다질 수 있었던 비결은 뭘까.

그는 성공한 개그맨이라는 호칭이 부끄럽다고 말한다. 성공이라고 부르기에 그의 인생은 너무 굴곡졌고 아직 이루지 못한 꿈들이 많기 때문이다.

“실패를 하더라도 계획을 철저히 세우고 최선을 다해 실패해야 그 실패를 딛고 일어날 수 있다고 생각합니다. 내가 할 수 없다고 생각하는 것, 이것이 나의 가장 큰 적일 뿐. 실패가 예상되더라도 한 번

쯤은 가 볼 만한 길이었어요."

조용하고 차분한 성격 이면에 강한 카리스마도 드러난다.

"성공은 가장 멍청한 선생이라는 말이 있습니다. 성공을 하면 사람이 우쭐해지죠. 실패하지 않을 것 같은 착각을 불러옵니다."

정상의 자리에서 여러 번의 실패를 거치면서 단단하게 단련된 그였기에 그런 표현들이 더 절실하게 다가왔다.

2008년 방송에 컴백할 당시, 그는 방송 시스템에 적응하지 못해 오랜 시간 고전해야 했다. 김구라와 윤종신, 유세윤, 이경규, 전현무, 김태원 등 자기 색깔이 뚜렷한 예능인들 사이에서 말 한마디 못하고 웃는 리액션만 잡히기 일쑤였다. 그러던 그가 조용한 카리스마로 조금씩 존재감을 알리기 시작했다. 패널을 배려하는 진행을 국민MC 유재석이 정착시켰다면 그 시초는 김국진이라고 할 수 있기 때문이다. 그는 MC의 역할에 대해 이렇게 말했다.

"제일 웃기는 사람은 말을 하는 사람이 아니라 제일 잘 들어주는 사람이지요. 너무 웃기려고만 하면 흐름을 놓치고 상황에 안 맞는 얘기를 하게 되어 뒤처집니다."

그는 〈남자의 자격〉을 통해 이경규를 받쳐주는 2인자의 모습으로, 예능 초보 김태원을 이끌어 주는 친구의 모습으로, 이윤석, 윤형빈, 이정진을 연결하는 모습으로 프로그램의 중요한 부분을 지탱하고 있다.

또 〈라디오 스타〉에서도 입담꾼인 김구라, 윤종신, 유세윤의 틈바구니에서 드러나지는 않지만 이들을 든든하게 받쳐주며 다소 엉뚱한 대사로 웃음을 자아내게 하는 '은근 존재감'으로 자리 잡았다.

많은 어려움과 실패 끝에 제자리로 돌아온 것 같아 하루하루가 감사하다는 개그맨 김국진. 그는 이미 충분히 정상의 자리에 오른 듯이 보이지만 만족하지 않고 또다시 모험을 꿈꾸고 있다.

롤러코스터 인생

한 여성 포털이 조사한 '장가갔으면 하는 연예인'이란 설문조사에서 배용준을 제치고 김제동에 이어 2위를 차지했다. 사람들의 뇌리에서 잊혀져 가던 2008년을 생각하면 상상도 할 수 없는 인기다. 이혼과 사업실패 등 인생의 롤러코스터를 타본 그가 〈남자의 자격—청춘에게 고함〉에서 '롤러코스터'를 주제로 한 강의는 그의 마음가짐을 가장 잘 설명하고 있다.

"제가 참 버라이어티하게 살았거든요. 제 인생에 비하면 이경규 씨는 '시소' 정도죠. 절대 비슷하지 않은 삶이니까요. 저는 20년째 롤러코스터를 타고 있어요. 인생이 참 다이내믹하죠."

"실패를 걱정하지 마세요. 롤러코스터의 특징은 안전바가 있다는 거예요. 여러분에게도 알게 모르게 인생의 안전바가 있어요. 그러니 롤러코스터를 타게 되더라도 즐기세요. 넘어지는 것을 두려워하지 마시고요."

내가 지금 어떤 상태인지, 무엇을 할 수 있는지 스스로 정확히 진단하는 게 우선이라고 말한 그는 '무조건 해보는 것'이 가장 중요하다고 지적했다.

그는 자신의 별명, 치와와에 대해서도 강한 애정을 드러냈다.

"나는 치와와예요. 세퍼드가 되고 싶다고 성난 이빨을 드러내고 있었으면 사랑받지 못했을 거예요. 작지만 독립심 강하고 의외로 용감한 치와와처럼 살고 싶어요."

"사자에게는 강한 이빨이 있고, 새에게는 날개가 있고, 초식 동물에게는 뿔이 있는 것처럼 사람 역시 저마다의 무기가 있지요. 그 무기를 제대로 쓰기 위해선 끊임없는 자기 발견이 필요하죠."

이어 그는 "무조건 해보는 것이 가장 중요하다"며 "생각만 하지 말고 즉시 행동에 옮기세요. 그럼 자신의 장점을 어떻게 발전시키고 단점은 무엇으로 극복할 것인지 알 수 있게 된다."고 덧붙였다.

데뷔 초, 김국진은 특유의 혀 짧은 소리 때문에 선배들에게 종종 혼나곤 했다. 자신의 구강구조가 작아 울리는 소리가 크다는 걸 알게 된 그는 고칠 수 없는 단점이라 판단하고 이를 장점으로 만들기로 결심했다고 밝혔다. 김국진 특유의 목소리와 톤을 활용해 탄생한 '여보세요' '어라' '오 마이 갓' 등의 유행어는 그를 최고의 개그맨으로 만들어줬다.

최근에는 '착각'이라는 주제로 또 한 번 강단에 섰다. 김국진은 이렇게 말문을 열었다.

"첫 착각은 어머니의 착각으로, 내가 공부를 잘하는 줄 알고 강원도 인제에서 서울로 올라온 것이 그것입니다. 그게 내 인생의 첫 착각이었습니다."

또한 그는 "영어를 제대로 못했었는데 군에서 장교의 착각으로 번역병에 차출됐다"라며 "문선병 MC에도 장교의 '저 녀석 실력이 대단하다'는 착각으로 뽑혔다"고 덧붙여 여러 번의 착각 때문에 지금 이 자리까지 오게 됐음을 털어 놓았다. 이처럼 여러 번의 착각이 반복되는 삶을 고백한 그는 "누군가 꽃을 먼저 피웠다

고 '나는 왜 꽃이 안 피지?'라는 착각을 하면 안 된다"며 "그대라는 꽃이 피는 계절은 모두 다르니까 고난과 시련에 좌절하지 말라"고 덧붙였다.

마지막으로 김국진은 "얼마 전 사진첩을 뒤적이다 옛날 어머니 사진을 봤는데 지금은 너무 많이 늙었고 달라져 있어 어머니는 항상 그대로일 것이라고 착각했었다"라며 "월드컵 같은 기회는 계속 오지만 부모님께 잘해드릴 기회는 생각보다 많이 오지 않는다"라고 말해 뜨거운 박수갈채를 받았다.

이것이 김국진의 저력이다. 자신이 실패한 일을 담담하게 들려줄 수 있는 진솔함, 그는 결코 훈계한답시고 계도적이지 않았다. 강요하지도 않았다. 그저 그는 자신의 삶을 열거했을 뿐이고, 조금 더 살아 본 사람으로서 이런 삶도 있다는 것을 들려줬다. 그게 더 관객들에게 감동을 자아냈고, 그의 강연을 풀 버전으로 듣고 싶다는 요청이 빗발쳤던 이유다.

영원한 1인자, 김국진

한치 앞도 가늠할 수 없는 것이 우리네 인생이라지만 이 남자의 삶은 유난히도 굴곡이 많았다. 연예인이라는 직업을 떠나 지난 시간 걸어온 개인의 삶을 뒤돌아봐도 결코 순탄치 않았다. 하지만 그는 언제나 '다시 일어서리라' 다짐하며 자신을 굳게 믿었다. 상처투성이로 덩그러니 남겨져 세상을 등지기보다는 부러진 날개로 다시 나는 법을 깨우쳤다. 지금 그의 비상이 조금 더 남다른 이유도 바로 이 때문이다.

그의 진솔한 인간성은 이미 방송가에서도 회자되고 있다. 시트콤 촬영이 밤늦게까지 이어질 때면 매니저와 코디에게 택시비를 줘 먼저 집에 보내고, 자신이 손수 운전하고 집으로 간 일화는 유명하다.

또 후배 개그맨 중엔 유독 김국진을 존경하는 이들이 많다. 개그맨 박휘순은 김국진의 자서전 『프로는 용서받지 못한다』를 보고 꿈을 키웠다고 했다. 추대엽 역시 고민이 있을 때는 김국진 선배에게 털어놓는다고.

여전한 1인자 이경규, 다 갖춘 1인자 유재석도 있지만, 대한민국에 실패를 고백하는 김국진 같은 1인자는 없을 것이다. 중학교 때 강원도에서 서울로 전학가자마자 반장으로 뽑힌 것도 그렇고, 전성기 때 인기를 버리고 유학길에 올랐을 때도 그렇고. 내가 어느 지역에 있느냐, 어디서 태어났느냐는 중요하지 않다고 강조했다. 다만 무엇을 하고 싶은지 어떤 방향으로 가고 싶은지에 대한 확고한 신념이 필요할 뿐이라고 말했다.

그리고 오늘날의 강인한 그를 있게 해준 고향 강원도에 대해서도

강원도의 정서와 추억이 밑바탕이 되어 장수 연예인 김국진을 가능
케 할 수 있었던 것이라고 뿌듯함을 내비쳤다.

▶ 김국진　1965년 강원도 인제 출생. 인제남초등학교, 반포중학교, 인창고
등학교, 경기대학교 영어영문학과 졸업. 1991년 제1회 KBS 대학개그제 동
상 수상. 1997 제33회 백상예술대상 남자코미디언 연기상, 1998 MBC 코미
디대상 대상, 2001 제35회 백상예술대상 인기상, 2008 MBC 방송연예대상
쇼/버라이어티부문 인기상, 2010 SBS 연예대상 프로듀서가 뽑은 MC상,
2011년 MBC 방송연예대상 MC부문 특별상 등 다수.

"강원도는 사람을 매혹시키는 강한 매력이 있습니다. 어떤 이들은 그 매력을 '산과 바다' 나 '추억의 MT' 라고도 하고 어떤 이들은 '춘천 닭갈비' 라고도 말합니다. 그러나 전 강원도의 진짜 매력을 '사람' 이라고 말하고 싶습니다. 한 사람 한 사람의 치열하면서도 억척스러운 삶이 강원도 역사를 만들었고 지금의 강원도를 일궜습니다. 강원도 사람들의 우직한 뚝심과 끈끈한 정을 느껴보시기를 바랍니다. 그것이야말로 진짜 강원도의 매력이자 힘이니까요."

부쩍 '김·진·태' 이름 석 자가 요즘 뉴스에 자주 오르내린다. 19대 국회의원 총선거에서 춘천 국회의원으로 당선되면서부터다. 하지만 언론의 주목을 받기 전에도 그는 이미 지역에서 뿌리 깊은 기반을 자랑하는 엘리트 검사 출신 변호사이자 춘천의 아들이었다.

춘천이 낳은 새로운 일꾼, 김진태 국회의원이다.

대부분의 사람들은 그의 모습이나 이력 몇 줄을 훑어보고 엄친아 이미지를 떠올린다. 그도 그럴 것이 서울대 법대를 졸업하고 17년간 서울과 지방 각지에서 검사로 근무한 그의 이력은 그야말로 눈이 휘둥그레질 만큼 화려하기 때문이다. 전형적인 서울대 법학과 출신에다 실력과 행운, 인맥, 삼박자가 고루 갖춰져 요직을 두루 섭렵한 능력 있는 검사로만 보였다. 세련된 서울 8학군 출신 법조인 같지만 사실 그는 춘천시 효자동에서 태어나 춘천교대부속초등학교와 소양중, 성수고를 졸업한 춘천 토박이 강원 사나이다. 경북 성주 출신의 아버지와 양구 출신의 어머니가 만나 춘천에서 터전을 이루면서 강원도에 뿌리를 내렸다.

"제 고향은 강원도입니다."

김진태는 유독 고향에 대한 애착이 강하다. 고향을 등진 벌을 톡톡히 받았기 때문이다.

사법시험에 합격한 후 검사로 임관되기 직전 아버지가 물으셨다. "네 고향이 어디냐?" 춘천에서 나고 자란 그에게 아버지가 왜 그런 질문을 하셨을까.

"강원도 출신이라고 하면 검찰에서 행세하기 어려울 거다. 그러니 앞으로 너는 아버지의 고향, 할아버지의 선영이 있는 경북 출신이라고 해야 한다."

그렇게 임관과 동시에 그는 경북 사람이 되어버렸다.

경북 출신인 박정희 대통령이 18년을 집권했고 전두환, 노태우, 김영삼 대통령 모두 경상도 출신이다. 김대중 대통령을 제외하고 노무현, 이명박 대통령도 예외가 아니다. 당시 아버지의 말을 들을 때만 해도 지역 연고주의에 대한 실감도 없었고 오히려 약간의 반발심까지 들었다. 하지만 제대로 된 '검찰 행세'를 원하시는 아버지 뜻에 따라 인사기록 카드 원적란에는 경북 성주로 적었다. 이때부터 검사 생활이 꼬이기 시작했다.

초임검사로 2년간 근무를 마치고 두 번째 임지로 갈 때는 원칙적으로 벽지에 있는 소규모 지청으로 발령을 받는다. 강원도로 치면 춘천지검이 본청이고 나머지 원주, 강릉, 속초, 영월의 지청으로 검사를 보내는 것이다. 검사들 사이에서는 이렇게 임지를 한 번 옮길 때마다 학년이 늘어난다고 해서 두 번째 지청 근무 검사들을 '2학년'이라고 부른다. 2학년 검사가 되기에 앞서 법무부에 희망지를 적어 냈는데 그는 분명 1지망을 원주지청, 2지망을 영월지청으로 했다. 부모님이 계신 춘천을 기준으로 잡았던 것이다. 하지만 정작 발령지는 대구지검 의성지청이었다. 당시만 해도 의성이 어디에 붙어 있는 동네인지 몰라 지도를 펴들고 물어물어 찾아갔다.

더구나 의성지청에는 검사가 딱 한 명이었다. 전국 몇 개 안 되는 단독지청이었다. 유일한 평검사로 단출하게 지청장 한 분을 모시게 됐다. 휴일에도 관내를 벗어날 수 없어 1년 근무기간 동안 추석 때 딱 한 번 춘천에 갈 수 있었다. 그것도 지청장이 대신 당직을 서준 덕분이었다.

그렇게 의성에서 1년을 보내고 나니 법무부에서 또다시 다음 희망 임지를 묻는 전화가 걸려왔다. 이때다 싶어 고백했다.

"선배님, 저를 왜 의성으로 보내셨나요? 강원도를 희망했는데요."

"어 무슨 소리야, 김 검사? 성주고등학교 나왔잖아. 거기서 의성이면 멀지도 않고 잘됐구먼 그래."

순간 머리가 띵했다.

"선배님, '성주' 고등학교 아니라 '성수' 고등학교예요."

"가만 있어봐. 어 맞네. 내가 잘못 봤네. 그런데 김 검사 출신이 경북 성주 아니었던가?"

그제야 의성지청에서 일 년을 근무하게 된 이유에 대한 의문이 풀렸다. 태어나고 자란 곳을 버리고 무슨 영화를 보겠다고 출신지까지 바꿔 적었나 싶어 부끄러웠다.

곧바로 법무부 인사담당 부서에 출신지 수정을 요청했다.

"제 고향은 강원도 춘천입니다."

강원도 감자바우를 인정하고 나니 속이 편해졌다.

자랑스러운 성수고등학교

김진태가 졸업한 고등학교는 춘천 성수고등학교. 강원도 내에서도 꽤 이름이 알려진 학교가 몇 있지만 성수고등학교는 왠지 이름이 낯설다.

춘천 성수고등학교 출신의 현직 검사는 사법연수원 14기로 그보다 네 기수 위의 선배 한 명이 유일하다. 고교 평준화 시절이기 때문에 그가 굳이 춘천고등학교를 갈 수 없었다고 설명할 필요도 없었

다. 어차피 중앙무대에서는 춘천고등학교라 해도 낯설기는 마찬가
지였기 때문이다. 전국을 돌면서 근무를 해도 춘천고를 처음 들어본
다는 사람이 태반이었는데 더군다나 춘천 성수고 출신이라는 것은
아무 의미가 없었다. 그저 '김진태 고향은 강원도' 정도로만 각인돼
있었다.

경북고, 전주고 등 지방 명문고를 졸업한 동료 검사의 동문회식
자리에 덩달아 따라 나가며 부러워했던 적도 있었다.

"다들 좋겠다. 좋은 고등학교 나오니 찾아오는 사람도 많고……"

"그런 소리 하지 마. 우리 학교 출신 검사가 현직 검사장까지 포함
해 수십 명이 넘는데 왜 굳이 나를 찾아와 밥을 사겠냐. 처음 보는 선
배랑 술자리 한번 했더니 결국 사건 청탁하더라."

타향에서 그가 졸업한 성수고등학교 동문들을 만나는 일은 드물
었다. 만나서 사건 청탁을 받는 경우도 거의 없었다. 강원도 특유의
따스한 정서로 동문 중에 검사가 있다는 사실만으로도 뿌듯해하는
것 같았다.

검찰에 고등학교 선배는 겨우 한 명 있었으니 고등학교로 덕을 보
기는 힘들었지만 그래도 최소한 희소가치라는 것이 있었다.

'바다이야기' 파도를 잠재우다

강원도 비명문 고등학교 출신의 그가 검사로서 입지를 다지기 시
작한 것은 2006년부터이다. 전국 2만여 사행성 게임장을 일제 소탕
한 검찰 실무 책임자. 그의 이름 뒤에 뒤따르는 수식어다. 대검 강력
과장 시절 전국을 들썩이던 사행성 게임 '바다이야기'를 소탕하는

2000년 연수 시절 가족과 함께. 캐나다의 로키산맥.

데 일등공신 역할을 담당했다. 그는 당시를 회상하며 불과 넉 달 만에 뿌리 뽑는 것은 불가능에 가까웠다고 말한다. 가장 먼저 수사비 예산 10억 원을 따오고 수사에 팔을 걷어붙였다. 일단 전국에서 똑똑하고 의욕 있는 검사 서너 명을 선발한 다음 역할을 분담하고 수사지침서를 작성하도록 했다.

그렇게 게임장과의 전쟁을 치르는 한편에선 150여 쪽에 달하는 수사 매뉴얼이 탄생했다. 주기적으로 전국 검찰청의 실적을 평가해 1, 2, 3등급으로 나누어 등급에 따라 성과급을 차등 지급했다. 실적이 좋은 검사에게는 직접 전화해 특별 포상금을 지급했고 전국 6대 지검 강력부 검사들과는 검찰 내부 통신망을 통해 메신저로 의사소통했다.

결국 2006년 말 전국 2만여 개에 달하던 사행성 게임장의 98%가

문을 닫은 것으로 조사됐다. 평소 느릿한 말투의 부드럽게 웃는 그의 모습을 봐왔던 동료 검사들은 이때 그의 원칙과 소신을 보고 새삼 놀랐다고 한다.

전 · 현직 대통령 사건을 수사하다

4 · 11 총선 당시에는 'MB의 국회의원 당선을 무효화시킨 검사'라는 타이틀로 관심을 모았다.

그는 1996년 이명박 국회의원 후보자의 선거법 위반 사건을 수사해 대법원에서 벌금 400만 원으로 당선 무효 형을 확정지어 화제가 됐었다. 이후 2002년 또다시 서울시장으로 당선된 이명박 당선인의 선거법 위반 의혹이 불거졌다. 자신의 저서 2,700권을 기부하고 출판기념회에서 불법유인물 9만 장을 배포한 혐의였다.

첫 번째 선거법 위반 사건 수사 당시 공안부장은 영남 출신이었다. 하지만 두 번째 수사 때는 김대중 정부가 들어서면서 공안부장은 호남 출신으로 바뀌어 있어 야당 탄압이라는 반발이 거셌다.

이 때 공안부 본부장인 그가 무색무취 강원도 출신이라는 점이 큰 빛을 발했다. 호남 출신도 아니고 더욱이 영남 출신도 아니기에 정당과 관련된 지역적 특성에서 벗어나 있었다. 김대중 대통령 재임 당시인 국민의 정부 시기의 검찰 공안부를 신 공안이라고 부르던 것에 비해 그 이전까지의 공안검사를 구 공안검사라고 부르는데 그는 정통 구 공안검사이기 때문에 한발 비켜서 보다 중립적인 의견 제시가 가능했던 것이다.

2002년 대선 열기가 한창일 당시, 노무현 후보의 선거법 위반 사건 수사도 그의 몫이었다. 고민이 깊었다. 선거전 본선도 아닌 후보 단일화 과정에서 후보자가 육성으로 대량의 불법전화를 걸었다는 것만으로 대통령 당선자를 기소하면 법원에서 어떻게 판단할 것인 가? 법 절차의 문제점 또한 취임 전 당선자를 기소하더라도 취임 이 후에는 형사재판 절차가 중단되기 때문에 그 전에 재판을 끝내야 하 는데 이미 물리적으로 불가능했다. 결국 그 사건은 그 상태로 마무 리됐고 정치가 법에 우선하는 현실을 뼈저리게 체험할 수 있었다.

마음의 안식처, 고향

폭풍 같은 2002년을 보내면서 그도 많이 지쳤다. 힘들고 지칠 때 마다 떠오르는 것이 으레 고향이다. 김진태는 그때 고향을 택했다. 춘천지검을 자원해 형사2부장으로 발령받았다. 험한 서울지검 공안 검사 시절을 보내고 약간의 한숨 돌릴 수 있는 탈출구가 필요했다. 둘러댈 수 있는 말이 아버지의 병세였다. 뇌졸중으로 오른쪽 반신 거동이 불편하신 것은 사실이지만 지팡이를 짚고 천천히 걸으셨고 장애인용 승용차를 구입해 왼손과 왼발만 갖고도 조심조심 운전이 가능한 상태였다. 그러니까 그가 아버지 병구완을 할 일은 거의 없 었지만 부모님 곁으로 돌아가는 데에는 아주 훌륭한 명분이 됐다.

고향 춘천에 발령받아 오니 뿌듯한 점이 한두 가지가 아니었다. 경상도, 전라도를 헤매고 다닐 때는 외지인의 서러움을 몸으로 체험 하며 관사와 청사만 왔다 갔다 했는데 이제는 내 영역으로 들어오게 된 것이다. 저녁에는 늘 만날 수 있는 친구들이 있고 하물며 부속실 여직원도 고등학교 후배인 것이 신기했다.

수원지검 공판부장 시절, 검사들과 함께. 앞줄 가운데가 김진태.

　오랜 외지생활에 몸과 마음이 지쳐 있는 상태여서 이제는 부모님과 한 집에 살면서 뒤늦게 곰살맞은 아들 노릇을 해보고도 싶었다. 다만 밤늦게 회식자리를 마치고 들어갈 때면 잠귀 밝은 부모님이 깨는 것과 아침밥 먹는 일이 약간 고역이었다. 전날 진탕 마신 술 탓에 아침밥 생각이 전혀 없는데도 어머니는 꼭두새벽부터 달그락달그락 뜨신 밥을 지으시고는 그가 몇 숟가락 입에 넣나 확인하셨기 때문이다. 남들은 배부른 고민이라고 생각할지 모르지만 본가에 살면서 그것이 스트레스였다. 밥보다 잠이 더 중요한데 아침 밥 두어 숟가락 뜨는 자신을 위해 새벽부터 일어나시니…… 밥을 먹고 나면 이번에는 아버지가 차를 반짝반짝하게 닦고 대기하신다.

　매일 아침 아버지가 청사까지 태워주셨다. 차로는 5분 거리에 불과하다. 그 짧은 사이 아버지는 차 안에서 언론 브리핑을 해주셨다. 신문 1면 탑 뉴스, 주요 정치일정 등등. 잦은 회식과 늦잠, 아침운동으로 뉴스를 볼 시간이 없는 아들을 위한 아버지의 뒷바라지였다. 거의 매일 밤마다 모임에, 아침운동에 언론보도를 볼 새가 없던 그에게는 꽤 큰 도움이 되었다. 출근을 하면 매일 검사장실에서 차장검사, 형사1·2부장검사, 사무국장이 모여서 조회를 한다. 한번은 검사장이 갑자기 법무부장관의 일정을 물었다. 그때 그가 대답했다.

"장관님은 오늘부터 이틀 동안 00지검에 초도순시를 가십니다."

"아니 김부장이 그걸 어떻게 알았지?"

"신문 동정란에 다 나오는데요."

"야, 대단한데. 어제 늦게까지 마셔서 우린 제때 일어나기도 힘들었는데."

아침마다 밥 좀 더 뜨라는 어머니와 실랑이를 벌이고 아버지가 운전하는 차를 타고 출근하면서 고향에서의 근무는 그 어느 때보다도 행복했다.

검사에서 변호사로

고향의 푸근함을 만끽하며 근무하고 있는데 한 가지 걱정이 있었다. 춘천에서 초, 중, 고등학교를 나왔고 부모님과 일가친척이 살고 있으니 이래저래 아는 사람이 많을 것이고 이들이 저마다 사건 청탁을 하면 일을 제대로 할 수 없을 것이 걱정이었다. 그래서 원칙을 세웠다. 친척이고 친구고 간에 자기 본인과 4촌 이내의 친족이 직접 어떤 사건에 관계되었을 때만 사건을 알아봐 준다. 그러나 친척의 아는 분, 친구의 친구 등 한 다리를 더 건너 결국 두 다리가 될 경우는 절대 개입하지 않겠다는 원칙이었다.

춘천지검 형사2부장으로 재직할 당시 친구에게서 전화가 한 통 걸려왔다.

"너 서울지검 형사 0부장 알지?"

"좀 알긴 하지."

"그럼 잘됐다. 누가 서울지검 형사 0부에서 조사를 받게 됐는데 잘 좀 해달라고 전화 좀 해주라."

"그게 누군데?"

"응, 내가 다니는 회사 부장의 동생이야."

"……"

"왜 그래. 전화 좀 해 주면 안 되겠나?"

"한번 생각해봐. 내가 서울지검에 있는 그 사건 담당 검사라 치자. 그럼 그 검사 입장에서는 조사받으러 온 사람이 누구냐 하면 소속 부장이 아는 검사의 고향 친구가 다니는 회사의 부장의 동생이지? 그럼 몇 다리를 건넌 거냐? 하나, 둘, 셋, 넷, 다섯 단계지? 그렇게 따지면 대한민국 사람이 다 아는 사람이라는 소린데 그런 부탁을 할 수 있겠나? 그렇게 처신하면 이 검찰조직에서 나 같은 강원도 촌놈이 과연 살아남을 수 있을까?"

이 정도까지 비장하게 나가면 대부분의 친구들은 기가 꺾여 미안하다며 전화를 끊는다. 수화기를 내려놓으면서 분명히 욕을 할 것이다. 하지만 이렇게 하지 않으면 사건 브로커가 될 것만 같았다.

이후 춘천지검 원주지청장까지 마친 다음에는 주요 지방검찰청의 차장검사로 가야 했다. 그래야 몇 년 후 검사장 승진을 기대할 수 있는 것이다. 그러니 인사발표에 신경을 안 쓸래야 안 쓸 수가 없었다.

남원의 광한루에서 직원들과 함께. 앞줄 가운데가 김진태.

2009년 1월, 검찰 정기인사 발표가 났다. 서울고등검찰청 검사였다. 피라미드형인 검찰 조직체계에서 고등검찰청 검사는 아주 애매한 보직이다. 물론 고등검찰청 검사장은 당연히 지방검찰청 검사장보다 높은 자리이고 고등검찰청의 차장검사 역시 초임 검사장이 가는 자리이다. 그러나 그 아래 고등검찰청 검사는 지방검찰청 부장검사급 검사가 가는 자리인데 실은 별로 인기가 없다. 고등검찰청 검사는 고등법원의 재판에 관여하는 것과 지방검찰청 검사가 불기소한 고소사건에 대한 항고사건을 맡아 처리하기 때문에 수사관 한 명과 여직원 한 명만을 두고 근무한다. 그렇기에 지방검찰청에서 부장검사로 여러 검사를 지휘 감독하다가 갑자기 고등검찰청 검사로 발령이 나는 순간 소외감을 느끼게 된다.

처음 서울고검 검사로 발령이 나니 기분이 착잡했다. 한 번 정도
는 고검 근무를 할 수도 있으니 일단 부임해서 다음 기회를 보자고
스스로를 위안할 수도 있었다. 그러나 자존심이 적잖이 상했다. 인
사발표가 있던 그날 퇴근 후 일정을 모두 취소하고 텅 빈 관사에서
장래를 진지하게 고민해봤다. 이때는 아내도, 부모님도, 친구도 도
움이 될 수 없었다. 스스로 선택해 걸어온 길이었고 또 스스로 걸어
가야 할 길이었기에 스스로가 가장 정확한 판단을 내릴 수 있었다.

그렇다! 검사직을 내려놓으려면 바로 이때라는 생각이 들었다. 지
금 못 하면 서울고검에 가서 절치부심하며 다음 번 정부 인사발표
한 줄에 전전긍긍하고 살아야 하는데 이제부터는 자신의 인사발령
을 마음대로 내보자는 생각이 들었다. 동시에 여기서 검찰 인사에
끌려다니다 보면 고향 강원도를 떠나 다시 돌아오지 못할 것이라는
생각도 들었다. 고향에서 터를 잡기 위한 마지막 기회였던 것이다.

검사로 만 17년에다 사법연수원 2년, 법무관 3년을 포함해 공무원
으로 재직한 22년을 박차고 나가기로 결심하는 데는 한 시간이 채
걸리지 않았다. 사직서를 내자 또 다른 고민이 밀려왔다. 어디서 변
호사 개업을 할지가 문제였다.

막상 사직 결심은 한 시간 안에 내렸는데 개업 장소를 정하는 데
는 며칠이 걸렸다. 고향인 춘천이냐 마지막 임지인 원주냐를 놓고
갈등이 컸다. 직전까지 함께 근무하던 후배 검사들에게 변호사로서
사건을 갖고 가서 부담을 주는 것 같아 웬만하면 피했으면 하는 것
이 솔직한 심정이었지만 한편으로는 마지막 임지에서 법조인으로
서의 열정을 불태우고 싶었다. 결국 원주로 방향을 잡고 변호사 김
진태로 첫 발을 내딛었다.

변호사 개업을 하고 처음 맡은 K사건을 잊을 수가 없다. 알선수

재, 허위공문서 작성으로 구속영장이 청구된 공무원 사건을 맡은 것이다. 사건을 검토해 보니 혐의가 불분명하거나 처벌 가치가 그리 높지 않다는 판단이 들어 구속영장 심사 법정에 가서 열심히 변론했다. 그러나 영장이 발부됐다. 개업하자마자 첫 단추가 잘못 꿰어진 것이다.

K는 결국 집행유예로 석방됐지만 그는 만족스럽지 않았다. 집행유예 형이 확정되면 공직에서 물러나야 했다. 그래서 벌금형을 받는 것이 목표였다. 그런 사건을 선고할 때는 모든 요소를 종합해 피고인이 과연 더 이상 공무원으로 근무할 자질이 없는지, 아니면 다시 한번 근무하도록 기회를 주어도 되는지 고민을 해야 했는데 1심 판결에선 그런 고민이 부족한 것 같았다. 그도 그럴 것이 담당 변호인이 이제 막 개업한 소위 전관예우를 받는 변호사였기 때문에 판사도 불필요한 오해를 받고 싶지 않았을 것이다.

세상 사람들이 모두 전관예우를 비난하지만 이렇게 사건에 따라서는 오히려 전관 출신 변호사가 손해를 보는 경우도 있다. 변호사 신고식을 호되게 치른 셈이었다.

그리운 어머니…

늘 그 자리에서 아침밥을 지어 주실 것만 같았던 어머니가 갑자기 돌아가셨다. 2012년, 국회의원 예비후보로 등록하고 공천 심사 결과를 기다릴 때였다. 당시 18일 동안 선거운동을 중단했었다. 공천이 확정되고 공식 선거운동 기간에 출근 인사를 할 때도 어머니 또래 시민들을 보면 눈물이 주르르 흘렀다. 사정을 아는 시민들은 그의 손을 따스하게 잡아줬다. 그럴 때마다 "엄마, 나 국회의원 됐어." 하고 외치는 순간을 상상하며 견뎠다. 가슴 한 쪽이 뻥 뚫린 것처럼 아팠지만 당당하게 국회의원 배지를 달고 어머니 영정과 마주할 순간을 그리며 기운을 냈다.

교사였던 어머니의 교육관은 '아들을 믿자'였다. 그는 고등학생 때 수업시간에 몰래 나가 놀기 일쑤였고 책가방에 책 대신 도시락만 덜렁덜렁 들고 다녔다. 학창시절 그는 친구들 사이에서 꽤 인기가 많았다. 놀기도, 공부도 모두 잘하는 똑똑한 아이였다. 고등학교 시절에 대해 그는 스스로 이렇게 회고한다.

"말 잘 듣는 모범생은 아니었습니다. 그런데 성적이 그리 나쁘지는 않았죠."

영어시간에는 수학 공부하고, 수학시간에는 영어 공부하는 청개구리 정신도 실천했다. 이유를 묻자, "글쎄요. 선생님의 획일적인 수업이 마음이 들지 않았어요." 이렇게 답한다.

영어 선생님이 딱딱한 발음으로 '주어+동사+형용사'를 설명하는 것이 지루했다는 것이다. 당돌한 학생이다. 당연히 선생님들 사이에서는 미운털로 정평이 났다. 학교 체벌은 사랑의 매로 인식되던 시절이어서 매로 치자면 선생님들의 사랑을 독차지한 셈이다. 말썽꾸러기 아들 덕분에 어머니의 마음고생이 이만저만이 아니었다. 더욱이 당신이 교사 출신임에도 불구하고 제 아들만큼은 버릇없이 키웠다는 눈총을 감내해야만 했다. 그런데도 어머니는 아들을 끝까지 믿어주셨고 기다려주셨다.

어머니는…… 그런 존재다. 항상 아들을 위해 당신을 희생하시고 힘을 불어넣어주시는.

마라토너 김진태, 춘천의 꿈을 안고 달리다

그는 마라톤을 즐긴다. 3시간 59분 44초의 풀코스 기록을 보유하고 있을 정도다. 이미 세 차례나 42.195km 풀코스를 완주했다. 마라톤을 즐기는 이유를 묻자 그는 마라톤의 진정한 의미는 후반 12.195km라고 답했다. 풀코스 공인거리가 36km였다면 완주자가 현재의 몇 배는 됐을 것이다. 그런데 그가 숨이 턱까지 차오르고 다리가 터질 듯한 고통을 참으면서 지독하게 달리는 이유는 완주의 쾌감 때문이다.

물론 문득문득 포기하고 싶을 때도 있다. 5km 간격으로 성적을 관리하며 목표 기록과 비교할 때 너무 처졌다 싶으면 머릿속이 온갖 생각으로 가득하다. 그 중 시간 계산에 대한 생각이 가장 크다. 이미 두 차례 마라톤 풀코스 완주에 도전하면서 4시간대를 기록했기 때문이다. 4시간대의 벽을 넘는 것은 자신의 한계에 대한 도전이자 약속이었다.

'그렇다면 남은 거리는 몇 분 만에 주파해야 하는 것인가. 이렇게 여유 부릴 시간이 없을 텐데……'

오르막 지점에서는 속도를 늦추는 대신 페이스를 잃지 않는 요령도 익힌다. 40km 지점에 다다를 때는 몇 발짝만 걸을까 하는 유혹이 손짓한다. '이렇게 힘들게 뛰느니 조금만 걸으면서 숨 돌리자.' 스스로 합리화시킨다.

결승점이 눈앞에 보일 때는 기다리고 있을 가족 생각이 머리에 찬다. 두 아들과 아내 얼굴이 뭉게구름처럼 피어오른다. '골인하면 막내를 번쩍 들어 안아줘야지. 멋있는 얼굴로 들어가야지.' 이미 세리머니까지 준비했다. 마지막 트랙을 도는 한 바퀴가 왜 이리도 긴가. 야속하지만 마지막까지 속도를 내본다. 다음날이면 온몸이 두들겨 맞은 듯이 쑤신다. 그런데 그는 다리의 뻐근함을 푸근하게 느끼는 것이 마라톤의 묘미라고 설명한다. 그러면서도 그는 "앞으로 다시 하라고 하면 못하죠." 하고 손사래를 친다.

그는 힘든 일이 생기면 마라톤 풀코스 완주 경험을 상기한다고 한다. 그때 고비 고비를 넘기던 마음과 각오, 기록을 달성한 이후의 짜릿함을 되새기면서 앞으로 의정활동에 임하겠다고 밝혔다.

그의 각오가 왠지 강원도의 저력과 닮아 있는 것 같아 믿음이 간다. 조용하고 부드러운 모습 안에 강인한 정신력과 집중력, 추진력을 가진 국회의원 김진태. 그는 딱 강원도 사나이다.

▶ 김진태　1964년 강원도 춘천 출생. 춘천교육대학교 부설초등학교, 소양중학교, 성수고등학교, 서울대학교 법학과 졸업. 1992년~2008년까지 부산, 대구, 춘천, 서울 검사. 2008년~2009년 춘천지방검찰청 원주지청 지청장. 2009년 법무법인 에이스 춘천사무소 변호사. 2012년 제19대 새누리당 국회의원.

강원도의 히바우도

축구선수

설기현

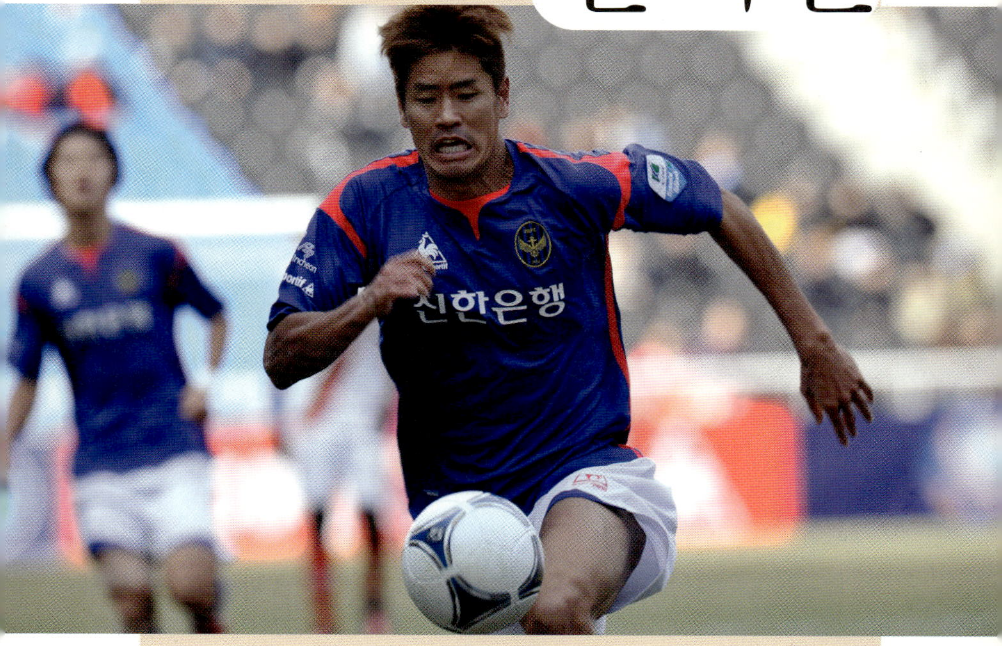

"축구의 요람 강릉. 그곳의 건강한 정기가 있어 지금의 설기현이 탄생할 수 있었습니다. 강릉에게 축구는 단순한 스포츠가 아닙니다. 강릉 사람들에게 축구는 스스로 선수가 되어 90분을 함께 뛰는 경기입니다. 강릉이 대한민국을 들썩이게 만드는 축구 도시의 면모를 이어가길 기대합니다."

'설바우도', '스나이퍼' 설기현 선수를 수식하는 표현들이다. 그는 강원도 정선에서 태어나 성덕초등학교, 주문진중학교, 강릉상업고등학교를 거친 강원도 사나이다. 십 년의 유럽 리그 활동과 두 번의 월드컵 출전이라는 화려한 이력에도 불구하고 아직까지 진한 강릉 사투리를 간직하고 있는 강원도 사나이다.

억척 어머니와 효자

설기현의 고향은 정선이다. 광부인 아버지가 탄광 사고로 돌아가신 후 어머니는 4형제를 이끌고 강릉으로 이사 오셨다. 그때 그가 열 살이었다. 그는 4형제 가운데 둘째. 아래 두 동생들은 네 살 이상 터울이 질 정도로 어렸다. 어머니는 가족의 생계를 책임지기 위해 해가 뜨기도 전에 일하러 나가셨고, 남은 동생들을 챙기는 일은 그의 몫이었다. 아들만 우글우글한 사 형제 중 그는 집안에서 딸 역할을 하는 기특한 아들이었다.

돌이켜보면 자신의 축구 인생은 모두 행운의 연속이었다고 설기현은 말한다. 그의 첫 행운은 축구부가 있는 초등학교로 전학을 온 것이었다.

그날도 어김없이 어머니가 일하러 나가시고 동생들과 집에 남아 있었다. 학교 운동장에 가보니 고학년 형들 몇몇이 축구공을 갖고 공놀이를 하고 있었다. 그 무리에 끼어 한참을 공을 몰고 놀았다. 그때 운동장 한켠에서 어른 한 분이 뚜벅뚜벅 걸어오시더니 "너희 둘이 키 한 번 재봐라." 하고 시켰다. 그 자리에서 동네 형과 등을 마주하고 키를 쟀다. 당시 그가 조금 컸다. 3학년이었던 그는 그렇게 강릉 성덕초등학교 축구부 감독의 눈에 띄어 축구부 생활을 시작했다.

축구를 하는 시간이 행복했다. 외롭지 않았다. 어머니가 안 계신 오후 시간 내내 동생들과 빈 집을 지키는 것보다 맘껏 운동장을 뛰며 공놀이를 하는 것이 좋았다. 한동안 어머니께는 축구부에 들어갔다는 사실조차 말씀드리지 않았다. 연습을 마치고 어둑해졌을 때 집에 들어가도 어머니보다 빨랐다. 어린 마음에도 고단하게 일하고 들어오시는 어머니에게 걱정을 끼치고 싶지 않았다.

"공놀이가 제일 재미있었어요."

초등학교 축구부 생활은 녹록치 않았다. 막상 운동을 시작하고 보니 점심시간에 친구들과 어울려 축구놀이를 하던 수준이 아니었다. 어린아이가 감당하기에는 체력적으로도 정신적으로도 버거웠다.

"나는 공이 좋은데, 공을 차고 싶어 들어왔는데, 하루 종일 뛰는 것만 시키는 거예요. 그래서 좀 하다 관뒀지요 뭐."

그렇게 짧은 축구부 생활을 맛보고 그가 정식으로 운동을 시작한 것은 초등학교 4학년 때다. 이미 공에 미쳐 있던 소년은 다시 축구부로 들어가 굳은 마음으로 고된 훈련을 이겨냈다.

성덕초등학교 축구부에서 그는 두 번째 행운을 경험한다. 김평해 감독을 만난 것이다. 그가 초등학교 5학년부터 중학교에 진학한 이후로도 5년 동안 축구를 지도했던 선생님이다. 그는 오랫동안 축구를 하면서 수많은 감독님의 지도를 받았지만 가장 기억에 남는 선생님은 이분이라고 꼽았다. 그의 어려운 가정형편을 충분히 이해해주셨고 무엇보다 가장 예민한 시기에 아버지처럼 넓은 어깨를 빌려주섰던 분이다. 어머니는 행상과 장사 등 생계를 위해 안 해본 일이 없다. 그가 축구부 생활을 하는 동안에 5천 원짜리 운동화 한 켤레 사주지 못했다. 그런 그에게 김평해 선생님은 육성회비는 물론 축구부 활동비에 용돈까지 쥐어주셨다. 어려운 형편 때문에 괜찮은 선수를 주저앉게 해서는 안 된다며 아버지의 마음으로 애써주셨다.

고마운 스승을 그는 2002년 월드컵이 끝난 직후 십 년 만에 만났다. 어머니는 선생님의 얼굴을 보자마자 감사의 눈물을 흘리셨다. 지금의 '월드컵 국민 영웅 설기현'을 잉태하는 데 가장 결정적인 역할을 했던 분이다.

전설의 '농상전'과 진한 후배 사랑

강릉은 축구의 고장이다. 그 어느 도시보다 축구에 대한 시민들의 관심과 열기가 뜨겁고 지역에서는 그 어떤 프로리그보다 고교 축구 대전의 인기가 높다. 축구 명문으로 명성이 높은 양대 산맥이 있다. 강릉상고(현 강릉제일고)와 강릉농공고(현 강릉중앙고)다. 그 중 그는 강릉상고 소속이다. 매년 농상전이 열리는 시기에는 강릉 시민 전체가 강릉종합운동장으로 몰린다고 해도 과언이 아니다. 흡사 한 일전을 방불케 할 정도다. 강릉의 월드컵인 것이다.

강릉에서는 농상전이 하나의 축제처럼 자리 잡아서 경기가 열릴 시기에는 두 학교의 응원전에 불이 붙는다. 수업시간을 연습시간으로 할애해 학생 한 명 한 명을 인간 응원병기로 키운다. 각종 응원도구도 등장한다. 흰 장갑, 수술, 고깔모자에서부터 색을 맞춘 티셔츠 등. 축구 관람과 함께 시민들에게 상고, 농공고 학생들의 일사불란

유럽에서 선수 생활을
하던 시절.

한 응원을 감상하는 재미는 보너스였다.

　라이벌전인 데다 혈기왕성한 고등학생 선수들이다 보니 작은 파울에도 선배들이 먼저 흥분해 잔디밭으로 뛰어들었고 관람석 곳곳에서 크고 작은 몸싸움이 일기도 했다. 워낙 전통 있는 라이벌전이다 보니 경기를 뛰는 선수들로서도 부담감이 상당했다. 그는 3년 내내 농상전을 뛰었다. 결과는 1무 2패였다. 선수 개개인의 패배감을 넘어서 선배들의 비난이 굉장했다. 어린 선수로서는 감당하기 힘든 상처였다고 한다.

　하지만 그는 그때의 경험이 그의 축구 인생에 큰 도움이 됐다고 회고한다. 어린 나이에 그렇게 많은 관중 앞에서 관심이 집중되는 경기에 출전한다는 것 자체가 영광이다. 또 반드시 이겨야만 한다는 부담감은 그의 안에 내재돼 있는 승부에 대한 집념과 열정을 끄집어내주었다. 덕분에 강릉상고 출신의 훌륭한 선수들도 많이 배출됐다. 대표적인 선수가 2002 월드컵에서 함께 뛰었고 지금은 강원FC에서 실력 있는 후배들을 양성하는 데 주력하고 있는 이을용 선수다.

그가 강릉상고에 재학할 때만 해도 농상전은 큰 지역 축제였고 선배들의 모교 사랑을 확인할 수 있는 기회였다.

"하지만 지금은 그 열기가 많이 식어 아쉽기도 하고……" 말끝을 흐리는 그의 얼굴에 진한 아쉬움이 배어 나왔다.

설기현은 모교 강릉상고를 제2의 어머니라고 표현했다. 가정형편이 넉넉하지 않아 감독님과 동문 선배들의 도움을 많이 받았다. 강릉상고에서는 정기적으로 모교 축구발전기금을 조성하고 있는데 발전기금의 최대 수혜자는 그였다. 정 많은 상고 선배들 덕분에 그는 어려움 없이 축구부 생활을 할 수 있었다.

특히 축구화는 선수들이 개인적으로 구입해야 하기 때문에 부담이 컸다. 혼자 힘들게 일하면서 네 명의 아들들을 키우는 어머니께 축구화 사달라는 말을 꺼낼 수는 없었다. 지금은 인조잔디구장이 많이 생겨서 덜하지만 당시만 해도 운동장이 거의 흙바닥이어서 축구화가 훨씬 빨리 닳았다. 그때마다 낡은 축구화를 새신으로 바꿔준 건 동문 선배들이었다.

"돌이켜 생각해보면 정말 고마워요. 그분들도 가정이 있는 월급쟁이 직장인이었는데 후배 사정이 어렵다고 달려와서 축구화를 사주고 틈틈이 용돈도 챙겨줄 정도였으니까요. 그건 제가 예뻐서라기보다는 후배에 대한 관심과 사랑에서 나왔을 거예요."

하지만 그도 한참 예민하던 고등학생 시절에는 가난이 지겹고 싫었다. 어느 날 축구부 감독님 추천으로 지역 컨트리클럽의 장학금 수혜자로 선정되었다. 매달 5만 원의 지원금이 나왔다. 고등학생에게 한 달에 5만 원의 용돈은 꽤 큰돈이었다. 차비며 밥값, 용돈까지 어머니께 한 푼도 받지 않아도 넉넉할 만한 돈이었다. 컨트리클럽에서 어려운 청소년들을 지원해주는 프로그램이었는데 문제는 지원금 전달 방식이었다. 매달 학생이 직접 컨트리클럽으로 찾아가야 했던 것이다. 한참 머리가 굵어질 시기여서인지 그곳에 찾아가 이름을 적어내고 돈 봉투를 받아오는 일이 너무 힘들었다. 창피하고 부끄러웠던 것이다. 컨트리클럽 근처까지 갔다가 되돌아오기도 했다. 하지만 그는 가난 자체가 부끄럽지는 않았다고 강조한다. 가난이 부끄럽다는 것은 어머니가 부끄럽다는 원망으로 들릴 것 같다면서.

꿈★은 이루어진다

설기현의 찬란한 축구 여정에도 위기는 있었다. 중학교에서 고등학교로 넘어오면서 키가 갑자기 자라고 포지션이 바뀌어 혼란을 겪었다. 중학교 축구부에서는 미드필더 포지션에서 그저 패스를 잘하는 선수였지만 고등학교로 넘어와 중앙 수비수로 옮겨진 것이다. 미드필드를 봐오면서 나름의 자부심도 키워왔는데 수비수를 맡으니 의욕이 한순간 떨어졌다. 때마침 강릉상고 축구부 성적 또한 거의 바닥이어서 '이대로 축구를 계속해야 하나' 회의감이 들기도 했다.

그럴 때마다 그를 더 단단하게 다잡아준 존재는 어머니였다.

고된 일에 지친 어머니 모습이 안쓰러워 어머니에게 물었다.

"엄마는 소원이 뭐냐?"

"당연히 우리 집을 갖는 거지."

"엄마! 내가 사드릴게. 두고 봐."

그때부터 그의 꿈은 국가대표 축구선수로 설정됐다. 새로 부임한 감독님이 선수들의 신상조사를 하면서 장래희망을 물을 때에도 그는 '국가대표'라고 답했다. 하지만 당당하게 말할 수는 없었다. 그도 그럴 것이 전국대회에 나가면 항상 예선 탈락했던 부진한 팀이었기에 선수로서 사기가 많이 꺾여 있을 때였다. 그런데 꿈이 '국가대표'라니, 그 바람이 비현실적으로 느껴질 수도 있었다. 동료 선수들 모두 그의 꿈을 비웃었다. 실제로 그 당시 축구부 친구들은 "당구장 주인이요!" "호프집 사장이요!" "그냥 회사 다닐래요." 이렇게 답했다. 당시 상황에서는 국가대표를 꿈꾸는 것 자체가 어렵고 힘든 현실이었다. 그는 그때부터 성공 의지가 생겼다고 말한다. 어머니에게 좋은 집을 선물해드리기 위해서 국가대표로 선발돼야만 했고, 그러기 위해서는 좋은 선수가 되어야 했다.

설기현은 연습에 몰두했다. 미드필더와 중앙 수비수, 공격수까지 두루 섭렵한 경험과 왼발 키커로서의 장점을 극대화하기 위해 매일 개인 훈련에 땀을 쏟았다. 어쩌다 외출 허락을 받아 집에 왔을 때에도 친구들을 만나지 않았다. 몸 관리가 우선이었다. 그 과정에서 자신의 한계도 느끼고 늘지 않는 실력에 좌절도 했지만 천천히 쌓은 기초체력과 훈련 덕분에 광운대에 들어가면서부터 공격수로 빛을 발했다. 이때 거스 히딩크 감독의 눈에 띄면서 2002년 한일월드컵 꿈의 멤버가 됐다. 그렇게 바라던 '국가대표'가 된 것이다.

4강 신화의 주역

2002년 월드컵은 그에게 세 번째 찾아온 행운이다. 선수로서 가장

2002년 한일월드컵 16강전 이탈리아와의 경기에서 동점골을 넣은 뒤 환호하는 설기현.

최상의 기량일 나이에 그것도 우리나라에서 열리는 월드컵에 출전한다는 것은 대단한 영광이었다. 월드컵 유치에 성공했을 때만 해도 우리 대표팀의 성적이 그렇게 좋으리라고는 기대하지 않았다.

십 년이 지난 지금도 2002 월드컵은 그에게 가장 잊지 못할 순간으로 기억된다. 그리 길지 않은 한 달 남짓의 기간이었다. 한 달 동안 우리 국가대표 축구팀이 쓴 역사는 대단했다. 특히 우리 팀은 목표 성적이 16강이었다. 거기까지만 해도 나름의 선전이라고 판단했던 것이다. 16강전 이탈리아와의 경기에서 패색이 짙어질 무렵, 모두가 '이렇게 우리가 지나 보다. 그래 이탈리아는 워낙 강팀이었어.' 하며 경기를 포기하고 있을 때였다. 후반 43분, 극적인 동점골이 터진다. 그의 골이었다.

한국팀의 간판 스트라이커라는 명성이 서러울 정도로 경기 내내 침묵과 부진에 빠져 있던 그가 역사적인 '한 방'을 터뜨렸다. 그는 그라운드에 누워 한참을 일어나지 못하며 눈물을 흘렸다. 지켜보는 국민들도 감동의 눈물을 흘렸고, 그 순간 강릉에서 과일상을 하던 어머니도 아들의 모습에 눈시울을 붉혔다.

그 덕분에 우리 팀은 16강, 8강, 내친 김에 4강까지 파죽지세를 몰아갈 수 있었다. 축구선수로서 일약 스타덤에 올랐고 동시에 그의 배경과 어려운 가정 형편, 개인사까지 공개됐다. 갑자기 언론의 스포트라이트가 집중되고 그의 사생활이 보도되면서 그는 가족들이 불편함을 겪은 데 대해 미안하다고 말했다. 덕분에 그는 월드컵이 끝난 후에도 서울에서 직장 생활하는 큰형 집에서 박스째 쌓여 있는 축구공에 일일이 사인을 해야 했다.

유럽 리그 진출의 선구자

설기현의 월드컵 경험은 유럽 무대의 지형을 익히고 적응하는 데 밑거름이 되었다.

2000년 벨기에 앤트워프와 안더레흐트를 거쳐 2010년 영국의 풀럼까지, 십 년간 해외에서 선수생활을 했다. 처음 유럽에 갔을 때는 10년이나 있게 될지 몰랐다고 한다. 1년이나 버틸 수 있을까 의문도 들었다. 그는 유럽에 첫발을 내딛었을 당시를 생각하며 한숨부터 쉬었다. 벨기에 앤트워프에서 시작은 나쁘지 않았다. 그곳 선수들은 프로페셔널하진 않았지만 정이 많았다. 원정경기를 갈 때 항상 맥주를 트렁크에 싣고 갔다. 경기에 이겨도 맥주를 마시고 져도 맥주를 마셨다. 안더레흐트는 정반대였다. 경쟁도, 개인주의도 심했다.

유럽 생활 중 초반 적응은 잘했지만 현지 감독과의 불화도 만만치 않았다. 레딩 코펠 감독은 사실 그를 굉장히 신뢰했다. "골을 잡으면 하고 싶은 대로 다해라. 뺏겨도 뭐라고 할 사람 없다."고 할 정도로 선수 개인의 플레이를 존중해주었다. 나중에 글렌 리틀 선수가 부상에서 돌아온 뒤 주전 자리에서 밀리고 출전 기회가 줄어든 것은 사실이다. 이 때문에 코펠 감독과의 불화설이 불거지기도 했다. 여기에 대해 그는 코펠 감독의 악수를 거부하는 장면이 뉴스에 보도되면서 이야기가 와전됐는데 유럽에서는 선수가 감독에게 의사를 표현하는 방법 중 하나라고 설명했다. 이후 브루스 감독에게도 당당하게 할 말을 했을 뿐인데 불화라는 이야기가 퍼졌다며 속상해했다.

그는 벨기에에 진출하면서 받은 연봉으로 강릉 입암동에 어머니와 두 동생이 살 아파트를 사드렸다. 유럽 리그는 그렇게 그에게 여러 모로 의미 있는 인생 전환점이었다.

유럽에서 선수 생활을 할 당시의 모습.

파란 옷의 설기현, 그가 사랑스러운 이유

잉글랜드 울버햄튼 원더러스를 거쳐 레딩FC, 풀럼FC에서 뛰면서 잉글리시 프리미어리그 방송 화면을 통한 그의 모습이 더 익숙해질 무렵. 십 년의 유럽생활을 마치고 그가 돌아왔다. 2010년 K리그로 복귀해 포항 스틸러스와 울산 현대를 거쳐 인천 유나이티드의 파란 유니폼을 입었다.

그는 스스로 현재까지 선수생활의 70%를 달려왔다고 평가한다. 후반전 절반 가까이를 뛴 셈이다. 많은 사람들이 유럽에서 국내로 복귀한 그를 보고 어깨를 펴라고 다독인다. 이제는 선수생활을 접는 시기로 판단한 것이다.

많은 선수들이 인천 유나이티드의 이름을 빛냈지만 그들은 사실상 인천이 종착역이 아니었다. 환승역 정도였던 것이다. 그런데 그는 인천을 종착역이라고 생각하고 매 경기 혼신의 힘을 쏟아내고 있다. 그렇지만 절대 선수생활의 마무리라고 생각하지는 않는다고 강조했다.

2011 지난 시즌 K리그 모든 선수를 통틀어 파울을 가장 많이 당한 주인공은 설기현이다. 14경기에서 50개의 파울을 당했다. 전북의 동갑내기 골잡이 이동국이 48개로 비슷할 뿐, 강원의 김은중이나 수원의 라돈치치 등 각 팀 주포들도 38개에 그치니 집중마크를 받았다는 뜻이다. 실제 인천의 경기를 보면, 고통에 찬 설기현의 모습을 자주 볼 수 있다. 넘어지는 일은 비일비재다. 그만큼 인천FC에서 그는 위협적인 존재이고 상대 팀에서는 "설기현만 막으면 이긴다."는 말이 돌 정도다.

인천 유나이티드 프로축구단 입단식 때. 가운데가 설기현, 그 옆이 김남일.

　흥미로운 것은, 파울을 당하는 숫자에 버금가는 파울을 범하고 있다는 것이다. 그는 14경기에서 총 36개의 파울을 스스로 범했다. 광주의 복이, 수원의 라돈치치, 대전의 케빈, 수원의 오범석에 이어 5위에 해당한다. 그만큼 치열하게 몸싸움을 했다는 방증이다.

　인천에서 시즌을 보내는 중 또 한 번 감동스러운 순간이 있었다. 인천 유나이티드는 5월 23일, 인천 축구전용경기장에서 벌어진 2012 FA컵 32강 토너먼트 김해시청과의 경기에서 공격수들의 고른 활약에 힘입어 3:0으로 완승을 거두고 다음 라운드에 올랐다. 주심의 종료 휘슬이 울리고 양 팀 선수들은 중앙원에 나란히 서서 악수를 나눈 뒤 헤어졌다. 곧바로 인천 선수들은 네 명으로 소박하게 구성된 김해시청 서포터즈에게 멀리서 목례를 올리고 인천의 응원석을 돌아다니며 인사하기 시작했다. 먼저 W석에서 인사를 시작했고 반대편인 E석으로 다가왔다. 그런데, 선수들 숫자가 11명이 넘었다.

일반적으로 선수들이 홈 팬들에게 경기 종료 직후에 인사를 올릴 때 실제로 경기를 뛰던 선수들만 움직이는 것이 관례다. 그런데 이번에는 특별했다. 그만큼 인천 유나이티드 선수들이나 홈 팬들에게 승리의 기쁨은 남달랐고 후반전 선수 교체를 통해 벤치에 물러나 있던 설기현도 팬들을 향한 진심 어린 인사 대열에 합류했다. 특히 그는 79분 동안 가장 부지런히 상대 팀 수비수들 사이에서 까다로운 공을 따내며 쉴새없이 뛰어다녔기 때문에 빨리 라커룸으로 들어가 쉬고 싶었을 텐데 벤치에서 유니폼도 벗지 않은 채 기다렸다. 팬들이 진정으로 무엇에 감동하는가를 몸소 실천할 줄 아는 베테랑이 바로 설기현이다.

설기현은 아마도 축구선수를 은퇴하면 자연스럽게 지도자의 길을 걷게 될 것이다. 10년의 유럽 경험과 다양한 팀을 거친 경험, 그의 국가대표 경력 등을 종합할 때 훌륭한 감독이 될 가능성이 높다. 그는 감독의 역할에 대해 "각기 다른 재능을 가진 선수들을 알맞게 비벼 주는 요리사"라고 정의했다. 선수마다 갖고 있는 기량이 다르고 각기 장점도 다양하다. 그런 능력을 잘 발굴해 살려서 선수의 능력을 키워주고 싶다고 말한다.

지난 2002년 한일월드컵에서 우리 팀이 좋은 성적을 거둘 수 있었던 이유도 세간에서는 기적이라고 표현하지만 사실은 한국 선수들의 재능과 가능성, 정신력, 성공의지가 복합적으로 결합돼 이룬 결실이라고 강조했다.

그런 점만 봤을 때도 우리 선수들의 수준은 세계 최강인데 감독의 좋은 지도가 뒷받침된다면 더 좋은 성적 달성도 가능할 것이라고 의지를 불태운다. 이제 선수로서의 여러 경험을 두루 거쳤으니 좋은 감독으로서 거듭나고 싶다는 것이다.

어머니를 닮고 싶어

설기현의 롤모델은 거스 히딩크 감독도, 브라질 호나우딩요 선수도 아닌 바로 '어머니'다. 그는 롤모델을 묻는 질문이 가장 어렵다면서도 누가 어떻게 물어도 어머니를 가장 존경한다고 말했다. 특별한 이유는 설명하기 어렵지만 어렸을 때부터 봐온 어머니의 강인함이 존경스러웠다고 한다. 또 4형제를 책임지는 가장으로서 이른 아침부터 밤 늦은 시간까지 일을 하시는 성실함을 보면서 단 한 번도 딴 짓에 대한 유혹을 못 느꼈다. 어머니는 최근까지도 강릉의 한 대형 마트에서 청소도우미로 일하셨다. 관절, 손마디 어느 하나 성한 곳이 없는데 아직도 그렇게 일하시는 모습이 가슴 아파 말리기도 했지만 당신의 고집스러운 성격을 꺾을 수 없었다. 그저 마트 문 닫을 시간까지 조용히 벤치에 앉아 어머니 퇴근 시간을 기다릴 뿐. 그런 어머니의 성실함이 자연스럽게 그에게도 배어들었다.

그는 사실 소주 두어 병도 너끈하게 마시는 주당이다. 하지만 주변에서는 아무도 그가 술 잘 마시는 체질이라는 것을 모른다. 그렇게 마시는 모습을 보이지 않았기 때문이다. 철저한 자기관리에 대해 그는 이렇게 말한다.

"그렇게 관리를 했으니까 지금까지 현역 선수로 뛸 수 있었던 거겠죠."

축구의 고장 강릉의 남자로서 설기현은 소박한 바람을 드러냈다. 강릉 시민들, 나아가 강원도민 전체가 응원해 주는 데 대해 고마움도 표했다. 다만 축구의 고장 명성에 걸맞은 전용 경기장 하나 없는 현실이 안타깝다고…… 지역 규모에 맞는 아름다운 전용 경기장이 지어지길 바란다고 말한다. 월드컵경기장처럼 5만~6만 명의 관중이 들어가는 곳이 아니더라도 그는 벨기에나 네덜란드에서 보았던 1만 5천 석 정도 되는 아담한 전용 경기장을 꿈꾼다. 그리고 가능하다면 고향인 강릉에 와서 후배들과 함께 전용 구장 잔디를 밟으며 축구를 지도하고 싶다고 조심스럽게 말했다.

그렇게 된다면 '제2의 설기현'을 꿈꾸며 잔디 위를 뛰고 있을 후배들에게도 좋은 환경이 조성될 것이다. 그리 허황된 꿈은 아니리라 생각된다. 그의 바람대로 강릉 축구의 명성이 되살아나고 전용 경기장에서 후배들을 지도하는 그의 모습을 볼 날이 머지않아 보인다.

▶ 설기현 1979년 강원도 정선 출생. 성덕초등학교, 주문진중학교, 강릉상업고등학교, 광운대학교 졸업. 1998 아시안 청소년선수권대회 국가대표. 1999 세계청소년선수권대회 축구 국가대표. 2000 아시안컵 축구대회 국가대표. 2000~2001 앤트워프(벨기에). 2001~2004 안더레흐트(벨기에). 2002 제17회 한일 월드컵 국가대표. 2004~2006 울버햄튼 원더러스 FC(잉글랜드). 2006 제18회 독일 월드컵 국가대표. 2012.01~ 인천 유나이티드 FC. 2002 자황컵 체육대상 남자최우수상, 2002 체육훈장 맹호장 수훈.

2

강원도,
그곳에는 특별한 것이 있다

영월, 정선

정선 동강의 옛길

21세기는 상상력의 시대이자 문화의 시대이다. 이런 차원에서 정선, 영월은 축복받은 곳이다. 정선에는 유럽인들마저 감탄한 '한의 노래' 아리랑이 있다. 시인들이 몰려오는 장터가 있다. 예술가에게 영감을 주는 전설이 있다. 신선이 사는 절벽과, 용마가 서성이는 '소(沼)'가 있다. 그리고 바라보기만 해도 숨이 멎을 듯 아름다운 강이 있다.

머리가 아닌 가슴으로 상상하게 되는 곳. 그곳이 바로 정선, 영월이다.

정선의 노래, 강원도의 노래

1980년대 강원도 정선. 이곳에는 특별한 음악 수업이 있었다. 바로 〈정선아리랑〉 배우기 수업이다. 서울의 아이들이 외국 가곡과 민요를 부를 때, 정선 아이들은 고향의 노래를 불렀다.

아리랑, 아리랑, 아라리요.
아리랑, 고개고개 너머로 나를 넘겨주게.

가수리에서 시내로 통학을 하는 여중생들은 친구에게 간신히 빌린 워크맨으로 아리랑이 아닌 신나는 가요를 듣고 싶었다. "박남정 오빠 노래, 소방차 춤 따라 하기에도 바쁜데 무슨 아리랑 타령이냐. 매일 산과 강을 보는 것도 지겨운데, 노래에서도 산 타령이냐"고 투덜거렸다.

그때마다 선생님은 이렇게 말했다.

"이 노래가 얼마나 아름다운 것인지, 그리고 얼마나 소중한 것인지 조금만 더 지나면 알게 될 거다."

그래도 학생들은 선생님의 의견에 동의할 수 없었다. 정선아리랑의 가사에 대해 "옛날 어른들은 무슨 걱정이 그리 많아 이렇게 슬픈 노래를 부르는지 이해할 수가 없다"고 흉을 봤다.

2012년, 그 아이들은 중년이 되었다. 그리고 〈정선아리랑〉에 담긴 아름다움이 무엇인지 느끼게 되었다.

병석에 누워 있다 세상을 떠난 부모님을 장지에 모시고, 장례식을 마치고 돌아오는 길에 듣는 〈정선아리랑〉은 이들에게 상여소리처럼 들렸다. '너의 엄마도 나를 떠나보내고 울었으니, 너도 슬프면 울어도 괜찮다'는 외할머니의 목소리처럼 들리기도 했다. 또한 평생 자식밖에 모르고 살아온 아버지가, 혼자 남은 어머니에게 들려주는 위로의 노래 같기도 했다.

그리고 그들은 이제 알게 됐다. 정선아리랑은 단지 민요가 아니라, 강원도 사람들의 삶의 이야기이자 시라는 것을.

강원도의 시, 정선아리랑

정선은 산과 강과 아리랑의 고장이다. 정선에는 가리왕산을 비롯한 명산과, 아우라지를 비롯한 아름다운 강이 많다. 또 최근 정선에 관광시설이 들어서면서, 이곳을 찾는 관광객도 부쩍 늘었다.

그런데 '눈'으로만 정선을 감상하는 것이 아니라, 진정 가슴으로 느끼고 싶다면 아리랑을 먼저 이해해야 한다. 아리랑에 얽힌 사연을 듣고 '가슴'으로 풍경을 본다면, 더 많은 것을 볼 수 있다.

〈정선아리랑〉은 강원도 무형문화재 1호이다. 강원도를 대표하는 유산이자 소리인 것이다. 또 〈정선아리랑〉의 가사는 수천 편으로 구성된 '시'이다. 각 편마다 사람들의 애환이 담겨 있고, 때로는 정선의 명소에 얽힌 사랑 이야기도 풀어낸다. 〈정선아리랑〉의 내용을 이해하면 지역적 특성, 이곳에 사는 사람들의 삶의 모습을 쉽게 엿볼 수 있다.

〈정선아리랑〉의 '한'은 역사와 연관돼 있다. 조선 개국 초기, 고려 왕조를 섬기던 선비들은 '두 명의 왕을 섬길 수 없다'며 송도를 떠나 산으로 둘러싸인 강원도 정선으로 들어왔다. 이들은 망국의 한을 달래며 한시를 지었다. 이 시가 당시에 구전되던 지역의 노래와 결합된 것이 〈정선아리랑〉이다.

눈이 올라나 비가 올라나 억수장마 질라나
만수산 검은 구름이 막 모여든다

일부 학자들은 노래의 가사 중 검은 구름은 새 왕조에 충성하는 세상을 풍자한 것이라고 해석한다.

또 선비들이 세월을 한탄하면서 정선에 정착했지만, 결국은 정선을 '무릉도원'으로 여기며 사랑했다는 설도 있다. 이런 학문적 해석 역시 〈정선아리랑〉을 바탕으로 나온 내용이다.

봄철인지 갈철인지 나는 몰랐더니
뒷동산 도화춘절(桃花春節)이 날 알려주네

고향을 등진 지 이십여 년인데

<blockquote>살기 좋고 인심 좋아 나는 못 가겠네</blockquote>

〈정선아리랑〉에 슬픈 사연만 있는 것은 아니다. 선비들뿐만 아니라 서민들도 〈정선아리랑〉을 즐겨 부르면서, 일상의 고단함을 익살스럽게 풀어냈다.

<blockquote>우리댁의 시어머니는 정말 꾀주머니
잠자는 척을 하면서 생코만 곤다데</blockquote>

<blockquote>하두 심심하여 부지깽이 장단에 정선아라리 불렀더니
어머니 녹두 방정에 어린아기 깼네</blockquote>

일각에서는 〈정선아리랑〉의 가사가 매우 토속적이고, 가락이 느리기 때문에 '세계화'에 한계가 있다는 지적이 나온다. 그러나 〈정선아리랑〉은 유럽에서 상당한 인기를 얻고 있다. 한국 출신의 세계적 재즈 가수 나윤선은 최근 〈정선아리랑〉을 재즈풍으로 재해석해 호평을 받았다. 제네바 공연에서 그녀가 〈정선아리랑〉을 부르자 청중들은 무려 세 차례에 걸쳐 기립박수를 보냈다.

영감의 장소, 아우라지

정선의 유산 중 예술가들에게 특히 사랑을 받는 것은 '아우라지'이다.

'아우라지'는 정선 여량에 흐르는 강이다. 이 독특한 이름은 구절

백운산에서 본 동강 제장 마을.

리에서 흐르는 송천, 삼척시 중봉산에서 흐르는 임계면의 골지천이 이곳에서 합쳐지면서 '어우러진다' 라는 말에서 유래했다.

아우라지의 강물은 유난히 맑고 푸른데 계절에 따라 색이 조금씩 달라진다. 또 주변 산의 변화에 맞춰 나무 냄새, 바람의 향기도 조금씩 변한다.

정선 연인들에게 아우라지는 사랑의 장소이자 이별의 장소였다. 과거 정선의 젊은 연인들은 '뗏목' 을 타고 깊고 푸른 강을 건넜고, 산으로 둘러싸인 강변을 거닐며 애틋한 마음을 확인했다. 강물 소리, 산에서 불어오는 들꽃 냄새가 어우러지면 이들은 풍경에 취하고 사랑에 눈이 멀었다.

하지만 홍수가 나면 아우라지는 두 사람을 갈라놓았다. 산으로 둘러싸인 강에 물이 급격히 불어, 뗏목이 다닐 수 없었기 때문이다. 강 양쪽에 사는 연인들은 슬픈 마음을 시로 풀어냈고, 이것이 〈정선아리랑〉'애정편'이 되었다.

> 아우라지 뱃사공아 배 좀 건네주게
> 싸리골 올동백이 다 떨어진다
>
> 떨어진 동백은 낙엽에나 쌓이지
> 사시사철 임 그리워 나는 못 살겠네

'애정편'에 등장하는 사람들이 실존했던 특정 인물이라는 설도 있다. 젊은 연인들은 북리의 처녀, 유천리의 총각이며 뱃사공은 지유성 씨(지장구 아저씨)라는 것이다.

최근 아우라지는 독일의 '로렐라이 언덕'에 비유되기도 한다. 슬픈 사랑 이야기와 아름다운 풍경이 '어우러져' 있기 때문이다. 실제 가곡 〈로렐라이〉 못지않게 서정적인 우리나라 가곡도 있다. 정공채의 시에 변훈이 곡을 붙인 서정적 느낌의 〈아우라지〉이다. 이 곡은 정선을 찾은 귀한 손님들에게 정선여중고 합창단이 선물로 불러주던 곡으로도 유명하다.

> 아우라지 강가에 수줍은 처녀
> 그리움에 설레어 오늘도 서 있네
>
> 뗏목 타고 떠난 님 언제 오시나
> 물길 따라 긴 세월 흘러흘러 갔는데
>
> 아우라지 처녀가 애태우다가

아름다운 올동백 꽃이 되었네

아우라지 강에는 '아우라지 처녀상' 과 뗏목, 그리고 조각 등이 있다. 대다수 관광객들은 이 앞에서 기념사진을 찍는다. 하지만 아우라지를 제대로 감상하려면, 이곳에 얽힌 사연에 마음을 열고 강물을 바라보아야 한다. 눈에 보이지 않는 연인들의 애틋한 마음을 아우라지에서 느껴보라는 뜻이다.

한편 환경전문가들은 아우라지가 유명세를 타면서, 아름다운 자연이 훼손될 것을 우려하고 있다. 아우라지의 강물과 주변의 산, 그리고 그에 얽힌 사랑 이야기가 지나치게 상업화되는 것을 경계해야 한다는 조언이다.

'시인의 마을' 정선

정선은 '시인의 마을' 이다. 시인을 길렀고, 시인들을 부른다. 정선이 자랑하는 지역 출신 문인은 신승근, 전윤호, 박정대, 최준 시인 등이 있다.

신승근 시인은 연작 「이외수」 등을 발표했으며, 정선 곳곳의 아름다운 풍경을 시로 녹여냈다. 또 강릉에서 교사로 재직할 당시 학생들의 '멘토' 로서 명성을 떨쳤다. 최근에는 지역 언론의 칼럼니스트로 활동 중이다.

최준 시인은 최근 강원도에서 열리는 '문학 콘서트' 를 통해 활발한 강연을 하고 있다. 작품으로 『나 없는 세상에 던진다』 등이 있다.

전윤호 시인은 정선 사람들 사이에서 '우리 동네가 키운 시인' 으

로 불린다. 그의 시 「도원 가는 길」은, 정선 사람들이 꿈꾸는 이상향
을 그렸다는 평을 받고 있다.

도원 가는 길

전 윤 호

정선이나 강릉을 가다가
길을 잃고
안개 낀 재 하나 잘못 넘으면 도원읍에 닿습니다.

핸드폰도 터지지 않고
라디오도 잡히지 않는 곳

석회암이 앙상한 두 개의 산 사이
수달이 어름치를 잡아먹는 강이 흐르고
읍내엔 일백오십 호 주민들이 삽니다.

아이가 어른 같고
어른이 아이 같은 그곳에서
시간이 황종류석처럼 더디게 자라고
조폐공사에서 찍은 돈은 쓰이지 않습니다.

주막에 가고 싶으면

산나물을 뜯어 오십시오.
곤드레 딱주기 누리대를 구별할 줄 안다면
그곳에 살아도 됩니다. (하략)

  전윤호 시 속의 정선이, 따뜻한 시골 풍경 느낌을 주는 반면 박정
대의 작품 속 정선 풍경은 고독하면서도 몽환적이다. 그래서인지 이
유를 알 수 없는 불안감, 그러면서도 미래에 대한 희망에 들뜬 젊은
이들은 그의 시를 읽고 정선의 몰운대를 찾는다.

세상의 끝을 보려고 몰운대에 갔었네
깎아지른 절벽 아래로 사랑보다 더 깊은
눈이 내리고, 눈이 내리고 있었네
강물에 투신하는 건 차마 아득한 눈발뿐
몰운대는 세상의 끝이 아니었네

— 박정대, 「몰운대에 눈이 내릴 때」 중에서

  더불어 정선은 시인들의 특별한 사랑을 받는 곳이기도 하다. 시인
들은 정선을 주제로 시를 짓고, 이곳에 모여 주민들과 소통하는 행
사를 진행하고 있다. 2010년 이 행사에 참여했던 정선 주민들은, 유
명 시인들이 정선 5일 장터를 방문해 시를 들려주고 대화를 나눴던
일을 지금도 생생하게 기억하고 있다. 당시 한국시인협회는 '길 위
의 시인들' 행사를 기획했고, 출발점을 정선으로 잡았다. 이들은 정
선 5일 장터에 모여 시를 낭송하고, 주민들에게 막걸리와 메밀전을
대접했다. 최근 문학에 대한 관심이 예전보다 떨어져 이런 활동이
크게 주목을 받지 못하지만, 사실 이런 행사는 정선이 세계에 자랑

위쪽 : 동강 할미꽃.
아래 왼쪽 가리왕산 투구꽃.
아래 오른쪽 : 원추리꽃

할 만한 일이다.

이에 최문순 강원도지사는 정선에 대해 '아름다운 풍경, 아름다운 문화의 마을'이라고 했다. 그는 "강원도의 자산은 눈에 보이는 환경뿐만 아니라 정신적 문화 유산"이라며 "시인들이 강원도와 정선을 다시 찾아준다면 막걸리를 대접하고 싶다"고 말했다.

강원도의 상상력, 화암 8경 · 가리왕산

정선군에는 강원도가 자랑하는 '보석'이 있다. 화암 8경과 가리왕산이다. 두 곳은 사람들의 상상력을 자극하고, 일상에 지친 마음을 어루만져 준다.

화암 8경은 자연이 빚은 예술품으로 화암약수, 화암동굴, 거북바위, 용마소, 화표, 소금강(설암), 몰운대, 광대곡이다. 이중 관광객이 자주 찾는 약수터와 동굴은 입과 눈을 즐겁게 해준다. 약수터에서 시원하고 알싸한 약수를 마실 수 있고, 동굴에 들어가면 서늘한 기운을 느끼며 신비로운 종유석을 감상할 수 있다.

절벽과 물이 어우러진 몰운대는 예로부터 수려한 풍경으로 시인들에게 영감을 준 곳이다. 1991년 출간된 황동규의 시이자 시집 제목인 『몰운대행』이, 바로 이곳에서 영감을 얻어 탄생한 작품이다. 그는 시에서 "몰운대는 꽃가루 하나가 강물 위에 떨어지는 소리가 엿보이는 그런 고요한 절벽"이라고 노래했다. 아름다운 풍경과 시인의 이야기가 얽혀 있는 몰운대는 2012년 한국 관광공사가 추천한 '문학의 길'로도 꼽혔다.

따라서 '정선의 멋'을 느끼고 싶다면 화암 8경을 천천히 둘러보면

정선 가리왕산 사스레나무들.

서 조용히 시를 읊거나 이곳에 얽힌 사람들의 이야기를 들어야 한다. 전설을 듣고 풍경을 보면서 상상력을 펼친다면, 이런 신비로운 광경이 보일 것이다.

화암 8경 중 3경인 용마소에는 장수의 운명을 타고난 아이와, 그를 찾는 용마가 밤마다 서성인다. 화표주에는 짚신을 삼는 신선들이 살고 있다. 소금강과 몰운대에는 호연지기를 꿈꾸는 선비들이 모여 시를 짓고, 광대곡에서는 산삼을 캔 심마니가 '심봤다'를 외치고 있다. 이런 풍경을 보려면 일단 마음을 열어야 하고, 머릿속에서 복잡한 일들을 내려놓아야 한다.

가리왕산은 '갈왕'이 머물렀던 곳으로 알려져 있는데, 평창군 진부면과 정선읍 북면 사이에 위치한다. 계절에 따라 아름다운 야생화들과 웅장한 풍채의 나무가 자라고 있다. 특히 가리왕산 투구꽃은 보랏빛 저고리를 입은 여인처럼 아름답다. 한 사진전문가는 "가리왕산의 자태, 사람의 손을 타지 않은 원형 그대로의 나무, 투구꽃을 보고 나면 강원도에 절을 하고 싶어진다"고 말했다.

물의 마을, 가수리

정선 사람들이 외지의 친한 친구에게만 알려준다는 '비밀 장소'는 정선읍의 '가수리'이다. 가수리는 아름다운 물의 마을이란 뜻이다. 친절한 정선 사람들이 이곳을 관광객에게 선뜻 소개해주지 않는 이유는, 이곳의 '있는 그대로의 아름다움'이 훼손될 것을 우려해서다. 그만큼 가수리는 도시의 때가 묻지 않은 곳이다.

가수리는 한강의 발원지인 태백의 검룡소에서 출발한 물줄기가 정선에 이르면서 물살의 세기가 약해지는 곳이다. 정선 사람들은 이 마을을 '뻘건 뼝대가 있는 곳'이라고 부르는데, 붉은색을 띤 돌 절벽이 있다는 뜻이다.

가수리에는 기암괴석과 강줄기, 오솔길, 토담집 그리고 훈훈한 인심이 남아 있다. 정선초등학교 출신 중년 남성들이, 가수분교 출신 동창들과 모여 바지를 걷어 올리고 어린아이처럼 물장구를 치면서 물고기를 잡는 풍경도 가끔 볼 수 있다. 40대의 아저씨들이 서로 이름을 부르고 물을 뿌리는 모습은, 낯설지만 정겹다.

하지만 혼자 이곳을 찾아 그저 강을 보다가 돌아가는 사람도 있다. 가만히 보기만 해도 무언가 내면이 바뀌는 곳, 그곳이 바로 가수리이다.

강원도의 드라마, 영월

영월은 단순히 시골 마을이 아니라, 한국 역사와 문학, 그리고 근현대사의 과도기를 보여주는 곳이다.

영월에는 유난히 극적인 '스토리'가 많다. '육지 안의 섬'이라고 불릴 정도로 외진 지역이어서, 한때는 유배지였고 한때는 방랑객들의 은신처였다. 영화 속에서 영월은 '정겨운 시골마을'이지만, 환경 전문가들에게는 '지켜야 할 심장이 있는 곳'이다. 영월을 도시의 규모로만 판단하면 '작은 마을'이지만, 이곳에 있는 유적과 자연유산을 고려하면 '콘텐츠의 보고'라 할 만하다.

먼저 영월의 역사적 유적지는 조선 시대 왕가의 문화를 이해하는 귀중한 자료이다. 영월에는 비운의 왕 단종의 '장릉'과, 그의 유배지였던 청령포가 있다.

장릉은 지난 2009년 유네스코 세계유산위원회 총회에서 세계문화유산으로 등재됐다. 매년 4월 열리는 '단종문화제'에서는 궁중 제례 의식을 재현한다. 이 시기에 영월을 찾은 관광객들이 자연 풍경을 배경으로 사진을 찍느라 이 의식을 놓치는 경우가 많으나, 사실 궁중제례의식은 아무 때나 쉽게 볼 수 없는 볼거리다.

텔레비전 예능 프로그램 〈1박 2일〉에 등장해 유명해진 '김삿갓' 유적지는 풍자의 미학을 음미할 수 있는 곳이다. 문학관에 그의 친필, 장권급제 시 등이 전시돼 있다.

그런데 '김삿갓 계곡' 일대를 찾은 이들에게 보너스를 받은 기분을 느끼게 하는 곳은 '조선민화박물관'이다. 이곳에는 해학적이고 익살스럽고 기괴한 민화들이 전시돼 있다. 이곳을 찾은 여학생들은 까치와 호랑이가 그려진 〈작호도(鵲虎圖)〉를 보고 자신도 모르게 깔깔 웃음을 터뜨린다. 어떤 호랑이는 용맹한 '산신령' 모습을 띠고 있지만, 몇몇 호랑이들은 까치에게 야단을 맞는 듯 어수룩한 표정을 짓고 있어서다. 민화에 까치와 호랑이가 자주 등장하는 것은, 이 동물이 좋은 소식을 전해주고 악귀를 물리치는 존재로 여겨졌기 때문이다.

새와 꽃을 그린 〈화조도(花鳥圖)〉는 중년 여성들에게 단연 인기다. "어릴 때 친정집에 있던 병풍에서 보던 그림"이라며 환호를 터뜨린다. 꽃과 새는 집안의 화평, 부귀, 장수 등을 기원하는 마음의 표현이라고 한다.

한편 영월은 예술과 자연이 어우러지는 곳이다. 동강사진박물관, 곤충박물관, 별마로 천문대 등에서 상설전시회가 열린다. 영월의 박물관들은 규모가 크지 않지만 하나하나 개성이 강하다. 동강사진박

위 : 단종의 유배지였던 청령포.
아래 : 단종의 묘인 장릉.

물관에는 수동형 카메라를 비롯한 300여 점의 카메라가 전시돼 있고, 곤충박물관에는 장수하늘소, 풍뎅이, 왕나비 등 1만여 종의 곤충 표본이 있다.

영월 읍내에는 유난히 영화 〈라디오스타〉의 포스터가 붙은 가게가 많다. 〈라디오스타〉에 등장하는 작은 밥집, 찻집 등은 세트가 아니라 영월에서 실제로 장사를 하고 있는 가게를 활용했기 때문이다.

욕심을 버리게 하는 곳, 동강

동강은 강원도가 영월에 준 선물이다. 또 동강은 대한민국 근현대사에서 반드시 주목해야 할 '역사적 장소'이다.

우리나라 온 국토가 '개발 광풍'에 몸살을 앓을 때에, 동강은 현세대가 반드시 지켜야 할 상징으로 떠올랐다. 1990년대 말부터 '영월댐(동강댐)' 문제가 환경보존과 개발의 대립을 상징하는 쟁점으로 떠올랐는데, 역설적으로 이 과정에서 동강의 아름다움이 전국 곳곳에 알려진 것이다.

예술가, 시민, 대학생들은 "동강만큼은 지켜야 한다"며 똘똘 뭉쳐서 동강의 사진을 전국에 뿌리고 '동강 알리기' 문화제를 열었다. 당시 동강을 취재했던 한 언론인은 "동강을 보기 전까지는 개발에 찬성했다"며 "하지만 이곳을 직접 보고 나니, 인간이 함부로 손을 대면 안 된다는 생각이 들었다"고 고백한 적이 있다. 그만큼 동강은 한 번이라도 보면 절대 잊을 수 없는 '비경'에 둘러싸여 있다.

동강은 절벽과 물이 공존하는 협곡으로서 묘한 분위기를 자아낸다. 힘찬 물줄기는 산골짜기를 돌아 굽이치며 흐른다. 반면 이 강 주

정선 동강 절매나루 석회암 절벽.

변에만 피는 '동강 할미꽃' 의 모습은 수줍어 고개를 숙인 시골 여인을 닮았다.

동강 상류인 '어라연' 은 '신선이 살 것 같은 풍경을 자랑한다.

한편 정선, 영월을 찾은 관광객들이 주변의 강을 모두 '동강' 이라고 생각하는데, 사실 '동강' 은 정식 명칭이 아니다. 정선, 영월 주변의 강에는 '조양강' 을 비롯한 정식 명칭이 있다. '동강' 은 영월 주민들이 영월을 기준으로 동쪽을 흐르는 하천을 부르던 명칭이다.

어쨌든 최근 전문가들은 65킬로미터에 달하는 동강을 '강원도의 허파' 라고 부른다. 그만큼 이 강이 대한민국의 생태환경에 미치는 영향이 크다는 의미이다.

동강 개발 문제는 여전히 '뜨거운 감자' 이다. 지역 주민들 사이에서도 개발 효과에 대한 찬반의견이 여전히 엇갈리고 있다. 그러나 이 강이 현 시대의 사람들만 향유하기에는 너무나 아름답다는 것에는 이견이 없다.

시를 읽으면 정선 영월이 '들어온다'

가족 관광객이 많아지면서 정선, 영월에도 '놀 거리'가 부쩍 늘었다. 정선을 방문한 초등학생들이 좋아하는 '레일바이크'는 페달을 발로 밟아 움직이는 철로자전거이다. 구절리에서 아우라 지역까지 총 7.2킬로미터의 정선 주변 풍경을 감상할 수 있다. 구절리역에는 곤충 모양의 '여치 카페', 아우라지역에는 물고기 형태의 '어름치 카페'가 있다. 임계면의 '백두대간 약초나라'에서는 승마 체험, 모노레일 체험 프로그램을 진행하고 있다. 이외에 정선과 영월 강 주변에서는 래프팅을 비롯한 각종 레저스포츠 업체가 늘고 있다.

또 정선의 토속적 정취를 느끼고 아리랑도 현지에서 듣고 싶다면, 하루 날을 잡아 정선 5일장을 방문하면 된다. 매년 4월~11월까지 정선군 정선읍 시장에 열리는 5일장은 매달 2일부터 닷새 간격으로 열린다. 정선 사람들은 5일장을 쉽게 기억하려면 끝 숫자 '2'와 '7'을 기억하면 된다고 귀띔한다. 5일장이 2일 7일 12일 17일 그리고 22일과 27일에 열리기 때문이다. 5일장이 열리는 날 오후 정선문화예술회관 공연장에서 관광객을 위한 아리랑 극이 공연된다.

공연을 보고 출출하다면, 시장에서 파는 토속적 음식으로 배를 채울 수 있다. 감자부침, 메밀전병, 찰옥수수 등이 별미이다.

정선 최대의 축제 '아리랑제'는 매년 10월 열린다. 이 기간에 정선 공설운동장을 비롯한 곳곳에서 전통문화 공연이 진행되며, 강가에는 '섶다리' 가 마련된다. 정선 5일 장터에서 출발해 이 다리를 건너 아라리촌을 방문하면, 정선의 옛 주거문화와 물레방아 등을 볼 수 있다.

서울에서 정선으로 가는 대중교통은 버스와 열차가 있다. 버스는 동서울터미널에서 출발하며 약 3시간 30분이 소요된다. 정선 5일장 관광열차는 청량리역에서 출발한다.

하지만 정선을 방문할 때 그곳의 소리와 풍경을 가슴으로 느껴보고 싶다면, 승용차를 직접 운전해 곳곳을 여유롭게 둘러봐야 한다. 특히 패스트푸드, 콜라를 가방에서 빼고 이 자리에 시집 한 권을 넣을 것을 권한다.

굳이 정선, 영월에서 무언가를 배워 가고 싶다면, 마음의 눈을 크게 뜨고 놀고 가야 한다. 특히 '상상하면서 놀고 가야' 한다. 21세기는 상상력의 시대인데, 정선과 영월에는 용마와 아우라지의 신선이 여전히 살고 있기 때문이다.

강원도의 꿈

평창

알펜시아의 야경

학창시절 사회책에서 '고랭지 채소 재배지'로 배웠던 강원도 평창은 이제 2018년 동계올림픽 개최지로 더 유명해졌다.

조선 개국공신인 정도전은 평창을 가리켜 "문 앞의 땅이 좁아 수레 두 채를 용납할 만하고 하늘이 낮아 재 위는 겨우 석 자 높이"라고 표현했을 정도로 두메산골이었다. 이중환은 택리지에서 평창을 두고 "한때 난리를 피하기에는 좋은 곳이나 오래 대를 이어가며 살기에는 적당하지 못하다"고 혹평하기도 했다.

하지만 척박한 땅 평창은 신선한 공기와 맑은 물을 머금고 자란 무공해 농산물을 길러내는 '청정 웰빙' 도시로 거듭났다. 평창은 해발 고도 700m에 위치하고 있는데 이는 인체에 가장 적합한 기압상태라고 한다. 평창의 연평균 기온은 섭씨 10.3도로 한여름에도 시원한 바람이 불어온다. 에어컨 없이 한여름을 날 수 있는 피서지다. 또한 다수의 스키장 등을 갖춘 겨울 스포츠의 메카일 뿐만 아니라 양떼목장, 월정사 전나무숲길 등 유명 관광지를 보유하고 있어 관광객들이 몰려드는 활기찬 도시로 변신하고 있다.

게다가 동계올림픽 유치를 계기로 국제적인 도시 반열에 올라서게 됐다. 2018년 세계인들의 시선이 집중될 평창은 강원도의 꿈이자 미래다.

한국 스키의 발상지 평창

평창군의 면적은 약 1,464km²로 전국 군 가운데 세 번째로 넓으며, 전체 면적의 65% 가량이 해발 고도 700m이다. 관악산(630m)보다 높지만 인간의 생활과 동식물이 자라는 데 최적의 조건이라고 한다. 전체 군 면적의 84%가 산림일 정도로 나무가 무성하다.

평창은 고구려 때 욱오현(于烏懸)이라고 불렸다. 신라가 삼국통일을 이루면서 백오현(白烏縣)으로 명칭이 바뀌었다. 이후 조선 초 태조 5대조인 목조의 비 효공왕후의 고향이라고 해서 군으로 승격됐다. 북쪽으로는 오대산, 계방산, 두루봉, 가리왕산이 솟아 있고 서쪽으로는 태기산, 백덕산의 능선이 이어져 있다.

조선 전기의 4대 서예가로 불렸던 양사언은 강릉 부사로 재임했을 때 평창의 수려한 경치에 매료돼 8일을 신선처럼 자유롭게 노닐었다. 양사언은 그것도 모자라 '팔일경(八日景)' 이라는 정자를 세우고 1년에 세 번씩 평창을 찾아 시상을 떠올렸다.

또 봉평면 흥정계곡에 있는 여덟 개의 바위에 석대투간(石臺投竿 : 낚시하기 좋은 바위), 석지청련(石池淸蓮 : 푸른 연꽃이 피어 있는 듯한 바위), 석실한수(石室閑睡 : 낮잠을 즐기기 좋은 바위), 석요도약(石搖跳躍 : 뛰어 오르기 좋은 바위), 석평위기(石坪圍碁 : 장기 두기 좋은 바위) 등의 이름을 새겨놓았는데 후세 사람들은 이를 가리켜 '팔석정' 이라고 부르고 있다. 지금은 세월이 흘러 글씨의 형체를 알아보기 힘든 상태다.

무엇보다 평창은 스키 마니아들에게 인기가 높다. 용평스키장, 휘닉스파크 등 스키장이 많기도 하지만 한국 스키의 발상지로도 불린다. 예로부터 산간지역 주민들은 교통 및 수렵을 위한 도구로 썰매와 설피를 이용했다. 겨울이면 어른 키보다 높이 쌓일 정도로 눈이 많이 내렸기 때문이다. 설피는 아이젠처럼 눈길에 미끄러지지 않게 신발에 붙인 그물 모양의 덧신이다.

생필품과 땔감을 실어나를 때는 썰매를 이용했다. 썰매는 나무로 만들어졌는데 윗부분은 평평하고 아랫부분은 배와 같이 구부러져 있다. 말처럼 빠르다고 해서 설마(雪馬)라고도 불렸다. 짐을 실어나르는 썰매, 발에 신는 썰매, 아이들이 신고 노는 썰매 등 용도에 따라 다양한 형태가 있었다. 신기하게도 이 썰매들은 현재 스키의 모양과 거의 똑같다.

1975년 용평리조트가 개장하면서 평창은 본격적인 스키 도시로 자리매김하게 됐다. 또한 2006년에는 동계올림픽의 주요 무대가 될 알펜시아 리조트가 개장했다. 알펜시아 리조트는 원래 감자원종장이 있던 자리에 세워졌다. 알펜시아는 알프스를 뜻하는 독일어 '알펜(Alpen)과 '아시아(Asia)' 또는 '환상'을 뜻하는 '판타지아(fantasia)'를 조합한 단어로 '환상적인 아시아의 알프스'란 의미를 담고 있다.

알펜시아는 동계올림픽을 위한 곳이기도 하지만 천혜의 자연환경을 갖춘 대관령이라는 입지를 활용해 명품 관광 휴양지를 만들자는 취지에서 출발했다. 알펜시아는 스키, 골프 등 스포츠를 비롯해 승마, 행글라이더, 워터파크 등 다양한 즐길거리가 갖춰져 있는 복합 리조트다. 스파 등을 통해 휴양을 할 수 있고 여기에 음악이라는 문화적인 요소까지 더해졌다. 알펜시아 내에는 콘서트홀과 뮤직텐트가 갖춰져 있다. 이곳에서는 해마다 7월이면 대관령 국제음악제가 열린다. 미국 콜로라도 주 로키 산맥 고지의 이름 없는 폐광촌을 세계적인 음악도시로 만들었던 아스펜 음악제를 벤치마킹했다. 해발 800m 고지대에서 푸른 자연을 배경으로 음악의 거장들과 떠오르는 신예들이 빚어내는 아름다운 선율을 즐길 수 있다.

알펜시아 내 동계스포츠 지구에는 스키점프대, 바이애슬론 경기장 등이 갖춰져 있다. 모노레일을 타고 스키점프대 꼭대기에 올라서면 알펜시아 리조트와 대관령 풍력발전소 등이 내려다보인다.

스키점프대에 옆 올림픽스타디움 2층에는 스키 박물관이 들어서

평창 알펜시아 여름 전경.

있다. 박물관 기록에 따르면 한국의 동계올림픽 참가 역사는 1948년 제5회 스위스 생모리츠대회로 거슬러 올라간다. 선수 3명이 스피드스케이트 경기에 최초로 나섰다. 6회 대회 때는 한국 전쟁 때문에 불참했지만 한국 대표팀은 7회 대회 이후로 한 번도 빠지지 않고 참가하고 있다. 제23회 대회가 평창에서 열리게 된다.

천 년 동안 월정사를 지킨 전나무숲

평창 동계올림픽을 계기로 국내는 물론 해외에서도 평창을 찾는 관광객들이 늘고 있다.

평창이 자랑하는 관광명소 중 하나는 월정사 전나무숲이다. 수령 500년이 넘은 전나무 1,700그루가 일주문에서부터 금강교까지 약 1km 가량 쭉쭉 뻗어 있다. 부안 내소사, 남양주 광릉수목원과 함께 한국 3대 전나무숲으로 꼽힌다. 월정사를 천 년 넘게 지켜온 숲이라 '천 년의 숲'이라고도 불린다.

월정사는 중국 오대산에서 문수보살을 만나고 온 자장율사가 643년 오대산에 초막을 짓고 수행을 한 것이 시초로 알려져 있다.

원래 소나무가 울창했던 곳이었지만 소나무가 사라지게 된 설화가 전해진다. 고려 말 무학대사의 스승 나옹선사는 부처님께 공양을 드리기 위해 콩비지를 들고 눈길을 걷고 있었다. 이때 소나무 가지 위에 있던 눈이 비지 그릇 위로 떨어졌다. 스님은 불전에 올릴 공양물을 버리게 했다며 소나무를 크게 꾸짖었다. 이 소리를 들은 오대산 산신령은 결단을 내렸다. 소나무를 쫓아내고 전나무 아홉 그루에게 절을 지키도록 한 것이다. 이후 전나무가 숲의 주인이 되었다.

오대산 월정사.(출처 : 평창군청)

전나무는 소나무과에 속한다. 잎이 바늘 모양이고 키가 아주 높게 자란다. 추위에 강해 강원도에서 자라기 적합하다. 반면 환경오염에 약해 도시에서는 보기 힘들다.

전나무숲길에 들어서면 신선한 공기와 향긋한 나무 냄새로 기분이 절로 상쾌해진다. 이는 식물들이 각종 병균, 해충, 곰팡이로부터 자신을 보호하기 위해 뿜어내는 피톤치드 덕분이다. 피톤치드는 인간의 면역력도 높여준다.

전나무숲에서 하늘을 올려다보면 나뭇잎 사이로 겨우 손바닥만 한 공간만 보인다. 주위는 온통 전나무인 데다 계곡 물 흐르는 소리와 새소리만 들려 속세에서 벗어나 있는 듯한 느낌이 든다. 남이섬에 있는 나무들처럼 반듯하게 줄지어 서 있는 것은 아니지만 전나무들이 비죽비죽 서 있는 모습이 오히려 편안하고 정겹다.

숲길 중간에는 2006년 10월 23일 강풍에 쓰러져 죽어버린 전나무도 누워 있다. 수령이 600년으로 추정되던 나무였다. 나무 밑동은 텅 비어 있는데 사람 2명이 들어가도 될 정도로 크고 넓어 어른이고 아이고 들어가 기념 사진을 찍기도 한다.

단원 김홍도가 1788년 정조의 어명으로 그린 〈금강사군첩─월정사〉에도 전나무숲에 둘러싸인 월정사가 그려져 있다.

1994년까지는 이 전나무숲길도 포장도로였다. 2008년 옛 숲길을 되살리기 위해 기존 포장재를 걷어내고 흙길로 복원했다.

전나무숲길을 지나 월정사로 들어서면 유명한 월정사 팔각구층석탑을 만날 수 있다. 고려 전기 석탑을 대표하는 작품으로 청동으로 만든 풍경을 달아 화려함을 더했다. 석탑 앞에는 한쪽 무릎을 꿇은 석조보살상이 있다.

월정사에서 산 위로 더 올라가면 상원사가 나온다. 상원사 동종으로 유명한데 상원사에 있는 동종은 현존하는 종 가운데 가장 오래되고 아름다운 종으로 꼽힌다.

상원사는 또 조선 세조와 인연이 깊은 절이다. 어린 조카 단종을 죽이고 왕위에 오른 세조는 잘못을 참회하기 위해 불교에 귀의했다. 세조는 단종의 어머니 현덕왕후가 자신에게 침을 뱉는 꿈을 꾸고 나서 피부병에 걸렸다. 전신에 종기가 돋고 고름이 나서 견디기 힘들 지경이었다. 명의와 명약으로도 효험을 보지 못하자 세조는 오대산으로 발길을 향했다. 상원사에서 부처님께 병을 낫게 해달라고 매일 기도를 올렸다.

어느날 오대천의 맑은 물에서 목욕을 하던 세조는 지나가던 동승에게 등을 밀어달라고 부탁을 했다. 동승이 등을 밀자 몸이 날아갈 듯 가벼워졌다. 세조는 동승에게 "어디 가든지 임금의 옥체를 씻었다고 말하지 말라"고 당부했다. 그러자 동승은 미소를 지으며 "어디

가든지 문수보살을 친견했다고 하지 말라"고 말한 뒤 홀연히 사라졌다. 이후 세조의 몸은 씻은 듯이 나았다. 세조는 그때 만난 동승의 모습을 목각상으로 조각하게 했는데 이것이 바로 상원사의 문수동자상이다.

병을 고치고 난 후 이듬해 세조는 다시 상원사를 찾아 불공을 드렸다. 하루는 법당에 들어가려는데 절에서 키우던 고양이가 도포 자락을 물고 늘어졌다. 이상하게 여긴 세조는 부하들에게 법당을 샅샅이 뒤지게 했고 비수를 든 자객이 숨어 있는 것을 발견했다.

고양이 덕에 목숨을 건지게 된 세조는 고양이를 잘 모시라며 상원사에 전답을 하사했다. 이 전답은 묘답(猫畓)과 묘전(猫田)이라 불린다. 지금도 상원사 문수전 계단에는 고양이 석상이 남아 있다.

드넓은 초원 위의 삼양목장과 양떼목장

지난 2007년 평창군 도암면은 대관령면으로 이름을 바꿨다. 전국적으로 널리 알려진 지명으로 바꾸자는 취지였다.

대관령면에는 유명한 관광지인 삼양 대관령목장과 대관령 양떼목장이 자리잡고 있다. 어린 자녀를 둔 부모는 물론 연인들 사이에서도 데이트 코스로 인기가 높다. 수많은 영화나 드라마, CF의 배경이 될 정도로 경치가 아름답기 때문이다.

특히 삼양 대관령목장은 푸른 대자연을 느낄 수 있는 공간이다. 총면적 600만 평으로 여의도의 7배나 된다. 워낙 넓어 1년이 가도록 소의 발자국이 한 번도 나지 않은 초지가 도처에 널려 있을 정도다.

목장으로 들어서는 길은 울퉁불퉁한 비포장 도로여서 시골길의

삼양 대관령목장의 양떼들.

정취를 느낄 수 있다. 목장 입구에서 셔틀버스를 타면 해발 1,140m 인 동해 전망대까지 오른다. 날씨가 좋으면 동해바다와 강릉이 내려 다보인다. 안개가 자욱하게 끼었을 때 바라보는 풍경도 나름대로 운 치가 있다.

전망대에서부터 산책로를 따라 아래로 내려오다 보면 끝없이 초 지가 펼쳐져 있다. 보라색 술이 달린 리드 카나리그라스가 심어져 있는데 넓은 초지가 목가적 분위기를 연출한다. 산책로 길이만 4.5 km로 걸어서 1시간 20분쯤 걸린다.

산책로 중간에는 강원 풍력발전소가 위치하고 있다. 강릉 인구의 60%가 쓰는 전기를 공급하고 있다고 한다. 푸른 들판 위에 바람개비 같이 생긴 거대한 풍력발전기 수십 개가 돌아가는 모습도 이색적인 분위기를 연출한다.

강원 풍력발전소가 장관인 삼양목장. (사진 한국관광공사 제공)

관광객들에게 가장 인기 있는 장소 중 하나는 연애소설 나무. 영화 〈연애소설〉에 등장해서 유명해졌다. 연애소설 나무 아래로 내려오면 젖소와 양들이 평화롭게 풀을 뜯어먹고 있는 모습이 보인다.

목장 입구에 있는 휴게소 목장쉼터에 내려가면 산책로를 걷느라 출출해진 배를 채울 수 있다. 이곳에서 파는 메뉴는 오직 라면과 계란. 목장쉼터 옆 마트에서는 황태 라면, 쌀 라면, 된장 라면 등 다양한 종류의 라면을 판매하고 있다.

삼양 대관령목장에 비해 양떼목장은 상대적으로 아기자기한 매력이 있다. 약 6만 평 규모의 초지 위에 200여 마리의 양들이 살고 있다. 탁 트인 목장 산책로는 알프스 소녀 하이디가 걸었을 것만 같은 길이다. 봄, 여름, 가을에는 초록의 잔디, 겨울에는 하얀 눈이 덮인 풍경이 장관이다. 목장 입구에서는 건초를 바구니에 담아 양들에게 직접 먹이는 체험도 할 수 있다.

겨울산이 빚은 작품 황태

평창에 가면 길가 여기저기서 황태 요리 음식점을 보게 된다. 용평스키장 근처에 황태덕장이 위치하고 있는데 평창은 황태를 말리기에 더없이 좋은 조건을 갖추고 있다.

황태는 보통의 북어와 달리 부드럽게 씹히는 맛이 더덕과 비슷하다고 해서 '더덕북어'라고도 불린다. 6·25 직후부터 함경도에서

평창 황태 덕장. (사진 한국관광공사 제공)

내려온 피난민들은 기후조건이 이북과 비슷한 대관령에 덕장을 세워 황태를 말리기 시작했다. 12월부터 통나무를 이어 덕장을 만들고 4월까지 명태를 말린다.

동해안에서 잡힌 명태의 알, 창자 등 속을 비운 다음 대관령으로 가져와 두 마리씩 엮어 덕장에 걸어놓는다. 춥고 일교차가 큰 대관령에서 명태가 얼었다가 녹는 것을 반복하면서 자연 건조된다. 그래서 황태는 '겨울산이 빚은 작품'이라 불린다. 매서운 추위와 눈보라를 견딘 만큼 깊은 맛을 낸다.

황태는 고단백, 저지방의 순수 자연 식품으로 콜레스테롤이 거의 없다. 영양가가 높고 머리를 맑게 해줘서 수험생이나 노인들에게 특히 좋은 식품이다. 또 간을 보호해주는 성분이 들어 있어 과음 후 숙취해소에 효과가 있다. 속살이 노랗고 육질이 연한 황태는 속을 풀어주는 황태국이나 매콤한 황태찜을 비롯해 황태구이, 황태전골 등 다양한 요리에 활용되고 있다.

율곡 잉태설화가 전해지는 판관대

평창에는 율곡 이이 잉태설화가 전해진다. 판관대라는 지명이 붙은 곳인데 이는 율곡의 아버지 이원수의 벼슬이 수운판관이었던 데서 유래했다.

이원수는 인천지방 수운판관으로 재직시절 본가인 봉평으로 가던 중 피로에 지쳐 평창군 대화면의 한 주막에서 하룻밤을 쉬어 갔다.

이원수가 들르기 전날 밤 홀로 살던 주모는 용이 가슴 가득 안겨오는 꿈을 꿨다. 주모는 비범한 인물을 잉태할 꿈이라고 여겼다. 마침 그날 주막에 머문 손님은 이원수 혼자였다. 이원수의 얼굴을 살펴보니 예사롭지 않은 인물임이 느껴졌다. 주모는 수치심도 잊고 이원수의 방에 뛰어들었다. 주모는 하룻밤만 정을 맺게 해달라고 간청했다. 하지만 이원수는 "이 무슨 해괴한 짓이요, 내 그대를 행실 바른 여인으로 알고 묵으려 했는데 이러면 되겠소"라고 완강히 뿌리쳤다.

이 무렵 이원수의 부인인 신사임당도 강릉 오죽헌에 머물다 주모와 같은 용꿈을 꿨다. 신사임당은 그날로 봉평으로 달려갔다. 봉평에서 이원수와 만난 신사임당은 율곡을 잉태했고 강릉 오죽헌에서 해산을 했다.

현종 3년, 나라에서는 판관대가 이율곡을 잉태한 곳이라고 해서 관리를 파견해 제사를 지내도록 했다. 하지만 일제 시대 이후 잘 시행되지 않았다고 한다.

장평IC 인근 도로에는 판관대라고 적힌 비석이 하나 세워져 있다. 비석에는 "이곳은 강원도 평창군 용평면 백옥포리로 뒤로는 산마루들이 부챗살처럼 둘러 있고 앞으로는 흥정천이 판관대를 돌아 속사천을 만나 큰 줄기를 이루는 산자수명(山紫水明 : 산빛이 곱고 강물이 맑

다)한 곳이다. 예로부터 산태극 수태극(山太極 水太極 : 산줄기와 물이 휘둥그스름하게 굽이져 태극 모양을 이루는 형세)이라 이르는 곳이니 과연 동방의 성현이 잉태할 만한 곳이라 하겠다"고 적혀 있다.

판관대에서 조금 떨어진 봉

평면 평촌리에는 율곡 이이를 기리기 위해 지은 봉산서재가 위치하고 있다.

한국 7대 약수인 방아다리 약수

오대산 국립공원 내에 있는 방아다리 약수는 한국 7대 약수로 꼽힌다. 따라서 언제나 시원한 물맛을 보려는 관광객들이 끊이지 않고 있다. 빽빽한 전나무숲으로 둘러싸여 있어 산책로로도 인기가 좋다. 이곳에서 나는 약수는 철분과 탄산이 들어 있어 위장병과 피부병 등에 효과가 있다고 한다.

방아다리 약수의 유래도 흥미롭다. 옛날 경상도 이씨 노인이 병으로 고생을 하다 전국 각지의 명의를 찾아 나섰지만 소용이 없었다. 삶을 포기할 지경에 이른 그는 남은 시간 동안 풍치 좋은 곳이나 찾아 다니자고 결심했다.

현재 방아다리 약수터에 이르러 나무 밑에서 잠을 청했는데 꿈에 백발이 성성한 노인이 나타나 "어인 일로 산중에서 노숙을 하느냐"고 물었다. 이씨 노인은 틀림없이 산신령일 것이라는 생각이 들어 자신의 처지를 말하고는 "병을 고칠 수 있도록 약초가 있는 곳을 가르쳐달라"고 청했다. 그러자 백발 노인은 "지금 누워 있는 자리를 파보라"고 하고 사라졌다. 노인이 잠에서 깨어 땅을 파헤치니 맑은 물이 솟아났다. 며칠 머물며 이 물을 마시자 병이 나았다는 전설이 전해진다.

춘천 '소양강 처녀상'

청춘 열차

　청량리에서 출발하는 춘천행 열차의 이름이다. 출발지와 도착지의 첫 글자를 딴 명칭이지만, 이를 듣는 사람들은 두 단어의 '환상의 조합'에 빙그레 웃는다. '춘천'과 '청춘'의 이미지가 절묘하게 잘 어울려서다.

　춘천 여행객들의 얼굴에는 유독 '설렘'이 묻어난다. 이들에게 "대한민국의 많은 도시 중, 유독 춘천 여행을 택한 이유"를 물으면 십중팔구는 이렇게 답한다. 춘천을 찾으면 잃어버린 '낭만'을 다시 느낄 수 있을 것 같다고. 마음의 허기가 채워질 것 같다고.

　춘천은 이런 기대를 저버리지 않는다. 딱딱해졌던 감성을 부드럽게 만들어주는 아름다운 자연, 웃음이 저절로 나오는 토속적 문화, 그리고 가족의 대화를 열어주는 축제가 춘천에는 공존한다.

프라하에는 카프카, 춘천에는 김유정

　체코 프라하에는 '카프카의 집'이 있다. 카프카의 작품을 단 한 번이라도 읽은 사람들은, 프라하의 화려한 건축물을 보는 일정을 잠시 미루고 소박한 카프카 생가를 찾는다.

　반면 터키 이스탄불에 있는 페라 팔라스 호텔은, 영국이 낳은 추리작가 애거사 크리스티 덕에 명성을 유지하고 있다. 애거사 크리스티가 이곳에 머물며 명작『오리엔트 특급 살인 사건』을 썼다는 이유에서다. 터키에는 이보다 화려하고 편리한 호텔도 많지만, 관광객들은 세계적 추리작가의 자취를 느끼고 싶어 이곳을 찾는다.

대한민국 춘천에도 이런 명소가 있다. 최근 주목받고 있는 '김유정 문학촌'이다. 흔히 춘천에 대해 '막국수와 닭갈비'를 떠올리지만, 춘천을 가슴으로 제대로 느끼려면 맛있는 음식만 즐길 것이 아니라 김유정의 소설을 읽고 문학촌을 찾아야 한다.

우리나라에서 유일하게 인명을 딴 '김유정역'을 거쳐, 도보로 5분. 옴팍한 시루떡 모양의 마을이 등장하는데, 이곳이 바로 말더듬이 소년 김유정을 천재로 키워낸 '실레마을'이다. 그리고 그 마을을 중심으로 '실레 이야기 길'과 문학관 등이 모여 '김유정 문학촌'을 구성하고 있다. 이 중 김유정 생가는 김유정의 조카 김영수 씨와 마을 주민의 증언으로 복원됐다.

금병산에 둘러싸인 '실레 이야기 길'은 사시사철 다른 모습을 보여주는 문학기행의 길이다. 곳곳에 얽힌 이야기와 사연도 재미나다. 〈들병이들 넘어오던 눈웃음길〉〈금병산 아기장수 전설길〉〈점순이가 '나'를 꼬시던 동백숲길〉〈덕돌이가 장가가던 신바람길〉 등이다. 〈응칠이가 송이 따먹던 송림길〉〈도련님이 이쁜이와 만나던 수작골길〉〈장인 입에서 할아버지 소리 나오던 데릴사위길〉〈김유정이 코다리찌개 먹던 주막길〉 등 길목마다 '문학적 상상력'이 어우러져 있다.

한편 김유정 문학촌은 방문객의 표정을 살아나게 한다. 근현대 문학사의 한 획을 그은 천재작가가 말을 더듬는 수줍은 소년이었다는 점을 알게 될 때에는 표정이 심각해지나, 그 소년이 강원도 실레마을의 품에서 감성을 키웠다는 대목에서는 미소를 짓게 된다. 서울 유학생활 중 명창 박록주에 대한 '미친 사랑'에 빠져 상처 입었던 청년 김유정의 이야기를 알게 되면 아련한 표정을 짓게 되고, 그러다가도 소설 「봄봄」의 주인공 '점순이의 애정표현'인 닭싸움을 떠

올리면 킥킥 웃음이 나온다. 「봄봄」의 마지막 장면에 등장하는 '알
싸하고 향긋한 노란 동백꽃 냄새'가 사실은 강원도의 '생강나무 꽃'
을 의미한다는 것을 알게 되면 '공부'를 한 느낌이다. 한마디로 김
유정 문학촌은 '닫혔던 감성'을 열어주는 곳이다.
　이외의 작품에서도 김유정은 토속적인 강원도의 모습을 녹여냈

위 사진은 김유정역. 아래는 김유정 문학촌 내에 그의 단편 「봄봄」의 한 장면을 꾸며놓은 모습.

다. 「산골 나그네」「솥」「총각과 맹꽁이」「노다지」「가을」등 12편의 작품이 춘천 실레마을을 배경으로 탄생했다. 또 역사학자들에 따르면, 김유정은 실레마을에서 농촌계몽운동을 벌이기도 했다. 그는 1932년 금병의숙(金屏義塾)이라는 학교를 세웠고, 이곳을 통해 협동조합과 농우회, 노인회 및 부인회를 조직해 문맹타파에 앞장섰다.

한편 최근 '시대의 멘토'로 불리는 소설가 이외수도 치열한 청년기를 춘천에서 보냈다. 그는 춘천에서 『벽오금학도』『꿈꾸는 식물』『장외인간』등 무려 20권의 책을 써냈다. 이에 이외수는 춘천을 '문학적 감수성의 원천'이라고 말한다. 또 "책 속에 담은 서정과 낭만은 모두 춘천에 기원을 두고 있다고 해도 과언이 아니다"라고 밝힌 바 있다.

강원도청 회의실 벽에 걸린 이외수의 강원도 홍보물.

한옥 상가, '상 문화'를 바꾸다

춘천에서 주목할 또 다른 변화는 상가 문화의 변화이다. 보통 상가는 그 지역의 문화를 일부분 반영하는데, 춘천에는 이례적으로 한옥을 응용한 독특한 가게들이 늘고 있다. 한옥을 응용한 찜질방, 한옥을 개조한 찻집, 그리고 한옥 펜션 등이 그것이다.

상가의 이름도 낭만 도시 춘천을 닮아 운치가 있다. '나무향기 찜질방' '한옥펜션 나비야' '찻집, 차 마실 산' ……

찜질방 이름까지 이렇게 시적이니, 도심에서 흔히 볼 수 있는 '정력 찜질방' '섹시 모텔' 등은 춘천에서 명함도 내놓기 어려운 시대가 곧 올지도 모른다.

더불어 '한옥 자영업' 가게가 춘천에 하나하나 늘어난다는 것은 '장사하는 사람들의 철학'이 달라진다는 것을 뜻한다. 굳이 어려운 과정을 거쳐 장사를 하려는 사람들의 마음이, 돈만 추구하는 상인들의 그것과는 많이 다르다는 것을 짐작할 수 있다.

한옥은 짓기 어렵고, 상가로 허가받기 까다롭고, 잦은 보수공사로 인해 경제적 효율성이 떨어지나 친환경적이다. 무엇보다 손님의 건강에 좋다. 어려운 과정을 감수하면서까지 한옥을 정성스럽게 짓는 자영업자들이 춘천에 늘어난다는 것은, 춘천의 상업문화가 돈만 추구하는 것을 벗어나 건강과 환경을 동시에 생각하는 쪽으로 흘러가고 있다는 것을 뜻한다. 더불어 대기업이 운영하는 프랜차이즈 광풍에서, 적어도 춘천 상인들은 한 걸음 물러나 '새로운 상 문화'를 만들어가는 것을 기대할 수 있다.

한편 이런 춘천의 문화 덕에, 도시를 떠나 강원도에서 새로운 삶을 꾸리는 사례도 늘어나고 있다. 춘천 유포리에 위치한 '차 마실 산'의 주인장도 바로 그런 경우다. 서울에서 구두 디자이너로 일하면서 부유한 '강남아줌마'로 살았던 그는, 춘천에 반해 도시의 삶을 과감히 버리고 제2의 삶을 설계하게 됐다.

유포리 마을에 반해 교통 불편을 감수하고 이곳을 택했고, 어려운 공사에도 불구하고 한옥을 개조했다.

한옥찻집 주인장에게 '서울 강남을 떠난 것을 후회하지 않느냐'고 물었다. 서울을 떠나 춘천에 정착한 여사장님은 직접 만든 건강차를 내놓으며 이렇게 답했다.

"춘천에서의 삶이요? 너~무 좋아요. 강원도 사람들, 특히나 춘천 사람들은 마음이 따뜻해요. 서로를 믿어요. 이웃에 대한 의심이 적어요. 서울에서 살던 때와 달라진 점이 너무나 많은데, 무엇보다 가장 중요한 것은 마음이 바뀌었다는 거죠. 춘천에 정착해 가면서 마음이 안정되고 차분해져요. 춘천 생활에 반대했던 가족들도, 이제는 춘천의 매력에 푹 빠졌어요."

그는 "마을 사람들과 친구가 되고 찾아온 손님에게 진정한 휴식을 선물하고 싶다면 춘천에서 장사를 하라"고 말했다. 그리고 "춘천에 오면 누구나 예술가가 된다"고 덧붙였다.

그의 집 마당에는 그림을 품은 돌이 놓여 있고, '콩순이'라는 이름을 가진 콩대가 자라고 있었다.

한편 한옥이 늘어가는 마을 유포리는, 예술가들과 젊은 학부모들의 입소문을 타고 최근 춘천의 또 다른 '낭만 여행지'로 부상하고 있다. 유포리의 막국수 가게, 사과밭, 그리고 찻집 등이 도시와 시골의 묘한 '융합' 분위기를 만들어내고 있어서다. 서울 생활에 지친 전문가들이, 하루 훌쩍 여행을 떠날 때 이곳을 찾는다는 후문이다.

이외에도 춘천에는 유난히 독특한 '스토리'를 간직한 상가가 많다. 원두커피로 유명한 '이디오피아 집'은 한때 낭만적인 프러포즈 장소였고, 지금도 프랜차이즈 커피전문점들과 경쟁하면서 그 명성을 꿋꿋이 지키고 있다. 이곳을 찾은 이들은 춘천의 낭만에 한번 빠지고 커피 향에 또 빠지고, 이후에는 '자영업 사장님들의 자존심'에 한번 더 매료된다.

'아이돌' 대신 '아이들'이 주인공, 예술의 도시 춘천

춘천은 시민들의 참여 속에 국제적 문화 도시로 발돋움하고 있다. 강원도의 아름다운 자연에만 의존하지 않고, 지역 예술가들이 문화 행사를 활성화시킨 덕이다. 대표적 모범 사례가 춘천 마임축제이다.

춘천 마임축제는 20여 년 전 순수 민간단체 주도로 탄생해, 지역 문화예술인과 시민들의 참여에 힘입어 성장했다. 강원도의 각 도시가 '유형의 문화' 뿐만 아니라 '무형 문화'로도 세계적 관광 콘텐츠를 만들어 낼 수 있다는 가능성을 보여준 사례이다.

춘천 마임축제는 출발 초기만 해도 소규모였지만, 시간이 갈수록 다른 지역에서 배울 만한 '모범적 축제'로 인정받고 있다. 문화개혁을 위한 시민연대가 지정한 '관객이 선정한 좋은 축제 BEST 5'에 올랐고, 1999년~2006년 8년 연속 문화관광부 선정 우수 문화 관광축제, 2007부터 2011년까지 무려 5년 연속 문화체육관광부 선정 최우수 문화관광축제로 선정됐다.

이런 가운데 2012년 5월 춘천 마임축제는 '모두가 즐기는 행사'를 선보여 호평을 받았다. 도심 한복판에서 '유쾌한 물놀이'가 벌어진

춘천 마임축제
홍보 포스터.
(사진 〈주〉춘천
마임축제운영
위원회 제공)

〈아!水라장〉, 캐나다와 스페인 등 세계 각지에서 몰려온 예술가들의
뉴미디어 아트 공연, 시민동호회의 재능기부 등이 눈길을 끌었다.
어린아이에서부터 전문가들까지 모두가 즐기는 '몸짓' 이 춘천을 물
들인 것이다. 더불어 춘천 마임축제는 유명 연예인을 동원하는 행사
나, 대기업 후원에 의존하는 '상업주의 문화' 를 탈피했다는 점에서
도 의미가 있다.

이외에도 춘천에는 가족들이 즐길 수 있는 축제가 많다. 춘천 인
형극제는 1989년부터 그 맥을 이어오면서, 순수하고 따뜻한 축제로
발전하고 있다. 춘천 인형극제 역시 지역의 예술가들이 주도해 정착

시켰다.

또 춘천의 자연환경과 레포츠가 어우러지는 '춘천 월드레저대회' 는, '짜릿한 매력' 을 주는 행사로 뜨고 있다. 수상스키, 패러글라이딩, 풋살 등 다양한 종목의 경기가 펼쳐진다. 이 대회가 열리는 기간에 맞춰, 춘천의 식당들이 '닭갈비 막국수 축제' 도 열어 축제의 흥을 더한다.

만약 연극 〈빨간 피터의 고백〉에서 명연기를 선보였던 배우 고(故) 추송웅이 살아 있다면, 춘천과 사랑에 빠졌을 것이다. 예술가들이 새로운 콘텐츠를 만들어가는 곳, 마임이라는 원초적 몸짓을 예술 행사로 발전시킨 곳, 상업주의보다는 장애인과의 문화교류에 관심을 두는 곳, 그리고 자연과 인간이 어울려 축제를 벌이는 곳이 바로 강원도 춘천이기 때문이다.

추송웅에게 강원도에 대해 묻는다면 이렇게 외칠지도 모른다.

"유쾌한 일탈을 꿈꾸는 당신, 춘천으로 떠나라!"

백년대계의 중심, 강원대학교

필자를 비롯해 강원도에서 청소년기를 보낸 30대와 40대라면, '강원대학교 출신 선생님' 을 한번쯤 짝사랑한 경험을 갖고 있을 것이다. 강원대학교를 졸업한 젊은 교사들이, 지역 교육의 중추적 역할을 맡았기 때문이다. 특히 강원대학교 사범대학을 졸업한 교사들이 한창 활동하던 시기에는, '새내기 선생님' 들이 춘천, 원주, 강릉을 비롯한 중소 도시는 물론 태백의 탄광촌, 사북역 부근 서민 상가, 정선 '가수리 분교' 까지 오지로 발령이 나는 사례가 많았다. 젊은 선생님들은 학생이 수십 명에 불과한 작은 초등학교까지 찾아가, 벽지생활을 하면서 아이들을 가르쳤다. 그렇기에 강원대학교는 지역 주민들에게 각별한 의미를 갖는다. 백년대계를 담당할 지역 인재들의 양성소라는 점이다.

이와 관련해, 강원대학교에 대해 재미있는 두 가지 일화가 알려져 있다.

첫 번째는 강원대 출신 여선생님이 두 번 우는 사연이다. 비교적 도시문화가 강한 춘천에서 대학시절을 보낸 20대의 여선생님들이 탄광촌에 첫 발령을 받으면 가족들이 두 번 운다는 말이 있었다. 젊은 여성 혼자서 탄광촌에서 지낼 생각을 하니 기가 막혀서 가족들이 한 번 울고, 그러다가 몇 년 후에 그 여선생님이 탄광촌 아이들과 정이 들어 도시로 돌아가길 거부해 가족들이 두 번 운다는 일화이다.

두 번째는 '쌀계'이다. 10여 년 전까지도 일부 마을에서 이웃 집 자녀가 강원대학교 사범대학에 입학하면, 동네 사람들이 조금씩 쌀을 모아 선물을 줬다고 한다. 어려운 살림에 자녀를 대학까지 보낸 것을 축하해주는 의미도 있지만, 그 학생이 좋은 선생님으로 자라 강원도 벽지 아이들에게 따뜻한 교육을 해주기를 바라는 마음도 담은 것으로 볼 수 있다.

한편 강원대학교 초대 총장인 함인섭 박사는, 강원도에 최초로 대학교육의 문을 열었고 평생 인재 양성에 힘써 존경을 받았던 인물이다. 그는 "나는 강원대학을 영원히 떠날 수 없다"고 할 정도로 강원대학교를 자랑스러워했다. 본래 함 박사는 충청남도 천안이 고향으로 서울에서 공부했지만, 강원대학교 개교에 중심 역할을 했으며 이후 강원도 교육과 농업 발전에 큰 영향을 미쳤다. 일본의 동경농업대학 농학박사 출신인 그는 1946년 춘천공립농업중학교 교장으로 부임해 강원도와 인연을 맺었고, 1947년 강원대 전신인 춘천농업대학의 설립인가를 받았다. 이후 그는 학교 발전과 후학 양성에 주력했는데, '청렴한 생활'을 엄격히 지켜 퇴임 후에도 집이 없어 제자들이 이를 마련해줬다고 알려져 있다.

춘천농업대학은 1969년 교명을 강원대학으로 변경하고 1978년 종합대학으로 승격됐다. 1997년 의과대학을 신설하면서 위상을 다시 한번 높였고, 2006년 삼척대학교와 통합해 강원대 삼척캠퍼스가 출범했다. 최근에는 '글로벌 리더 양성'을 목표로, 일본과 미국을 비롯한 외국 48개 대학과 자매 결연을 맺었다.

교육의 거점 춘천에는 박사마을이 있다

강원대학교가 강원도 전체의 교육 거점 역할을 했다면, 춘천고등학교와 춘천여고, 강원사대부고 등은 춘천 청소년은 물론 시골마을 학생들의 학구열에도 큰 영향을 미쳤다. 1980년대에 춘천, 강릉, 원주 등이 이른바 '명문 고등학교' 열풍을 일으켰고 태백, 사북, 정선 출신 중학생들이 이곳으로 '고교 유학'을 가기도 했다.

더불어 춘천에는 부모들의 교육열을 상징하는 독특한 명소가 있는데, 바로 '박사마을'이다. 춘천시 서면의 23개리 농촌마을이, 무려 100명 이상의 박사를 배출하면서 이런 명칭을 얻었다. '박사마을'은 1968년 송병덕 의학박사를 시작으로 2012년까지 130여 명의 박사를 배출했고, 그 중 금산리에서 20여 명이 나온 것으로 전해진다. 1999년 10월에는 주민들과 관계기관이 박사학위 취득을 상징하는 '박사모' 모양의 '박사마을 선양탑'도 세웠다.

그런데 이 작은 마을에서 박사를 유난히 많이 배출할 수 있었던 것은 '하드웨어의 힘'이 아니라 '소프트웨어의 힘' 덕이었다. 춘천에서도 비교적 외진 이 마을에는 변변한 학원이 있는 것도 아니었고, 교통마저 불편했다. 1985년 신매대교가 생기기 전까지 학생들이 춘천 시내에 위치한 학교에 가려면 배를 타야 할 정도였다. 장마가 지면 배를 띄우지 못해, 먼 길로 돌아 학교까지 가는데 세 시간 이상이 걸렸다. 그런데도 이 마을 학생들이 '박사'로 성장한 것은, 교육을 중시하고 학생들을 격려하는 문화 덕이었다.

한편 춘천 서면에는 박사마을 이외에 '충절'의 상징인 장절공 신숭겸 장군의 묘역이 있다. 또 현암리 호숫가 부근에는 지난 2003년 애니메이션 박물관이 들어섰다. 애니메이션 박물관에는 3D 상영관, 원리체험기, 역사 자료 등이 전시돼 있다. 열악한 환경 속에서도 교육만큼은 등한시하지 않았던 부모들의 힘이, 이 작은 마을을 교육과 문화의 중심지로 만들어낸 셈이다.

닭갈비, 막국수 그리고 앱 '토스트'

강원도 춘천의 맛은 토속적이다. 닭갈비와 막국수가 유명하다. 이 중 닭갈비는 춘천 명동거리를 '닭갈비 거리'로 발전시켰다. 우리 국민은 물론 서울을 거쳐 춘천을 찾은 일본, 중국 관광객의 입맛까지 사로잡고 있다. 빨간 한국 음식에 익숙하지 않은 일본인 관광객들도 푸짐한 양, 인심 좋은 주인의 서비스, 싱싱한 채소에 젓가락을 움직이며 춘천의 맛에 빠진다.

막국수는 춘천의 별미이다. 시원하고 달고 알싸한 맛을 동시에 갖고 있다. 면이 툭툭 끊어져 국물을 '후루룩' 마시기에도 좋다. '선을 본 후 막국수는 먹지 마라' 고 할 정도로, 체면을 차리지 않고 국수를 먹게 하는 묘한 매력이 있다.

춘천에서 막국수가 등장한 것은, 척박한 환경에서 살았던 화전민들이 메밀을 심은 것과 연관된 것으로 알려져 있다. 김유정의 소설 「산골 나그네」에 등장한 국수도 막국수의 원조 격인 메밀국수일 것으로 추측할 수 있다.

또 화전민들이 1960년대 후반 춘천 도심으로 이주하면서, 메밀로 면을 만들고 여기에 양념간장이나 동치미 국물을 넣어 팔기 시작하면서 '막국수 상품화' 가 시작된 것으로 전해진다. 이후 1980년대부터 춘천 기차 여행이 유행하면서, 관광객들 사이에서 '춘천 막국수' 가 '별미' 로 입소문을 탔다.

그런데 전통 막국수의 면발은 뽀얀 밀가루 국수의 그것과 달리 거무튀튀하다. 메밀을 누르는 과정에서 껍질이 들어갔기 때문이다. 막국수 면의 재료인 메밀에는, 일반 밀가루에 포함된 끈적이는 성분 '글루텐' 이 거의 없다. 따라서 반죽을 넓게 밀어 칼로 툭툭 자르거나, 또는 국수틀에 넣어 눌러야 한다. 이에 '춘천막국수체험박물관' 의 건물 지붕은 '국수틀' 의 모양이다.

'막국수' 란 명칭의 정확한 유래는 알려져 있지 않으나, 주민들에 따르면 '막(지금 금방) 만들어서' 라는 의미가 있다고 한다. 메밀면이 국물에 들어가면 금방 불고 쉽게 상할 수 있어, '막' 만든 후 '막' 먹는다는 뜻이다.

막국수의 주재료인 메밀은 칼로리가 낮고, 몸의 열을 식혀주기 때문에 '웰빙 음식' 으로 뜨고 있다. 그런데 일부 미식가들 사이에서는 '춘천 막국수의 맛이 비슷해지고 있다' 는 지적도 나온다. 전통 막국

춘천 청평사.

수도 단맛이 있지만, '시원하고 깔끔한 느낌'이 더 강했는데 최근 젊은 관광객들 입맛에 맞춰 막국수의 맛이 천편일률적으로 변한다는 우려이다. 이로 인해 일부 상인들은 인공 조미료를 쓰지 않고, 전통 양념으로 막국수를 만드는 데 주력하고 있다.

한편 최근 강원도는 스마트 폰 시대에 발맞춰 '토스트'를 선보였다. '토스트(Tour & Story)'는 춘천을 비롯한 강원도 곳곳의 여행정보를 스마트 폰으로 쉽게 볼 수 있는 애플리케이션(앱)이다. 이 앱은 각 지역의 여행, 맛집, 숙박, 축제, 특산품 정보를 제공하고 있다.

춘천의 절경, 낭만에 빠지고 감성을 깨운다

춘천은 두 가지 얼굴을 가졌다. 최근 떠오르는 축제는 세련된 국제도시의 면모를 지녔지만, 주변 환경은 원초적 자연과 조형물이 어우러져 독특한 매력을 발산한다.

부지런한 관광객에게 춘천 주민들이 추천하는 명소는 삼악산이다. 삼악산은 해발 654m로 그리 높지 않은 산이나, 비경을 숨긴 '신비의 장소'로 불린다.

땀을 흘리며 정상에 오르면, 삼악산은 많은 것을 보여준다. 정상에서 바라보는 의암호, 봉화산과 용화산 풍경, 그리고 북한강 줄기는 '감성 지수'를 증폭시킨다.

반면 자연미와 인공미가 조화를 이루며, 예술가들이 손꼽는 장소는 의암호다. 의함호의 이른 아침 물안개 풍경은 연인과 봐도, 가족

춘천 의암호.

과 봐도, 아니면 혼자 봐도 잊을 수 없는 풍경으로 꼽힌다. 의암댐부터 춘천댐까지 연결된 강변을 따라 달리는 드라이브 코스는, 일상에 찌든 마음을 정화시켜준다. 가끔 이 길 주변에 차를 세워 놓고 '첫사랑을 떠올리며' 눈물을 짓는 사람들이 목격되기도 한다.

물놀이는 의암호의 또 다른 재미거리이다. 수상스키와 웨이크보드 등의 스포츠와 바나나 보트 등 수상 레포츠를 의암호에서 즐길 수 있다.

이른 아침에 의암호의 물안개를 감상했다면, 밤에는 소양강 다리 주변을 찾을 만하다. '해 저문 소양강에 노을이 지면' 사람들이 조용히 탄성을 지른다. 전국에서 가장 아름다운 다리 분야에서 은상을 수상하기도 한 '소양2교'는 해가 질 무렵부터 그 자태를 뽐낸다. 강물살, '소양강 처녀상', 그리고 다리의 아치 모양과 노을이 조화를 이루는 모습을 보면 왜 춘천이 '낭만의 도시'로 불리는지를 이해할 수 있다. 평소 트로트 노래를 즐겨 부른 사람들도, 이 시간만큼은 연인과 시 한 편을 읊고 싶어진다. 그렇기에 춘천에서만큼은 울거나, 웃거나, 미소를 짓거나 또는 환호를 지르는 것이 어색하지 않다.

한편 춘천에 위치한 강원도청 회의실에는 다른 지역에서 볼 수 없는 독특한 대형 사진이 최근 걸렸다. 사진 속에서 소설가 이외수는 환하게 웃으며 이렇게 외치고 있다.

'강원 감성여행!!'

강원도의 예향

강릉

선교장 활래정

여름철 대표적인 휴양지로 알려진 강릉은 예로부터 이름난 시인이나 화가들이 찾아와 경치를 감상하고 주옥 같은 작품을 남겼던 곳이다. 조선시대 동국여지승람을 편찬한 서거정은 우리나라에서 가장 아름다운 곳은 강릉이라며 '강릉산수갑천하(江陵山水甲天下)'라고 부르기도 했다.

조선 3대 여류 시인 중 황진이를 제외한 신사임당과 허난설헌이 바로 강릉 출신이다. 강릉은 율곡 이이와 『홍길동전』을 지은 허균을 비롯해 현대에 들어서도 소설 『하얀 배』로 이상문학상을 수상한 윤후명, 베스트셀러 『미실』의 작가 김별아 등 걸출한 문인들을 배출한 강원도의 예향(藝鄕)이다.

달이 다섯 개 뜨는 경포대

강릉은 옛부터 예맥족이 살던 곳이다. 고구려 미천왕 14년(313년) 때는 하서랑 또는 하슬라라고 불렸다. 신라 내물왕 때 신라에 속하게 됐으며 경덕왕 16년(757년)에는 명주가 됐다. 이후 고려 충렬왕 34년(1308년)에 강릉부로 이름이 바뀌었다. 1995년 강릉시와 명주군이 합쳐져 통합 강릉시가 됐다.

강릉하면 경포대가 가장 유명하다. 낯선 사람들과 만나 대화를 나누다 "강릉에서 고등학교를 나왔다"고 말하면 열 명 중 여덟 명은 "경포대에 가봤다"고 답한다. 대부분의 사람들은 경포호수나 경포대 해수욕장을 가봤지만 '경포대(鏡浦臺)'에 다녀오지는 않았을 것이다.

경포대는 경포호수가에 있는 팔각지붕 누각이다. 지대가 높아 시원한 바람을 맞으며 한눈에 너른 경포호수를 감상할 수 있다.

율곡 이이가 지은 「경포대부(鏡浦臺賦)」가 걸려 있으며, 담벼락에 박혀 있는 액자에는 화가 김홍도, 정선이 그린 경포대 그림이 있다. 경포대는 관동팔경(關東八景) 중 하나로 이곳에 오른 조선시대 송강 정철은 "잔잔한 호수는 비단을 곱게 다려 펼쳐놓은 것 같다"고 묘사했다.

관동팔경뿐만 아니라 경포팔경도 전해진다.

죽도명월(竹島明月)은 보름달이 죽도의 대나무 사이를 뚫어 그 빛이 호수에 비칠 때 일어나는 그림 같은 장관을 말한다. 죽도는 경포호 동쪽에 있는 섬 같은 작은 산으로 산죽이 무성해 죽도라고 불렀다. 현재 현대호텔이 있는 자리다.

강문어화(江門漁火)는 오징어 잡는 고깃배의 불빛, 녹두일출(綠豆日出)은 녹두정에서 바라보는 동해의 일출, 증봉낙조(甑峰落照)는 경포호에 비친 낙조, 초당취연(草堂炊煙)은 초당마을의 집집마다 굴뚝에서 하얀 연기가 피어오르는 평화로운 풍경을 말한다.

환선취적(喚仙吹笛)은 옛 신선들이 바둑을 놓고 피리를 불며 즐기던 옛날을 회상한다는 것이고, 한송모종(寒松暮鍾)은 한송정에서 해질 무렵 치는 종소리가 경포호의 잔물결을 타고 경포대까지 은은히 들려오던 옛 정취를 뜻한다.

그리고 홍장야우(紅粧夜雨)는 안개가 낀 비 오는 밤이면 여인의 구슬픈 울음소리가 들려온다는 전설에서 유래됐다. 홍장은 조선 초의 기생이다. 한 감찰사가 강릉을 순방했을 때 홍장은 그를 극진히 대접했다. 감찰사는 홍장과 이별하며 몇 개월 후에 다시 오겠다고 약속을 했다. 하지만 떠나간 감찰사는 소식이 없었고 그리움에 사무친 홍장은 호수에 몸을 던졌다. 경포호수가에는 홍장의 사랑 이야기가 담긴 홍장암이라는 바위가 있다.

이처럼 아름답고 사연 많은 경포대에는 달이 다섯 개 뜬다. 하늘에 뜬 달, 경포호수에 비친 달, 동해 바다에 비친 달, 술잔에 비친 달, 그리고 내 님의 눈동자에 비친 달이다.

문인들이 식객으로 머물던 선교장

강릉을 찾은 조선시대 시인들은 경포대에서 서쪽으로 2㎞ 떨어진 곳에 위치한 선교장(船橋莊)에서 식객으로 머물렀다.

선교장은 세종대왕의 형인 효령대군의 11대손 이내번이 지었다. 99칸의 전형적인 사대부가의 상류 주택이다. 화려하지 않지만 기품이 느껴지는 가옥이다.

원래 충청도에 살았던 이내번은 가세가 기울자 외가 근처인 강릉으로 옮겨왔다. 어느날 집 지을 터를 찾아 강릉 일대를 돌아다니던 중 산 속에서 족제비 무리를 만났다. 족제비 떼를 좇아가다 발견한 곳이 현재 선교장이 있는 곳이다. 1760년께 집을 짓기 시작했고 점점 증축해 지금의 선교장에 이르게 됐다.

지금은 4㎞ 정도로 축소됐지만 원래 경포호수의 둘레길이는 12㎞에 달했다고 한다. 선교장 바로 앞까지 호수였기 때문에 선교장에 들어오려면 누구나 배를 타야 했다. 배(船)가 다리(橋)가 됐다는 뜻에서 선교장이라고 불렀다.

300년이 넘은 수백 그루의 소나무들이 선교장을 병풍처럼 둘러싸고 있다. 입구에 들어서면 웃고 있는 남녀 장승이 객(客)을 반긴다. 그 뒤로 연꽃이 가득 피어 있는 연못과 작은 정자 활래정(活來亭)이

위 : 선교장 활래정.
가운데 : 열화당.
아래 : 선교장 초입의
천하대장군들.

보인다. '활래'는 태장봉에서 내려오는 맑은 물이 연못을 거쳐 경포 호수로 빠져나간다는 의미다.

활래정으로 가는 문은 월하문(月下門)으로 왼쪽과 오른쪽 기둥에는 '조숙지변수(鳥宿池邊樹) 승고월하문(僧敲月下門)'이라는 글귀가 적혀 있다. 새들은 연못가의 나무에서 자고 있는데 스님은 잠자리를 찾아 달빛 아래 문을 두드린다는 뜻이다. 달밤에 하루 묵을 곳을 찾는 나그네가 으리으리한 저택을 보고 발길을 돌릴까봐 부담없이 문을 두드리라고 이 같은 시구를 적어놓은 것이다. 이처럼 선교장 곳곳에는 손님을 위한 주인의 배려가 담겨 있다. 건물 벽면에는 유독 문(門)이 많고 문이 활짝 열려 있는 것도 특징이다.

이내번의 후손인 이근우는 전국 거문고의 명인들을 초청해 후한 사례비를 쥐가며 몇 달씩 머물도록 하기도 했다. 특히 선교장은 금강산을 구경하러 가는 문인들이 잠시 머물며 쉬어가는 베이스캠프 역할을 했다.

비록 강원도 변방에 있는 공간이지만 과객들을 지극히 접대한다고 소문이 나면서 내로라하는 인사들이 찾아왔고, 문화 교류의 장이 되었다. 끊임없이 드나드는 손님들로 선교장에는 밥상 소반만 300개가 넘었다.

하지만 손님이라고 다 같은 대접을 한 것은 아니었다. 집주인이 과객의 학문이나 사람 됨됨이를 본 뒤 수준 높은 선비는 열화당에 모셨고, 그 다음은 중사랑, 평범한 과객은 행랑채에 묵게 했다.

집안 분위기를 흐리는 등 떠나줬으면 하는 손님에게는 상을 차릴 때 국과 밥의 위치를 바꿔놓아 힌트를 줬다. 옛날에는 손님 밥상을 차릴 때 반찬 놓는 자리, 밥 놓는 자리 등이 정해져 있었는데 이걸 바꿔서 은근하게 물러날 때임을 알려준 것이다.

집안이 워낙 넓다 보니 선교장 안에서 농기구를 직접 만들어 쓸 정도였고, 목수나 한의사와 같은 전문직도 거처하는 등 장원(莊園)의 모습을 갖췄다.

한때 선교장에 머물렀던 조선 말기 서예가 소남(小南) 이희수는 "신선이 거처하는 그윽한 집"이라는 뜻으로 '선교유거(仙嶠幽居)'라는 현판을 적어줬다. 이 현판이 걸린 문은 남자들만 드나들 수 있었다. 이 옆으로 작게 난 문이 여성 전용이다.

여성 전용 문으로 들어서면 'ㄷ'자로 된 안채가 있다. 기단이 한 칸, 두 칸, 세 칸짜리 건물로 나눠져 있는데 기단이 높을수록 신분이 높은 사람이 거처한다.

남자 주인이 거처하며 손님을 맞는 곳은 열화당(悅話堂)이다. 건물 이름은 도연명의 「귀거래사(歸去來辭)」에서 유래했다. "일가 친척이 이곳에서 정담과 기쁨을 나누자(悅親戚之情話)"는 뜻이다.

1815년에 건립된 이 건물에는 서구식 차양이 세워져 있다. 고종이 러시아 공사관으로 옮겨간 아관파천 때 강원도를 조사하러 온 러시아 사신이 선교장에 머물렀다. 이 러시아 사신이 떠나면서 선물로 차양을 만들어준 것이다. 한옥과 서양식 차양의 결합이 낯설긴 하지만 서구 문물도 받아들이는 주인의 개방적인 면모를 볼 수 있다.

1908년에는 영동지방 최초의 사립학교인 동진학교가 선교장 내에 설립돼 지역 인재 양성소로 쓰였다. 몽양 여운형 선생이 영어교사로 재직할 당시 일제의 탄압에 의해 폐교됐다.

후손들은 선교장의 정신을 이어받아 열화당 출판사를 설립했다. 이기웅 대표의 열화당은 예술서적 전문 출판사로 '서양미술사', '열화당 미술연감' 등 예술성 높은 책들을 많이 펴냈다.

고즈넉한 허난설헌 생가

경포호 주변에는 강릉이 낳은 대표적인 문인 허난설헌의 생가도 자리잡고 있다. 담장으로 둘러싸인 'ㅁ' 자형의 고즈넉한 한옥이다. 이곳에서 허난설헌이 태어났고 그녀의 동생 허균이 자랐다.

허난설헌은 27세로 요절한 비운의 여성 문인이다. 중국에까지 명성을 떨칠 정도로 글재주가 뛰어났지만 남편의 사랑을 받지 못했고 시어머니로부터 구박을 받았다. 게다가 어린 자식 둘을 병으로 먼저 저세상으로 보내기도 했다.

어린 시절 허난설헌은 비교적 자유로운 분위기에서 자랐다. 오빠들은 재능 있는 여동생을 위해 시집을 사다주고 시인 손곡 이달을 스승으로 소개시켜줬다. 이달은 비록 서얼이었지만 뛰어난 시인이었고 허난설헌의 오빠인 허봉과는 친구로 지냈다.

허난설헌은 마음껏 글재주를 펼치며 살았지만 여자로서의 삶은 행복하지 않았다. 허난설헌의 남편 김성립은 글공부보다 기생들과 어울리는 것을 더 좋아하는 한량이었다. 시어머니는 유식한 며느리를 탐탁지 않게 여겼다. 고된 시집살이로 마음고생을 하던 허난설헌은 젊은 나이에 세상을 떠났다. 천여 편이 넘는 시를 남겼지만 죽기 전에 불태워버렸다고 한다. 동생 허균이 그 가운데 친정에 남아 있던 시와 외우고 있던 시 등 210여 편을 모아 『난설헌고』라는 시집으로 엮었다.

허균은 누이의 시를 중국인들에게도 읊어줬는데 당시 명나라 사신 주지번은 중국에서 허난설헌 시집을 내기도 했다. 『난설헌고』를 본 유성룡도 "훌륭하구나, 부인의 말이 아니다. 어떻게 허씨 집안에 뛰어난 재주를 가진 사람이 이렇게 많단 말인가"라고 감탄을 금치 못했다.

실제 그녀의 남동생 허균도 글재주라면 뒤지지 않았다. 파란만장한 삶을 살았던 허균은 오십 평생 여섯 번 파직을 당했고 세 번 유배를 떠났다. 하지만 관직으로 계속 돌아올 수 있었던 것은 뛰어난 문장력 덕이었다. 당시 외교 무대에서는 사신들끼리 처음 만났을 때 시(詩) 대결로 기싸움을 벌였다. 중국 사신을 시로 대적해 기선제압을 할 만한 인물로 허균만 한 사람을 찾기 어려웠던 것이다. 『구운몽』을 지은 서포 김만중은 허균을 가리켜 '조선 최고의 문장가'라고 칭찬했다.

어린 시절 강릉 외가에서 경포호와 동해의 아름다운 풍광을 보고 자란 것이 감수성을 풍부하게 했을 것이다. 실제 허균의 시에는 동해 바다와 경포를 그리는 구절이 자주 등장한다. 특히 전라도로 유배를 갔을 때는 "감호(경포호) 맑은 물에 배 띄울 만하거늘 언제나 돌아가 낚싯대 드리울까", "한 굽이 경호(경포호)는 꿈에 자주 드는데 봉래도에서 신선 만날 기약 아홉 해나 저버렸네"라고 노래했다.

임진왜란 발생 당시 허균은 외가인 강릉으로 피난을 왔다. 이때 열심히 공부해 과거에 급제했다. 그의 나이 26살 때였다.

허균의 호 교산(蛟山)도 외가 뒷산에서 따왔다. 교산은 용(龍)이 되지 못한 교룡(이무기)이 누워 있는 모습과 비슷하다고 지어진 이름이다. 허균의 삶도 승천하지 못하고 주저앉은 교룡과 같았다. 당시 사람들은 그를 '천지 사이의 한 괴물(天地間―怪物)'이라고 부르기도 했다.

밥 먹듯이 파직과 복직을 반복했던 것은 주변의 시기질투와 모함 때문이기도 하지만 자유분방한 그의 행동도 빌미를 제공했다. 허균

허균과 허난설헌 남매의 아버지인 허엽과 허균의 형인 허성, 허봉 역시 유명한 시인이었다. 허난설헌 생가 인근에는 다섯 명의 시비가 나란히 세워져 있다.

은 「나를 비난하는 이들에게」라는 시를 통해 "내 천성 졸렬해서 허술하고 거칠다오. 기교 술수 부릴 줄 모르고 아첨 아양 부릴 줄 모르며 하나라도 내 맘에 안 맞으면 잠시도 못 견디네. 남 칭찬 좀 하려 들면 입이 벌써 우물우물 권세가에 발 들이면 발꿈치가 욱신욱신 고관에게 공손히 인사하려면 기둥이 박혔나 허리가 꼿꼿하네…(중략)…세상 인심은 잘도 변하고 인생길은 험난해서 터럭 끝까지 따지고 들고 손톱만 한 이익도 다투기 일쑤지만 나는 이런 세상과 맞지 않아 참으로 맞춰 살기 어렵다오"라고 읊었다.

이처럼 자기 방식대로의 삶을 고집한 것이 화를 불러왔다. 실제 허균은 삼척부사로 임명됐다 불교에 심취했다는 이유로 두 달 만에 파직을 당했다. 허균은 부친인 허엽과 장인인 김효원이 삼척부사를 지냈었기 때문에 삼척부사로 임명됐을 때 무척 기뻐했다고 한다. 하지만 당시에 조정에서 멀리 하고 탄압했던 불교에 대놓고 관심을 가져 탄핵을 당했다.

또 그는 명문가의 자제였지만 심우영, 이재영 등 서얼들과도 자주 어울렸는데, 재주가 뛰어난 벗들이 단지 서얼이라는 이유로 변변한 직업조차 가질 수 없는 것을 안타까워했다. 공주목사로 부임했을 때는 이재영에게 "봉급의 반을 덜어줄 테니 모친을 모시고 오라"고 편지를 보냈으며, 그가 지은 『홍길동전』의 주인공 홍길동도 아버지를 아버지라 부를 수 없었던 서얼이다. 그는 서얼과 친하게 지내며 역모를 꾀했다는 죄목으로 끝내 참형을 당했다. 역적이라는 이름은 오랫동안 낙인처럼 새겨졌다. 허균은 뛰어난 문장가이자 혁명가였음에도 불구하고 후세에도 알아주는 이가 많지 않다.

비슷한 시기에 이름을 떨친 율곡 이이가 여전히 존경받고 있는 것과 대조적이다. 이이가 태어난 오죽헌은 관광객이나 중고등학생들로 북적이지만 허난설헌·허균 생가는 쓸쓸하다. 뛰어난 유학자 이이와 현모양처의 대명사 신사임당이 '주류'라면, 여성의 한계를 넘어섰던 허난설헌이나 차별 없는 세상을 꿈꿨던 허균은 상대적으로 주목을 받지 못했다.

허균·허난설헌 선양사업회는 이들의 업적을 기리기 위해 매년 가을 교산문화제, 봄에는 난설헌문화제를 개최하고 있다.

허균과 허난설헌 남매의 아버지인 허엽과 허균의 형인 허성, 허봉 역시 유명한 시인이었다. 허난설헌 생가 인근에는 이들 다섯 명의 시비가 나란히 세워져 있다. 다섯 시비와 허난설헌 생가 사이에는 한적한 소나무숲이 펼쳐져 있다. 오래된 소나무들이 울창하게 들어서 있는 휴식처다. 해변에 심어진 해송이 먼저 바닷바람을 막아주고 그 뒤에 있는 이 소나무숲이 다시 바닷바람을 막아주는 역할을 한

다. 이 숲의 이름은 초당마을숲이다. 초당마을은 허난설헌 남매의
아버지 허엽의 호 초당에서 따왔다.

이 동네는 초당 두부로도 유명하다. 이곳에서는 소금 대신 바닷물
을 간수로 이용해 두부를 만든다. 고소하고 담백한 맛이 일품이다.

안목항 커피거리

전통과 문화의 도시 강릉은 젊은 사람들도 즐겨 찾는다. 특히 젊
은층으로부터 인기를 끌고 있는 장소는 안목 커피거리다.

안목항은 경포대 옆에 있는 작은 항구로 휴가철이면 시끌벅적한
경포대 해수욕장에서 벗어나 바닷바람을 맞으며 조용히 산책을 즐
길 수 있는 곳이다. 겨울철에는 차가운 바닷바람에 언 몸을 녹여주
는 따뜻하고 달콤한 자판기 커피 한잔이 필수였다.

그러다 언제부터인가 직접 로스팅한 커피를 내려주는 커피 전문
점 수십 개가 해변을 따라 들어섰다. 어느 카페에 들어가든 탁 트인
바다를 바라보며 커피향을 즐길 수 있다. 이곳에서는 지난 2009년부
터 매년 커피축제가 열리고 있다.

강릉은 아주 오래 전부터 차(茶)로 유명했던 곳이다. 강동면 하시
동3리 공군 제18전투비행단 안에 있는 한송정은 우리나라에서 가장
오래된 차 유적지 중 하나로 꼽힌다. 한송정에는 신라 진흥왕 때 화
랑들이 차를 달여 마신 다구(茶具)가 남아 있다.

차맛은 물과 차를 마시는 장소에 좌우된다. 백두대간에서 흘러내
리는 맑은 물과 그림 같은 풍경이 강릉 차를 유명하게 만든 배경이
다. 이제 강릉은 외국에서 건너온 차(茶), 커피 명소로 자리잡았다.

겨울철 차가운 바닷바람에
언 몸을 녹여주는 따뜻하고 달콤한 자판기 커피 한잔이 필수였다.
그러다 언제부터인가 직접 로스팅한 커피를 내려주는
커피 전문점 수십 개가 해변을 따라 들어섰다.

낭만적 설화가 전해지는 헌화로

안목항에서 남쪽 정동진으로 내려가는 길에는 헌화로가 있다. 한반도에서 바다와 가장 가까운 도로로 유명하다. 굽이굽이 구부러진 해안선을 따라 달리다 보면 파도가 도로로 넘어올 정도다. 동해안의 절경을 느낄 수 있는 아름다운 드라이브 코스로 낭만적인 설화까지 전해진다.

헌화로는 삼국유사에 나오는 「헌화가」의 배경으로 알려졌다.

신라 성덕왕 시절 강릉 태수 순정공의 아내 수로부인은 빼어난 미인이었다. 순정공이 강릉으로 부임해 오던 길에 수로부인은 바닷가 절벽에 핀 철쭉꽃을 보고는 갖고 싶다고 졸라댔다. 하지만 꽃이 험한 바위 위에 피어 있어 아무도 꺾어오려는 자가 없었다. 이때 소를 몰고 지나가던 한 노인이 이 말을 듣고 꽃을 꺾어다 바치면서 헌화가를 불렀다.

"붉은 바위 끝에 잡고 있는 어미소 놓으라 하시고 나를 아니 부끄러워하신다면 꽃을 꺾어 드리오리다"

헌화로는 원래 군사지역이라 민간인이 드나들 수 없었다. 1998년 바다를 메워 도로가 생기자 헌화로라고 이름을 지었다.

헌화로를 따라 내려가면 드라마 〈모래시계〉 촬영지이자 우리나라에서 바다와 가장 가까운 역인 정동진역이 나타난다.

한양(서울)의 정동쪽에 있다고 해서 정동진인데 해돋이의 명소로 꼽힌다. 일상에 지쳐 홀로 강릉행 기차표를 끊고 떠나온 이들이 푸른 바다와 한 그루 소나무를 보며 위안을 얻는 곳이기도 하다.

그룹 동물원의 멤버였던 김창기와 〈꿈의 대화〉로 1980년 MBC 대

학가요제 대상을 받은 이범용이 만든 프로젝트 그룹 '창고'는 〈강
릉으로 가는 차표 한 장을 살게〉에서 이렇게 노래했다.

　"변함없는 나의 삶이 지겹다고 느껴질 때
　자꾸 헛돌고만 있다고 느껴질 때
　지난날 잡지 못했던 기회들이 나를 괴롭힐 때
　강릉으로 가는 차표 한 장을 살게.
　언젠가 함께 찾았던 그 바다를 바라볼 때
　기쁨이 우리의 친한 친구였을 때
　우리를 취하게 했던 그 희망이 다시 찾을 수 있도록
　강릉으로 가는 차표 한 장을 살게"

강원도의 추억

원주, 봉평

원주 박경리 토지문화관

예술혼이 자라는 '원주 토지문화관'

장장 26년에 걸쳐 완성된 대하소설 『토지』. 『토지』는 독자들의 가슴에 강인한 여성상을 각인시킨 박경리 선생(1926~2008)의 역작이다. 그 박경리 선생의 문학혼을 고스란히 느낄 수 있는 곳이 원주 토지문화관이다.

한 도시의 문화를 대표하는 이름으로 그 도시를 규정하면 원주는 소설가 박경리의 도시다. 시외버스 터미널에 내려 택시를 잡고 '박. 경. 리' 이름 석 자를 대면 운전기사는 대뜸 "단구동으로 갈까요, 매지리로 갈까요?" 묻는다. 단구동은 1980년 이후 박경리 선생이 살던 단구동 집터에 세워진 토지 '문학공원'이 있는 곳이고, 매지리는 회의와 창작 공간으로 쓸 요량으로 세운 '토지문화관'이 있는 곳이다. 박경리 선생의 흔적은 단구동에도, 매지리에도 곳곳에 스며 있다. 그러나 그가 유고 시집 『버리고 갈 것만 남아서 참 홀가분하다』에서 "오묘한 생각 품은 듯 청결하고……… 젊은 매같이 고독해 보인다."고 묘사한 산골 창작실의 예술가들을 만나기 위해서는 먼저 매지리로 향해야 한다.

토지문화관이 자리한 곳은 말 그대로 산골이다. 시내에서 차로 20여 분 일차선 도로로 들어가자 오봉산 기슭에 포근하게 감싸인 토지문화관이 모습을 드러낸다. 원주의 번화한 터미널의 모습과는 대조적이다. 도심을 벗어나자마자 바로 산자락이 펼쳐진다. 달리는 길 곳곳에 토지문화관 안내 표지판이 나온다. 듬성듬성 보이는 버스정류장에서는 필리핀이나 베트남에서 온 듯한 외국인 아낙이 바구니를 옆에 끼고 흙 묻은 바지를 털어내고 있다.

봄에 토지문화관에서 맞은편 백운산을 바라보면 숲은 형광 연두색 물감을 흩뿌린 듯 흐드러진 초록빛으로 출렁이는데 백운산 산등성이와 하늘이 만나는 선을 따라 그 빛에 시선을 맡기면 온몸이 자연 속으로 빨려드는 듯한 착각에 사로잡힌다.

창작의 산실, 토지문화관

박경리 선생이 이곳에 토지문화관을 연 것은 1999년 6월이다. 처음 그분은 이곳이 생명과 환경에 대해 토론하는 조용한 공간이기를 원했다. 이 때문에 2004년까지는 주로 문화, 예술, 환경에 관한 심포지엄을 여는 장소로 사용되었다. 그러다 2004년 이후부터는 후학을 양성하기 위한 창작 공간으로 탈바꿈했다. 첫 해부터 퍼진 입소문이 이제는 작가들 사이에서 필수 코스로 꼽힐 정도가 되면서 지금은 귀래관과 매지사라는 이름의 창작 공간 건물이 들어서 있다.

생전에 박경리 선생은 심포지엄과 창작 지원이라는 설립 이념을 철저하게 지켰다. 권오범 토지문화관 사무국장은 이렇게 말한다.

"선생은 이곳에 당신 작품을 두지 못하게 했습니다. 어느 날 도서관 한 쪽에 비치돼 있던 『토지』 한 질을 발견하고는 모두 치우라고 할 정도였죠."

소설가 박경리를 기리는 공간이 아니라 자연에 대해 맘껏 토론하고 작가들의 창작활동을 지원하는 곳으로만 사용되기를 원했기 때문이다. 선생의 고집스런 이념은 이곳의 이름에서도 알 수 있다. 한 작가의 작품세계와 얼을 기리기 위한 '문학관'이 아닌 '문화관'인 이유도 여기에 있다.

지금까지 토지문화관에서 창작의 열정을 불태운 이들은 문인 400
여 명과 예술가 180여 명, 해외작가 30여 명 등 600명이 넘는다. 매년
3월부터 11월까지 운영하는데 2개월 간격으로 십여 명씩의 예술인
이 입주한다. 초기에는 시인과 소설가 등 문인에게만 입주 자격을
주었으나 점차 연극, 사진, 미술, 음악 등으로 분야를 확대해 지금은
거의 모든 분야 예술인에게 개방되어 있다.

토지문화관 예술인들에게 있어 고독은 일상이다. 입지부터가 그
렇다. 박경리 선생이 문화관을 세울 터를 찾을 때 세운 원칙 가운데
하나가 '외진 곳에 있어야 한다'는 것이었다. 토지문화관에서 들리
는 것이라고는 새소리와 바람소리가 전부다. 4월에도 오후 5시만 되
면 사방이 깜깜해진다. 건물 안을 제외하고는 별다른 조명이 없는
토지문화관에서 휴대용 랜턴은 입주 예술가들의 필수품이다. 낮밤
구분 없이 시종일관 토지문화관을 감싸고 도는 것은 산사를 연상시
키는 정적과 평온함뿐이다.

4월 말 토지문화관에서는 15명의 예술가들이 창작에 몰입하고 있
었다. 번잡한 도심에서 한발 비켜서 있는 동안 예술가들은 폭발적인
창조력을 경험한다고 한다. 그곳에서 한 달 가까이 생활하고 있다는
김희정 작가는 "책을 읽고 글을 쓰는 데 이보다 더 좋은 조건은 없
죠. 맑은 산기운을 받아 시상이 마구마구 쏟아집니다." 하고 말했다.
실제로 그들이 생활하고 있는 귀래관은 창문으로 보이는 풍경이 하
나의 액자 속에 담긴 풍경화 같다. 김희정 작가는 함께 생활하고 있
는 귀래관 식구들을 형이라고 불렀다.

"형! 내가 조금 있다가 형 방으로 넘어갈게."

그렇게 그들은 때론 가족으로, 때론 경쟁자로 뒤섞여 있었다.

입주 작가들의 일상은 단순하다. 하루 중 대부분은 각자의 공간에

토지문화관의 외관과 내부.
토지문화관에서는
토지문화재단 주최로
낭독공연도 제작하고 있다.

서 작업을 하고, 식사 시간이 되면 다 함께 모여 식사를 한다. 그 후
엔 함께 산책을 하거나 탁구를 친다. 물론 가끔의 술자리도 빼놓을
수 없다. 입주 작가들의 연령대도 다양해서 아버지, 어머니, 삼촌, 이
모, 형, 동생들이 함께 사는 대식구의 구조를 갖추고 있다. 이곳 작가
들은 부모님 세대의 선배 작가들이 들려주는 이야기 속에 현재의 내
고민을 투입해보면서 해답을 찾기도 하고, 술자리에서는 다른 분야
의 예술가와 즉석 동업을 이루기도 한다. 독서실 같은 창작 공간에
서 벗어나 각계각층의 예술인들이 함께 생활하도록 한 이곳의 배려
이자 숨은 뜻이리라.

박경리 선생이 평생 추구한 생명에 대한 애정과 관심이 공간과 생
활 속에 자연스럽게 스며들어 작가들 스스로 가슴이 따뜻한 살아 있
는 예술작품을 잉태할 수 있는 것이다.

'어미 새의 마음으로'

토지문화관은 무엇보다 박경리 선생의 숨결이 살아 숨쉬는 곳이
다. 그의 육신은 4년 전 흙으로 돌아갔지만 고인의 따님인 김영주 이
사장이 직접 토지문화관을 운영하며 선생의 넉넉한 숨결을 그대로
간직하고 있다. 손수 재배한 과일이며 채소로 입주 예술가들의 찬거
리를 만들어 주던 고인은 유고시집에서 이렇게 썼다.

우습게도 나는
유치원 보모 같은 생각을 하고
모이 물어다 먹이는

어미 새 같은 착각을 한다

어미의 심정으로 후학을 바라보던 그녀는 이제 없지만 박경리라는 한국문학의 대모 속에서 예술가들의 꿈은 여전히 알차게 영글고 있다. 지금도 김영주 이사장은 어머니가 하셨던 역할을 이어받아 직접 작가들을 위한 반찬을 만든다고 한다. 이곳이 물질이 아닌 마음으로 지어진 공간임을 다시 한 번 깨닫게 된다.

토지문화관에서는 토지문화재단 주최로 낭독공연도 제작하고 있다. 올해 첫 프로그램으로 지난 4월, 〈낭독공연—박완서, 티타임의 모녀〉를 무대에 올렸다. 낭독공연 주제인 티타임의 모녀는 지난해 작고한 박완서 소설가의 단편집 『나의 가장 나종 지니인 것』에 실린 한 작품이다. 공연에는 인근 연세대 원주캠퍼스 학생들과 한라대 학생들이 북적하게 몰렸다. 고즈넉하던 문화관 로비에는 순식간에 왁자지껄한 웃음이 들어찼다. 국문학을 전공하는 학생들은 교수님의 추천으로 수업을 한 주 휴강하는 대가로 휴일, 토지문화관 낭독공연에 참여했다고 한다.

4월 20일은 박경리 선생의 4주기가 되는 날(음력 기준)이다. 유족뿐 아니라, 현재 창작실의 입주 작가들, 지난 10여 년간 이곳을 거쳐 갔던 예술인들이 함께 제사를 지낸다. 그리고 제사 다음날이면, 토지문화관을 거쳐 갔던 예술인들이 주축이 되어 매년 한 그루씩의 나무를 심는다. 그렇게 지난 몇 년간 심어진 작은 나무들이 토지문화관 곳곳에서 자라고 있었다. 그 어린 나무들을 보면서 예술가의 노력과 의지에서 비롯된 작은 씨앗이 자라 커다란 나무가 되고, 숲이 되어가는 풍경을 떠올린다. '토지문화관'이란 이름처럼, 이곳은 수많은 예술인들의 씨앗이 뿌려지고 있는 '토지'와 같다.

『토지』 잉태한 박경리 옛집

토지문화관에서 대하소설 『토지』와 선생의 삶을 자료로 확인할 수 있다면 그 문학혼을 실제 느낄 수 있는 곳은 문학공원이다.

박경리 선생의 출생지는 경남 통영. 그러나 1969년부터 대하소설 『토지』를 집필하던 선생은 1980년 원주시 단구동에 정착해 1994년까지 『토지』 4부와 5부를 탈고했다. 원고지만 3만 매가 넘는 초인적인 작업이었다. 한국인의 삶의 터전과 개성 있는 인물들의 다양한 운명적 삶과 고난, 의지가 파노라마처럼 그려진 대서사시 『토지』가 이곳에서 완성되었다.

원주에서 대하소설 『토지』를 완성하며 노년의 삶을 살았던 단구동 집필실은 2008년, 박경리 선생이 타계한 이후 문학공원으로 새 단장했다.

공원은 소설 『토지』의 배경과 이미지를 재현하기 위해 박경리 선생이 집필을 했던 옛집을 중심으로 소설 속에 등장하는 '평사리 마당'과 소설 속 주인공 홍이의 이름을 딴 '홍이 동산', 『토지』 속의 이국땅인 간도 용정의 이름을 살린 '용두레벌' 등의 주제로 꾸며졌다. 여기에 선생의 삶과 문학세계를 만나볼 수 있는 '박경리 문학의 집'도 지난 2010년 문을 열었다.

단연 눈에 띄는 곳은 공원 한가운데 자리 잡은 선생의 옛집이다. 18여 년 동안 틈틈이 텃밭에서 채소농사를 지으며 치열한 문학열정을 불태우던 공간이다. 옛집은 오랜 책 냄새가 코를 간질였고 손때 묻은 라디오, 냉장고, 책상이 선생의 차분한 성격을 그대로 비춰주

박경리 선생이 『토지』를
집필하던 옛집의 집필실.
옛집을 나서면 넓게 펼쳐진
앞마당에 마치 지금이라도
일어서서 낯선 방문객들을
맞이할 것 같은 선생의
동상이 앉아 있다.

고 있다.

옛집을 나서면 넓게 펼쳐진 앞마당에 마치 지금이라도 일어서서 낯선 방문객들을 맞이할 것 같은 선생의 동상이 앉아 있다. 옆에는 그녀의 삶을 대변하듯 책과 호미를 형상화한 동상과 평소 그림자처럼 따르던 고양이 동상이 함께 있다.

원주에서는 박경리 선생의 문학세계를 조명하고 혼을 기리기 위해 지난 2011년부터 문학제를 열고 있다. 2012년 가을이면 탄생 87주년이 된다.

원주시 단구동 집필실은 1995년 택지개발지에 포함되어 헐릴 위기에 처하기도 했으나 원주시의 배려로 우여곡절 끝에 문학공원으로 탄생할 수 있었다. 원주시는 한국 문학의 대모, 박경리 선생을 기리기 위해 영원한 추억의 공간을 남기고 싶었다고 한다.

문학의 여운을 따라 '이효석 문학관'

원주에서 차로 한 시간을 달린 거리. 봉평면은 이효석의 고장이다. 그의 소설 「메밀꽃 필 무렵」이 1936년 《조광》 10월호에 발표된 이후부터 지금까지 이효석과 봉평은 서로 뗄 수 없는 이름으로 기억되었으며, 이곳에 이효석 선생의 삶과 문학세계를 시간의 흐름에 따라 살펴볼 수 있는 이효석 문학관이 자리하고 있다.

강원도 평창군 봉평면으로 접어들자마자 주변에 메밀밭과 막국수 식당이 펼쳐진다. 마치 높다란 산자락 위에 넓은 평원이 펼쳐진 듯한 형상이다. 고원지대 특유의 상큼한 공기와 귀를 꽉 채우는 고도감이 느껴진다. 오르막도 내리막도 없는 평지길을 들어가면 곳곳에 이효석 문학관을 알리는 표지판이 맞아준다.

길가에 늘어선 가로등도 눈에 들어온다. 지역마다 특색을 살린 가로등이 볼거리인데 봉평의 가로등에는 이효석 선생의 캐릭터가 들어가 있다. 이효석 선생을 귀엽게 표현한 캐릭터가 보는 이들의 미소를 자아내게 한다.

봉평 이효석 마을로 가는 길에는 마구간에 매어져 있는 나귀들이 보인다. 나귀는 「메밀꽃 필 무렵」에서 빠질 수 없는 동물이다. 허 생원이 장에서 팔 물건들을 나귀 등에 싣고 다니기 때문이다. 허 생원과 동이가 서로 마음을 열 수 있는 매개체 역할을 하기도 한다.

물레방앗간도 그대로 보존돼 있었다. 「메밀꽃 필 무렵」에 등장하는 소품들이다. 허 생원이 성 서방네 처자와 하룻밤을 보낸 곳이다. 다시는 처자를 만나지 못했지만 허 생원은 그날 이후 그이를 잊지 못하고 마음에 품은 채 살아간다. 문학관으로 향하는 길, 그렇게 작품 속 소품을 하나하나 재현해 놓은 것을 보면서 관광객들은 소설 속에 쏙 들어가 허 생원과 함께 걷고 있는 기분이라고 말한다.

그 길을 따라 높다란 산자락 끝에 이효석 문학관이 들어서 있다. 문학관을 오르는 길은 산등성이를 오르는 것처럼 가파르다. 마치 하늘을 향해 달리는 것 같다. 그 계단을 다 올라 뒤를 돌아보니 봉평 마을이 한눈에 내려다보인다. 눈길 머무는 곳곳이 그림 같다. 소박하고 수수하지만 촌스럽지 않은 모양새다.

입구에는 이효석 문학비가 세워져 있고 문학관은 생각보다 넓었다. 2002년에 문을 열었다는 세련된 문학관 내부는 가산 이효석 선생의 문학세계와 삶, 철학을 한눈에 볼 수 있는 다양한 전시관이 마련돼 있었다. 이효석 선생의 문학세계를 시대순으로 재조명한 곳에는 그와 관련된 희귀한 자료 원본들을 접할 수 있었다.

'초기 동반자 작가로서의 이효석—서울 시절', '인간과 자연의 탐미—경성 시절', '본격적인 순수의 문학으로—평양 시절', '짧았던 새로운 문학의 세계', '사후' 이렇게 다섯 개 테마로 나뉘어져 36세로 짧은 생을 마감한 이효석 선생의 불꽃 같은 삶을 확인할 수 있다.

이효석과 봉평

이효석 선생의 여러 소설과 산문에는 어린 시절 고향에서 경험한 이야기들이 많이 나온다.

자신이 살던 마을과 읍내의 기억, 곡식과 농산물 품평회에 대한 기억, 그리고 첫사랑에 대한 아픈 기억 등이 자세히 묘사돼 있다. 그의 고향에 대한 아련한 그리움은 다양한 글들 속에 잘 나타나고 있다. 특히 봉평면을 작품의 배경이나 소재로 한 것들로는 「메밀꽃 필 무렵」, 「산협(山峽)」, 「개살구」, 「고사리」 등 모두 다섯 편의 단편 소설이 있다. 이 중에서 「메밀꽃 필 무렵」과 「산협」, 「개살구」에는 봉평 주변이 실명으로 등장해 고향에 대한 그의 생각을 읽을 수 있다.

소설 「산협」 속에 나타난 강원도는 이효석 선생 자신이 태어난 봉평의 창동리를 배경으로 핏줄과 땅, 제사 등 농경사회 주민들의 근본적인 문제를 주제로 다루고 있는데 한국 현대 소설 중 강원도 지방의 풍속을 제대로 재현한 거의 유일한 작품으로 그 문학사적 의의도 높이 평가받고 있다.

문학관 옆으로는 이효석 선생 생가가 복원되어 있다. 복원된 생가 뒤에는 이효석이 평양에서 살았다는 '푸른 집'이 복원되어 있다. 가을이나 겨울에 이곳을 찾는 사람들은 '푸른 집'을 멀리서 보고 고개

를 갸웃거린다. 아무리 봐도 푸른 색조는 전혀 없기 때문이다. 붉은 벽돌에 붉은 기와로 지은 집이 어째서 '푸른 집'이 되었을까? 그 의문은 담쟁이넝쿨이 푸른 잎을 잔뜩 매다는 계절이 되면 풀린다. 담쟁이가 벽을 따라 올라가게 되면 집이 푸른빛으로 덮여 거대한 동굴을 이루기 때문이다.

모던보이 이효석

문학관에서 특히 시선을 잡아끄는 것은 1930년대 후반 평양집 거실에서 찍은 이효석 선생의 사진 한 장이다. 선생의 뒤로 보이는 벽에는 'Merry (X)-mas'라고 영문으로 쓴 장식판과 미소짓는 프랑스 여배우의 사진이 걸려 있고, 그 옆에는 음악을 듣고 있는 듯 축음기가 뚜껑이 열린 채 놓여 있다. 사진 한 장만으로 그가 얼마나 당대의 매력남이었으며 댄디보이였는지 짐작케 한다.

이 같은 사실은 이효석 선생의 제자인 이재현을 통해 다시 한 번 확인할 수 있는데 그는 「이효석 선생 간호기」라는 글에서 집안에는 피아노가 있었고 항상 피아노곡을 연주하던 이효석 선생의 모습을 회상하고 있다. 당대에 집안에 피아노를 두고 음악과 문학을 하는 이가 얼마나 있었을까.

이효석 선생은 호리호리한 체격에 그리 크지 않은 눈을 가진 깔끔한 외모였다고 한다. 옷차림 또한 양복을 즐겨 입었다. 게다가 평창공립보통학교를 1등으로 졸업하고 경성제일고등보통학교를 무시험

◀ 강원도 평창군 봉평면 이효석 문학관. 문학관 주변에는 선생의 집필 모습과 「메밀꽃 필 무렵」에 등장하는 물레방아가 그대로 재연돼 있다.

으로 입학한 뒤 졸업식에서 우등상을 수상하기도 했다고…… 문학적 능력은 물론, 영어와 음악, 체육에도 두루 뛰어난 모범생이었다.

당시 암울한 시대상에 그 또한 지식인으로서 고민이 깊었다고 한다. 이효석 선생은 시대적 좌절 속에서 그 시대와 정면으로 맞서지도, 적응하지도 못하면서 자신의 서구적 취향에 맞는 생활을 영위했다. 이효석 선생은 빵과 버터, 커피를 즐겼고 모차르트와 쇼팽의 피아노곡 연주, 프랑스 영화를 즐겼다. 또한 서양 화초가 가득한 붉은 벽돌집에서 생활하며 유럽 여행을 꿈꾸는 서구적 사상가였다. 그것은 아마도 신학문을 배우고 서양문화에 일찍 눈을 뜬 아버지의 영향과 고교와 대학시절 동안 읽은 서양 소설들, 대학에서 전공한 영어영문학 등이 복합적으로 영향을 끼친 덕분일 것이다.

이효석 선생은 세상에서 가장 아끼고 사랑하는 것은 나날의 생활과 예술이라고 말했다. 인간 중 시인이 가장 가치 있는 인간이라 생각했으며, 죽어서 다시 태어난다면 현재의 자신으로 태어나고 싶다고 말할 정도로 문학과 예술이 삶의 전부인 작가였다.

그의 이런 가치관이 섬세한 감각의 예술가, 이효석을 탄생시킨 자양분이 됐을 것이다.

역사와 전통의 효석백일장

봉평의 이효석 추모 사업은 역사와 전통을 자랑하는 문학 사업이다. 가산문학선양회에서는 1972년부터 매년 '전국 효석백일장'을 개최해 문학예술 꿈나무를 발굴하고 있다. 매년 『메밀꽃』이라는 제목의 백일장 수상 작품집도 발간하고 있다.

봉평을 찾는 관광객들은 하나같이 시원한 막국수와 고소한 메밀전을 잊지 못한다고 말한다.

또 봉평 지역 주민으로 구성된 '효석문화제위원회' 는 지난 1999년부터 문학의 향기를 함께 즐기기 위한 '효석문화제' 를 열고 있다. 백일장의 역사는 40년이 넘었고, 문화제 또한 13년이 넘었다. 이만하면 전통 축제로 여겨질 법도 하다. 이효석 선생은 우리에게 「메밀꽃 필 무렵」이라는 아름다운 소설을 선물하고 떠났고 이후 봉평은 4만여 평의 메밀밭을 통해 강원도의 멋과 맛을 알리고 있다. 봉평을 찾는 관광객들은 하나같이 시원한 막국수와 고소한 메밀전을 잊지 못한다고 말한다. 보이는 식당 어느 곳을 들어가든 메밀 특유의 고소함을 맛볼 수 있고 발길 닿는 곳 어디든 봉평의 소박하지만 웅장한 힘을 느낄 수 있다.

강원도의 보물찾기

동해, 삼척

동해안의 바다 절경을 감상할 수 있는 동해 관광열차

동해 '산과 바다의 조화'

동해는 강원도 중에서도 물 맑고 깨끗하기로 유명하다. 동해에서는 초등학교 소풍을 감추해수욕장으로 떠나고 무릉계곡 용추폭포에서 사생대회를 치른다. 동해의 정취는 속초의 설악산, 강릉의 경포해수욕장처럼 이름난 관광지가 있는 것은 아니지만 발길 닿는 곳, 눈길 두는 곳 모두가 한 폭의 산수화 같다는 것에 매력이 있다.

신선이 반했다는 무릉계곡

강원도 동해시 무릉계곡, 청옥산과 두타산 자락에 자리한 무릉계곡은 신선이 머문다는 무릉도원에서 유래한 이름이다.

더위가 몰려올 즈음부터 무릉계곡은 더할 수 없는 피서지가 된다. 계곡을 오르다 보면 편편한 바위 곳곳에 텐트 하나 치고 물소리 자장가 삼아 잠든 관광객의 모습이 종종 보인다. 신발 벗고 물 속에 들어가 첨벙첨벙 세수하고 물놀이를 즐기는 아이들의 모습, 계곡물에 발가락만 살짝 담근 채 바람이 나뭇잎을 간질이는 소리에 집중하는 어르신들의 모습도 볼 수 있다.

무릉계곡의 최고 절경인 쌍폭에서 떨어지는 물줄기는 보는 것만으로도 시원하다. 기묘한 바위들이 계곡을 이루며 흘러내리고, 폭포 아래쪽으로 크고 작은 소들이 수없이 놓인 바위골짜기가 이어진다. 그 모습이 오죽 아름다웠으면 '무릉' 이라는 이름이 붙었을까.

조선 선조 때 삼척부사를 지낸 김효원은 무릉계곡을 품은 두타산을 주유하고 "하늘 아래 산수로 이름 있는 나라는 해동조선과 같음이 없고, 해동에서도 산수로 이름난 고을은 영동 같음이 없다. 영동에서도 명승지는 금강산이 제일이고 그 다음이 두타산이다."라고 기록했다.

계곡 초입에 무릉반석이 있다. 3백~4백 명은 넉넉히 앉을 수 있을 정도로 넓다. 그 넓이가 1천5백여 평에 달한다. 옛 시인 묵객들이 이 바위에서 술을 마시고 시를 읊었다. 흥에 겨워 이름을 새긴 이들도 있었다.

조선 시대 4대 명필로 유명한 양사언은 이곳에 '무릉선원 중대천석 두타동천(武陵仙源 中臺泉石 頭陀洞天)'이라는 글자를 새겼다. '신선이 노닐던 이 세상의 별천지, 물과 돌이 부둥켜서 잉태한 오묘한 대자연에서, 잠시 세속의 탐욕을 버리니 수행의 길이 열리네' 라는 뜻이다.

바위를 지나면 삼화사다. 신라 때 지은 절로 고유의 건축양식을 엿볼 수 있다. 신라 시대 삼층석탑과 철조 노사나불좌상 등의 보물이 있다.

삼화사를 지나면서 본격적인 숲길이 시작된다. 평탄한 길이다. 오르막과 내리막이 심하지 않아 가족나들이에 적합하다. 숲길은 햇빛이 새어들지 않을 정도로 울창하다. 길 양옆으로 아름드리 소나무와 굴참나무가 몸을 비틀며 서 있다. 굴참나무 껍질은 어른 손바닥만큼이나 두껍다. 세월의 흔적이 엿보여 숙연해지기도 한다.

숲길을 약 20분 정도 더 걸어서 학소대에 오르면 얼마 지나지 않아 우렁찬 물소리가 들린다. 철제 계단을 올라서면 신비의 절경을 만나게 된다. 무릉계곡의 자랑인 쌍폭이다. 두 개의 폭포가 한 소에서 만나 쌍폭이다.

위는 신라 때 지은 절인 삼화사. 아래는 3~4백 명의 사람도 너끈히 앉을 수 있는 무릉반석.

용추폭포에서 떨어진 물과 두타산 박달골에서 내려오는 물이 합쳐 쌍폭을 이룬다.

더 위쪽에 위치한 용추폭포에서 떨어진 물과 두타산 박달골에서 내려오는 물이 합쳐 쌍폭을 이룬다. 소 주위에는 뽀얀 물보라가 안개처럼 일어난다. 왼쪽 폭포는 계단처럼 층층진 바위를 타고 물이 흘러내리고 오른쪽 폭포는 곧게 뻗어 급강하한다. 이 절경을 목격한 사람들은 왜 무릉계곡이라 불리는지 알겠다는 듯 고개를 끄덕인다.

쌍폭을 찍고 오르면 무릉계곡의 정점인 용추폭포가 나타난다. 오목한 바위에서 터져나오는 물줄기가 소를 향해 주저 없이 떨어져 내린다. 청옥산의 물이 흘러내려 3단의 단애를 이루며 세 개의 폭포를 만들고 있는 용추폭포. 상, 중단의 폭포는 항아리 모양의 암석으로 이루어져 있어 마치 누군가가 깎아 만든 것이 아닐까 하는 의구심을 부른다. 하단폭포에서 떨어진 물이 둘레가 30m나 되는 소를 이루고 있어 조선 시대엔 가뭄 때 이곳에서 기우제를 지냈다 한다. 상단폭포를 보기 위해선 가파른 철계단을 올라야 한다. 어찌나 가파른지 몇 계단만 올라도 숨이 찰 정도다. 위에 오르면 상단 조망대가 있기는 하지만 나무에 가려 폭포의 모습은 온전하게 보이지 않는다.

철계단에서 내려올 때 빼놓지 말고 찾아봐야 할 것이 있다. 용추폭포 맞은편에 자리한 바위절벽 만물상. 그 만물상 위쪽으로 보면 발가락 모양이 선명한 발가락바위가 있다. 그 발가락바위는 사업의 성공을 상징한다고 알려져 관광객들의 발길이 끊이지 않는다.

용추폭포가 얼마나 장관이었는지 삼척부사 유한전은 폭포 하단 절벽에 '용추(龍湫)'라는 글을 새겼다. 폭포 아래에는 '별유천지(別有天地)'라는 글귀도 또렷이 남아 있다. 고려 시대 학자 이승휴가 은거하면서 『제왕운기』를 엮고, 영화감독 배용균이 〈달마가 동쪽으로 간 까닭은〉의 촬영지로 무릉계곡을 택한 것은 결코 우연이 아닐 것이다.

영화 촬영의 명소 '묵호'

용추폭포를 아늑하게 품은 무릉계곡을 감상했다면 이제는 탁 트인 바다로 향하자. 작가 심상대는 『묵호를 아는가』에서 묵호 바다를 "한 잔의 소주와 같은 바다"라고 표현했다. '단숨에 들이켜고 싶은 고혹적인 빛깔'은 청량한 짠내를 풍긴다. 여느 해수욕장과는 또 다른 항구 특유의 역동성과 짙푸른 바다색이 제대로다.

해안도로를 따라 남쪽으로 계속 내려가면 묵호항이 나온다. 묵호항은 동해에서 항구의 정취를 가장 잘 만끽할 수 있는 곳이다. 묵호항은 아침에 찾아야 제대로 볼 수 있다. 밤새 밝은 빛을 밝히고 오징어잡이를 마친 배들이 뱃고동을 울리며 돌아오는 새벽 항구는 강인한 생명력이 살아 있다. 이 시간에는 경매에 열을 올리는 경매사들과 동해시 횟집에서 나온 상인들로 북적인다.

묵호 하면 또 하나, 겨울 대게가 유명하다. 흔히들 영덕이나 울진을 떠올리게 마련이지만 동해 묵호항에서도 싱싱한 대게를 비교적 저렴하게 맛볼 수 있다. 그래서 대게 철만 되면 실속 있게 대게를 맛보려는 미식가들의 발길이 줄을 잇는다.

대게는 초겨울부터 잡히기 시작해 속살이 꽉 차는 늦겨울과 이른 봄까지 제철이다. 대게철의 묵호항 어시장에는 상인들과 관광객들로 연일 북적거린다. 수십 개의 함지박마다 살이 꽉 찬 대게들로 그득하다.

대게는 어획량과 크기에 따라 날마다 값이 달라진다. 그래도 인심이 후한 상인은 다리가 한두 개 떨어지거나 상처 입어 상품성이 떨어지는 게들을 몇 마리 정으로 얹어주기도 한다. 기분 좋게 구입한 대게는 그 자리에서 쪄서 맛볼 수 있는데 어시장 인근 식당에서 만 원쯤 수고비를 지불하면 따끈따끈 탱글탱글 먹음직스럽게 쪄내온다. 제대로 여문 대게 속살은 짭조름하면서도 달다. 게다가 게딱지 속의 고소한 장에 청량고추 등을 썰어 넣고 밥을 비벼 먹으면 겨울철 보양식이 따로 없다.

묵호 어시장 뒤편 산등성이로 고개를 돌리면 붉고 푸른 지붕을 얹은 집들이 옹기종기 모여 있는 동네가 보인다. 묵호항에서 이 마을까지 '등대오름길' 이라는 예쁜 길이 이어진다. 길 끝에 묵호등대가 서 있어 이런 이름이 붙었다. 길을 따라가다 보면 옛 묵호항의 정취와 마을의 풍경을 추억하는 벽화들을 만날 수 있다.

출항하는 오징어배, 해풍에 말라가는 오징어, 노가리 안주가 나오는 대폿집, 코흘리개 아이들이 풀방구리에 쥐 드나들듯 하던 구멍가

묵호 등대.

게 등의 벽화들이 장식돼 있다. 이곳 벽화들은 묵호의 자화상이며, 가슴 절절한 서정시다.

"사람들은 봄은 산으로부터 온다고 한다. 묵호의 봄은 시린 손 호호 불며 겨울바다에서 삶을 그물질하는 어부의 굳센 팔뚝으로부터, 신새벽 어판장에서 언 손 소주에 담가가며 펄떡이는 생선의 배를 가르는 내 어머니의 고단한 노동으로부터, 언덕배기 덕장에서 찬바람 온몸으로 맞이하는 북어들의 하늘 향한 힘찬 아우성으로부터 온다, 봄은. 엄동설한에도 희망을 노래하는 그대, 묵호의 안부를 묻는 마음으로부터……"

한때 번성했던 묵호의 과거를 기억하는 누군가가 묵호에 화려한 봄날이 다시 찾아오리라 고대하며 담벼락에 이런 글귀를 써놓았다.

묵호등대는 야경이 아름답다. 어둑어둑해져 등대에 불이 들어올 때면 수평선 끝에 고기잡이 배들이 동동 떠 있다. 영롱한 빛을 밝히면서 망망한 바다에 떠 있는 오징어배는 한 폭의 그림이다.

묵호등대는 영화 〈미워도 다시 한 번〉의 촬영지이기도 하다. 최근에는 이승기, 한효주 주연의 드라마 〈찬란한 유산〉 촬영지로 소개되며 더욱 유명세를 치렀다. 특히 주인공이 마음을 확인하고 새벽 산책길에 키스를 나누던 출렁다리는 '찬유다리'로 이름 붙여질 만큼 유명해졌다.

이 외에도 전도연 주연의 영화 〈인어공주〉, 송혜교 주연의 〈파랑주의보〉, 장동건·고소영 커플을 연결시켜 준 영화 〈연풍연가〉 등이 이곳에서 촬영되었다. 그러면 수많은 감독들이 이곳을 찾은 이유는 무엇일까? 뛰어난 비경과 삶의 애환이 조화롭게 뒤섞인 동해 묵호항만의 매력 때문일 것이다.

일출 명소 '추암'

길은 계속 흘러 추암해수욕장에 닿는다. 추암 해변에 솟은 기기묘묘한 바위. 추암 촛대바위는 애국가 첫 소절 "동해물과 백두산이……" 울려 퍼질 때 첫 화면으로 등장하는 일출 장면을 찍은 바로 그곳이다. 해마다 12월 31일이 되면 수십만 명의 해맞이 관광객이 추암해수욕장을 찾는다. 해변 왼편에는 갖가지 형상의 기암괴석이 늘어서 있는데 그 중 절묘하게 생긴 바위 하나가 하늘을 찌를 듯이 솟아 있다. 이 바위가 바로 '촛대바위'다. 동해안 바닷가는 탁 트인 바다의 쪽빛 물결과 고운 모래사장으로 이뤄져 있는데 추암해수욕

애국가의 첫머리에 나오는 동해 촛대바위.

장은 유일하게 바위와 자갈로 해안을 이루고 있다.

바위틈으로 태양이 불쑥 솟아오르는 일출 장면은 가슴을 뜨겁게 달아오르게 만든다. 조선 세조 때 한명회가 강원도 제찰사로 있으면서 그 경관에 취한 나머지 미인의 걸음걸이에 비유하여 '능파대'라고 부르기도 했던 곳. 바위에 부딪히는 추암의 파도 소리는 한국의 백대 명소리로 선정돼 그 아름다움을 인정받았다.

젊음과 낭만의 '망상'

망상해수욕장은 강릉 경포해수욕장과 함께 동해안을 대표하는 해

동해 망상해수욕장의 오토캠핑장.

수욕장이다. 알맞게 자란 고만고만한 송림을 두른 해안선은 눈썹처럼 휘어져 있다. 모래밭은 밀가루를 뿌려놓은 듯 곱다. 백사장 길이가 5km에 달해 '명사십리'라고 불린다.

망상해수욕장은 오토캠핑장으로 잘 알려져 있다. 국내 3대 오토캠핑장 중 하나로 꼽힌다. 직접 텐트를 치고 야영을 하는 숫자에 비해 캠핑카를 이용하는 카라반 관광객 수가 월등히 높다.

헐리우드 영화에서 종종 등장하는 모습처럼 가족만의 오붓한 캠핑카 여행은 누구나의 꿈일 것이다. 자연 속 하룻밤의 낭만을 포근한 차 안에서 경험한다는 점에서 일반적인 캠핑과 다른 매력 포인트다. 이곳에서 캠핑 여행을 즐긴 사람들은 파도소리를 들으며 잠드는 것도, 창문을 열고 솔숲 향에 풍욕을 즐기는 것도, 사랑하는 친구들과 함께 소중한 시간을 보낸 것도 모두 아름다웠다고 입을 모은다. 현대인으로서 즐기는 럭셔리 캠핑이랄까.

240km 동해안 낭만가도

강원도 고성에서 삼척까지 6개 시군을 잇는 낭만가도도 빼놓을 수 없는 코스다. 장장 240km에 이르는데, 이 중 단연 절경으로 꼽히는 곳은 삼척에서 새천년해안도로와 옛 7번국도를 따라 파도치는 해변을 달리는 51km 구간이다.

삼척 낭만가도의 출발점은 동해시와 이웃한 증산해변. 추암의 촛대바위가 한눈에 들어오는 곳으로 이사부사자공원과 수로부인공원이 양쪽에 위치하고 있다. 『삼국유사』에 등장하는 「해가(海歌)」라는 설화를 바탕으로 해가사 터에 조성된 수로부인공원은 신라 성덕왕 때 해룡이 수로부인을 끌고 바다 속으로 들어가자 남편인 강릉 태수가 "거북아 거북아 수로를 내놓아라"는 노래를 불렀고, 이 노래를 들은 거북이 수로부인을 모시고 나와 도로 바쳤다는 곳이다.

수로부인공원에서 작은 고개를 넘으면 바다와 이웃한 삼척해변역이 있다. 하루 네 차례 강릉역~동해역~삼척역을 왕복하는 낭만의 바다열차가 잠시 정차하는 무인역이다. 요즘은 거의 타고 내리는 승객이 없지만 쓸쓸해서 더 낭만적이다. 여름을 화려하게 채색했던 원색의 기억을 오롯이 간직한 삼척해변을 지나면 낭만가도는 곧바로 새천년해안도로를 탄다.

삼척해변에서 삼척항까지 4.6km 해안을 벗한 새천년해안도로는 '한국의 아름다운 길 100선'에 선정된 명품도로다. 냉전의 산물인 철조망을 걷어내고 산뜻한 모습의 경관용 펜스가 설치된 해변에는 유난히 갯바위가 많고 바닷바람이 강하다. 밀려오는 파도는 갯바위에 부딪칠 때마다 대포 소리를 내며 하얗게 부서지다가 기어코 굽이 굽이 S자를 그리는 새천년해안도로를 물보라로 장식한다. 바람이 심한 날은 드라이브를 즐기며 폭포수 속을 관통할 수도 있다.

그 외에도 바이올린을 켜는 소녀상 등 10여 점의 조각 작품이 설치된 비치조각공원과 양손으로 태양을 껴안는 형태의 조각품인 '소망의 탑'은 삼척 최고의 해돋이 명소다. 배용준, 손예진 주연의 영화 〈외출〉의 촬영지인 삼척 펠리스 호텔에 오르면 구불구불한 새천년 해안도로와 푸른 바다, 그리고 이른 아침 햇살에 오렌지색으로 빛나는 갯바위가 어우러져 그림 같은 풍경을 연출한다.

이후 이어지는 삼척항. 이곳은 묵호항과는 또 다른 정취를 풍긴다. 사람 사는 냄새가 물씬 난다. 밤새 수평선에서 불을 밝힌 채 고기잡이를 하던 어선들이 속속 귀항하자 아낙들이 종종걸음으로 경매장을 향한다. 검푸른 바다에서 뛰어놀던 오징어와 못생겨도 맛은 좋은 곰치, 그리고 제철을 만난 양미리 등이 좌판에서 펄떡거린다.

관동팔경 중 제1경으로 꼽히는 죽서루를 돌아 동해로 흘러드는 오분해변에는 '이사부 출항지'가 있다. 낭만가도는 오분삼거리에서 옛 7번국도를 타고 까마득한 벼랑 아래로 맹방해변이 한눈에 들어오는 한재라는 이름의 고개를 넘는다. 한재는 4km 길이의 맹방해변을 한 장의 사진으로 담을 수 있는 유일한 곳. 영화 〈봄날은 간다〉에서 상우와 은수가 파도소리를 녹음하던 맹방해변은 끊임없이 밀려와 하얗게 부서지는 파도가 일품이다.

맹방해변 남단의 덕봉산 아래에는 동해안 최고의 갯바위 군락이 존재한다. 마읍천의 수문장 역할을 하는 크고 작은 갯바위들은 끊임

삼척 장호항 고래마당.

없이 밀려오는 파도를 온몸으로 막고 있다. 거센 파도가 기암괴석에 부딪치는 소리가 베토벤의 〈운명 교향곡〉처럼 장엄하고, 하얗게 부서지는 파도는 진주알처럼 영롱하다.

탁 트인 바다를 벗 삼아 남쪽으로 달리면 낭만가도는 근덕면 장호리에서 반원형의 포구마을인 장호항을 만난다. 장호항은 동해안에서 가장 아름다운 항구 중 하나이다. 호수처럼 잔잔한 항구에는 고깃배들이 그림처럼 떠 있고, 붉은색 지붕이 처마를 맞댄 바닷가 마을은 그림엽서처럼 이색적이다.

새로 개통한 7번국도와 앞서거니 뒤서거니 남쪽으로 달리던 낭만가도는 원덕읍 월천해변에서 솔섬과 만난다. 2007년 세계적 사진작가 마이클 케나의 카메라 속으로 들어가면서 유명해진 솔섬의 본래이름은 속섬. 늘 물 속에 있는 섬이라는 뜻의 속섬은 30년 전 상류에서 떠내려온 소나무 씨앗이 가곡천 모래톱에 뿌리를 내리면서 소나무섬으로 거듭났다.

속섬은 새벽 드라이브 코스로 좋다. 빛과 어둠의 경계에서 더욱 푸른 속섬의 새벽 풍경은 여명의 푸른 눈동자를 연상하게 한다. 달 빛과 별빛이 사라지고 수평선 너머에서 솟아오르는 태양이 속섬의 하늘을 오렌지색으로 채색하는 이른 아침. 속섬의 소나무들이 먹구 름 속으로 침잠하면서 낭만가도는 종점을 찍는다.

웃음과 해학으로 승화시킨 해신당공원

남근공원으로 알려진 해신당공원. 1999년 남근깎기 대회 입상작 을 비롯해 나무와 돌을 깎아 만든 74점의 거대한 남근이 전시돼 있 다. 해신당공원의 유래는 이렇다. 옛날 이곳, 신남마을에 애랑이라 는 처녀가 해변에서 조금 떨어진 애바위에서 해초를 캐다가 거센 풍 랑으로 바다에 빠져 죽었다. 애랑은 결혼을 약속한 남자가 있었다. 이후 고기가 잡히지 않자 나무로 남근 모형을 깎아 바다를 향해 제 사를 지내며 처녀의 원혼을 달랬다 한다. 이것이 '애바위 전설'이 다. 해신당 공원의 절벽 바위 위엔 지금도 매년 제사를 지내는 해신 당이 있다.

해신당공원에 전시된, 바다를 향해 우뚝 솟은 남근들이 웃음을 짓 게 한다. 그 사실적 묘사에 공원을 방문한 아주머니들이 까르르 웃 기도 하고, 아빠 손을 잡은 아이는 "아빠, 저게 뭐야?" 하고 물어서 부모님을 당황시키기도 한다.

젊은 남녀들은 시선을 어디에 둬야 할지 몰라 민망해한다. 좀더 과감한 커플들은 사진기를 들이대며

"더 큰 데 가서 서봐라." "마음에 드는 거 잡고 포즈 취해 봐라."

남근공원으로 알려진 해신당공원.

하면서 까르르 웃는다.

이곳은 전 세계 여행 잡지에도 여러 번 소개되었다. 발칙한 상상으로 한국 특유의 음기와 양기에 대한 정서를 아름다운 스토리텔링과 관광자원으로 개발한 것이 흥미롭기 때문이다.

해신당공원을 오르는 길은 마치 하늘로 오르는 길 같다. 계단을 따라 차례로 오르면 거대한 남근이 맞아준다. 오르는 곳곳 재미있는 요소들이 숨어 있다. 소박한 남근이 뾰족 올라와 있는 벤치는 새댁이 앉으면 아이를 갖게 된다는 속설이 있다. 2003년 공원 개장 이후 십여 년이 지나는 동안 사람들 손때에 벤치 위 남근은 반질반질하게 닳아 있다.

그런데 희한하게도 이 남근 조각들을 접한 관광객들은 전혀 외설스럽지 않다고 말한다. 그저 농을 걸고, 쓰다듬고, 보듬을 뿐이다. 해안가의 성기 신앙은 풍요와 다산을 바랐던 민중들의 건강한 바람을 상징하는데 해신당공원에는 바닷가 사람들의 성스런 신앙이 곱다시 배어 있다.

공원 아래로는 소나무 숲을 따라 해안 산책로가 절경이다. 그 앞바다엔 바위산 봉우리들을 축소해놓은 듯한 크고 작은 갯바위들이 솟아 있다. 해수욕장에서 조금 비켜선 인적이 드문 해안가여서 유난히 바닷물이 투명하다. 손을 넣으면 바다 속 자갈, 모래들이 모두 만져질 듯하고 바위틈에 낀 해초를 뜯어 먹으면 입안 가득 싱그러운 바다향이 퍼진다.

자갈을 밟으며 해안을 따라 걸으면 다시 공원 입구에 닿는다. 해신당공원은 마지막까지 웃음을 준다. 공원 아래 좌판에서는 아주머니가 남근 모양의 갈색 병을 흔들며 관광객을 유인한다. 원기회복주라고 한다. 맞은편 좌판에서는 "신남의 명물 남근 팝니다." 하는 아주머니의 우렁찬 외침이 들린다. 대체 무엇을 파는 걸까. 아주머니가 가게 뒤편에서 빨갛고 조그마한 상자를 가져온다. 주름진 손이 비밀의 뚜껑을 연다. 그 안엔 은으로 만든 남근 모양의 작은 열쇠고리가 담겨 있다.

"기념품으로 많이들 사가요. 이게 복을 상징한다고."

해신당공원이 자리한 삼척시 신남리 마을은 30여 가구가 옹기종기 모여 사는 곳이다.

신남마을에는 숫서낭과 암서낭이 있다. 숫서낭은 골맥이 할배를 모신 본 성황당이고, 암서낭은 애랑을 모신 해신당이다. 일반적으로 영동 해안 지방에는 숫서낭과 암서낭이 짝을 이룬 경우가 많은데 신남마을처럼 암서낭에 남근을 깎아 바치는 것은 드문 경우이다.

신남마을에는 또 다른 특징이 있다. 고성 문암리에서는 구멍 뚫린

바위에 커다란 남근 하나만 봉납하고 강릉 안인진리의 경우에는 일
찌감치 남근 봉납 제의가 단절되었다.

그러나 신남마을에서는 향나무로 만든 여러 개의 남근을 굴비 두
름처럼 엮어서 당집에 걸어놓는다. 또한 남성기 봉납 제의가 아직까
지 행해지고 있다. 목제 남근은 크기가 대략 20~30cm 정도이며 3개
에서 11개까지의 홀수로 만든다.

올해에도 큰탈 없이 풍요와 축복이 마을에 깃들기를 기원하는 정
월 대보름날의 남근봉납 제의는 이제 또 하나의 축제가 되었다.

나를 매혹시킨 강원 스타일!

신 수 정

"레오나르도 다빈치가 태어난 연도가 언제인지 아십니까?"

"존경하는 인물은 누구입니까? 이유는?"

"세계 최고의 레스토랑은 어디죠?"

기자는 주로 질문을 하는 사람이다. 하지만 인터뷰이(interviewee)인 김용덕 테라로사 사장은 거꾸로 인터뷰어(interviewer)인 기자에게 이 같은 질문을 속사포같이 던졌다.

인터뷰 전에 열심히 그에 대한 자료를 찾아보고, 커피에 대한 기본 지식도 달달 외웠건만 예상치 못한 질문에 "어 그게…… 생각이 안 나네요"라며 우물쭈물하기 일쑤였다.

하지만 당황스러움과 무식함이 탄로난 데 대한 부끄러움은 잠시. 김용덕 사장의 삶의 궤적과 커피에 대한 열정, 꿈에 대한 얘기에 어느샌가 빨려들어가고 있었다. 그는 한 해 절반 이상을 해외 출장길에 나서는데 대한항공 마일리지만 해도 59만 마일을 넘어섰다.

강릉에서 '커피 축제'가 열린다는 소식을 처음 들었을 때 피식 웃음이 나왔다. 그 흔한 '스타벅스', '커피빈' 매장 하나 없는 곳이 강릉이다. 매년 남대천에서는 단오제가 열리고, 율곡 이이 선생제를 지내는 보수적인 도시 강릉과 '드립 커피'는 왠지 어울리지 않는 조합 같았다.

그런 강릉을 '커피의 도시'로 만들어가는 인물은 어떤 사람일까 궁금해졌다. 세 시간 넘게 이어진 인터뷰에서 커피에 대한 열정과 노력, 강릉에 대한 사랑이 전해졌다. 그는 "그냥 강릉이 좋다"고 말했다.

김용덕 사장뿐만 아니라 이 책을 만드는 과정에서 만난 인물들은 모두 고향 강원도에 대한 애정이 남달랐다. 강원도 출신이라고 밝히면 '시골 출신'이라는 이미지가 덧씌워지는데도 말이다.

강원도 하면 으레 '촌구석'이라는 말이 후렴구처럼 따라온다. TV 드라마 속 강원도 출신은 대부분 '산골 소녀'로 설정된다. 고등학교 시절 PC통신 채팅방에서 만난 한 사람은 내가 "집이 강릉"이라고 했더니 "그 동네에도 전기가 들어오느냐"고 진지하게 묻기도 했다.

이돈태 탠저린 대표는 "강원도 출신이라 불이익을 받은 것도 없고 덕을 본 것도 없다"며 "강원도 사람은 하나 더 와도 부담 없고 빠져도 부담 없는 존재 아니냐"고 말했다.

어찌보면 끗발도 없고 존재감도 없는 동네인데도 강원도 사람들은 고향을 원망하지 않았다. 오히려 고향을 아끼는 마음이 남달랐다. 바쁜 와중에도 강원도에 관한 책이라는 설명에 흔쾌히 인터뷰 시간을 내줬고, 고향 발전을 위한 조언을 아끼지 않았다.

취재를 하다 보면 가끔 강원도 출신 CEO들을 만나게 된다. 이들에게 "강릉에서 고등학교를 나왔다"고 밝히면 무척이나 반가워했다. 인터뷰가 끝난 뒤에도 이들은 문자나 메일을 보내줬다. "기사를 잘 써달라"가 아니라 "만나서 정말 반가웠다"는 내용이 전부다. 짧은 한두 문장 속에서도 고향 사람을 만나 기뻐하는 순박한 마음이 전해졌다.

김진선 평창 동계올림픽 위원장은 강원도지사 시절 16개 시도를 대표하는 전국시도지사협의회 회장을 지냈다.

"가난하고 힘 없는 강원도가 영호남의 파워 대결 속에서 어떻게 리더십을 발휘할 수 있었느냐"는 질문에 그는 "상대방의 마음을 얻는 방법은 신뢰와 진정성"이라고 대답했다.

어찌 보면 추상적인 답인 것 같은데 역시 강원도의 방식이라는 생각이 들었다. 애써 세련된 척 포장하지 않고 있는 그대로의 모습을 투박하게 보여주는 것이 강원도와 강원도 출신 인물들의 매력일 것이다.

나를 애태운 남자들

이 소 영

마냥 설레는 마음으로 '기자' 명함을 든 지가 엊그제 같은데 어느 새 만 8년이 넘어간다. 지금까지 정신없이 달려왔다면, 이제는 숨 한 번 고르고 뒤를 돌아볼 때가 되지 않았나 생각했다.

내 고향, 강원도를 재조명함으로써 짧은 기자생활을 간추려보고 서랍 속에 간직했던 묵은 취재수첩을 끄집어내고 싶었던 것이다.

인물군 선정부터 만만치 않았다. '강원도 여기자들의 여의도 정복기'로 기획됐던 당초 집필 작업이 '강원 인물 재조명'으로 수정되면서 주인공 또한 나에서 강원 출신 인물로 옮겨졌다. 그러다 보니 각계 각층의 강원 출신 인물을 수집하는 일부터 나름의 인물 검증까지, 셋이 모여 수십 번의 회의를 거쳤다.

사실 더 큰 고비는 인물군이 확정된 후부터였다. 내가 맡은 인물은 춘천 지역구의 국회의원 김진태, 이화여대 최재천 교수, 축구선수 설기현, 개그맨 김국진 이렇게 네 명이다. 너무나 쟁쟁한 명사들이었기에 섭외 자체가 고생이었다.

우선 가장 나를 애태운 남자는 개그맨 김국진 씨다.

연예인이면 으레 소속사를 통해 섭외 연락을 넣고 매니저와 접촉하는 것이 순서인데 김국진 씨의 경우는 소속사 홈페이지나 전화번호조차 공개돼 있지 않았다. 결국 작가 후배를 통해 알음알음으로 같은 소속사의 서경석 씨 매니저 연락처를 수배할 수 있었다.

"저는 국회방송 이소영 기자입니다. 서경석 씨 매니저이시죠? 죄송한데요. 김국진 씨 매니저 연락처 좀 알려주실 수 있나요?"

손발이 오글거렸지만 달리 방도가 없었다. 당시 내 심정은 그와 연락이 닿을 수만 있다면 영혼이라도 팔고 싶을 정도였다.

어렵게 연락된 김국진 씨. 고향 발전을 위한 집필이라고 하니 인터뷰에는 흔쾌히 응해주었지만 그 다음은 시간약속이 문제였다. 처음에는 금요일 저녁, 여의도 언저리에서. 다시 이틀 뒤에는 일요일 낮, KBS 공개홀에서. 이렇게 여러 차례 시간과 장소가 뒤엉키면서 어느새 인터뷰에 대한 집착과 오기가 생겨버렸다.

KBS 공개홀 출연자 대기실에서 어렵사리 만난 그는 이틀 밤을 새워서 얼굴이 엉망이라면서도 환하게 웃으며 반겨줬다. 한 달 이상을 섭외에 애태우던 내 마음이 눈 녹듯이 풀렸다. 그리고 실제로 만난 개그맨 김국진은 연예인이라기보다는 막내삼촌 같은 느낌이었다.

축구선수 설기현 또한 쉽사리 얼굴을 보여주지 않았다.

축구선수를 섭외하는 일은 처음인 데다 축구에는 문외한인지라 선수가 쉬는 날과 연습하는 날, 경기하는 날 등 스케줄을 제대로 파악하지 못했던 이유가 가장 컸다. 설기현 선수가 소속된 인천 유나이티드 홍보실을 통해 "설기현 선수 인터뷰 좀 잡아달라" 읍소하면서 엉뚱하게도 홍보실 이다혜 씨와 미운정이 쌓였다.

"기자님, 저도 먼저 잡아드리고 싶죠. 그런데 선수 집이 부산이어서 이번 주에는 부산에 계시고요, 돌아오시면 바로 경기 일정이고요. 어쩔 방법이 없네요."

이렇게 매일 두어 번씩 통화하면서 어느새 나는 자연스럽게 "오늘은 좀 덥죠?" 하며 인사했고, 이다혜 씨는 "기자님, 오늘은 이른 시간에 전화주셨네요." 하고 맞받았다.

결국 3주 이상의 끈질긴 섭외 끝에 경기가 끝난 후 설기현 선수를 운동장 주차장에서 잠깐 만날 수 있었다. 그마저도 나에게 주어진 시간은 30분. 짧은 시간 안에 알찬 인터뷰를 끝내기 위해 미리 질문지를 만들어서 속사포처럼 질문을 던졌다. 뒤돌아서서 "아 맞다! 가장 중요한 걸 안 물어봤네." 하고 후회했던 경험이 한두 번이 아니었기 때문이다. 제대로 인사도 나눌 겨를 없이 이런 저런 집안 사정부터 학창 시절까지 좌르르 물어대는 나와는 대조적으로 설기현 선수는 너무나도 차분하게 답해줬다. 그의 말투는 마치 우리 아버지처럼 진한 강릉 사투리가 배어나 더 정감 있었다.

이화여대 최재천 교수님은 꽤 오랫동안 고민한 인물이다. 처음에 정치·경제계 인사 중심으로 틀을 짜다 '학계 인사로 눈을 넓혀 보자' 하면서 추천받은 인물이 최 교수님이다. 현직에 계신 교수님이다 보니 과 사무실을 통해 어렵지 않게 연락할 수 있었다. 하지만 개인 휴대전화 대신 이메일로만 외부와 연락하신다는 교수님. 일단 이메일을 한 통 넣어봤다.

"제가요, 이런 취지로 책을 만들려고 하는데요. 인세는 어떻게 쓸 거고요. 다른 강원 인물로는 이런이런 분들이 함께 수록됩니다."

얼굴을 뵙고, 또는 전화를 통한 육성으로 설명하는 것이 아니다 보니 글에 최대한 내 표정과 감정을 실어야 했다. 그래서 공손하면서도 절박하게 메일을 썼다. 섭외 메일을 보낸 후에는 하루가 일 년 같다. 전화통화라면 설명하고 그 자리에서 "Yes or No"를 들을 수 있는데 이메일은 답장이 오기까지 속이 바짝바짝 탄다. 내가 보낸 메일을 확인했다 할지라도 답장이 올지 안 올지 여부를 알 수 없기 때문이다. 그런데 바로 그날 저녁, 반가운 메일 한 통이 도착했다.

"강원도의 일이라면 언제든 도와야지요. 그런데 제게 요즘 제일 없는 게 시간입니다. 언제까지 하셔야 하나요?"

최 교수님의 답장이었다. 그렇게 교수님의 화통함 덕분에 그 자리에서 인터뷰 날짜를 잡고 섭외 부담을 한결 덜 수 있었다.

내가 근무하는 국회에서는 매달 AM아카데미라는 아침 교양강좌를 연다. 얼마 전 연사로 최 교수님이 출연했다. 어찌나 반갑던지. 강의가 끝나고 강단에 내려가 인사를 드렸더니 특유의 하회탈 웃음으로 반겨주신다. 명강사로 소문난 교수님인 줄은 알았지만 직접 들어본 교수님의 '통섭' 강의는 그야말로 공감 백 배였다. 그리고 강의 중간에는 고향 강릉에 대한 추억이 속속 등장해 더 반가웠다.

가장 빨리 확정했으면서도 가장 오랜 기간 공을 들인 인물은 춘천이 지역구인 김진태 국회의원이다. 이번 4·11 총선에서 강원도 출신 의원은 모두 9명이 배출되었다. 게다가 모두 새누리당 소속이다. 초선 의원도 상당수 있다. 9명의 의원 중에 어느 의원을 섭외해야 할지 고민했다. 춘천이 도청 소재지로서 상징성이 있는 데다 춘천·원주권의 인물이 취약하니 춘천 지역구의 의원을 섭외하자는 데 의견이 모였다. 하지만 이때는 막 총선이 끝나고 개원하기 전이라 연락하기가 쉽지 않았다. 재선 이상의 의원이면 국회에서 마주칠 기회가 있었겠지만 이제 막 국회에 입성한 초선의원이라 사전 정보도 없을 때였다. 우선 국회방송의 〈초선 의원을 만나다〉라는 프로그램 제작을 핑계 삼아 가볍게 인터뷰를 진행했다. 머릿속에는 검사 출신의 고압적인 모습이 그려졌었는데 실제로 만난 김 의원은 인터뷰 내내 다리 한번 꼬아 앉지 않고 무릎을 쓱쓱 비비며 부끄러워 어쩔 줄 모르는 순박한 강원 사나이였다. 그리고 한 달 뒤 의원회관 입주 기념으로 나는 김 의원에게 자개 명함집을 선물했다. 그는 그 자리에서 명함을 옮겨 담으며 천진하게 웃었다.

만나서 인터뷰를 진행하기까지 갖가지 사연으로 내 속을 태웠던 남자들. 막상 만나 보니 강원도라는 공통된 끈으로 연결된 이들은 만남 내내 묘한 편안함이 있었다.

이 책을 준비하면서 '너무 열정만 앞선 섣부른 도전이 아닐까' 하는 고민도 많았다. 하지만 묵묵히 제자리에서 최선을 다하며 고향을 빛내주는 선배들이 있기에 작업 과정이 결코 외롭지 않았다.

강원도, 세계 최고의 피로회복제

전 예 현

"고향이 어디예요? 정치부 기자니까 고향이 대구? 부산? 아니면 호남인가?"

"아니요. 저는 강원도 출신인데요."

"어? 그래… 그렇군. 음… 좋은 곳에서 왔네요. 강원도는 감자가 유명하죠?"

정치부 초년 기자 시절, 거의 매일 겪었던 일이다. 취재원들은 편하게 대화하기 위해 기자에게 고향이 어디인지부터 물었고, '강원도'라는 답변이 나오면 당황스러워했다. 이어 대화를 이어가기 위해 강원도에 대한 주제로 '감자'를 꺼냈다. 내가 강릉여고를 졸업한 여성기자라는 점에 착안해 신사임당에 대해 묻기도 했다.

이런 상황을 겪으면서, 나는 왜 강원도에 대해 감자나 신사임당만 부각되는지 답답했다. 강원도의 소리, 강원도의 시인, 강원도의 아름다운 풍경, 강원도의 정치적 역동성, 무엇보다 그곳의 사람들과 그들의 정신이 제대로 알려지지 않은 것이 안타까웠다. 이 책을 기획하게 된 데에는, 당시의 그런 경험이 영향을 미쳤을 것이다.

그리고 이 책을 쓰면서, 이런 유사한 상황을 강원도 선배들은 더 자주 느꼈다는 것을 알게 되었다. 하지만 그들은 고향을 탓하지도, 원망하지도 않았다. 그들은 각 영역에서 강원도의 힘을 자랑하면서, 강원도의 역사를 다시 쓰고 있었다.

일례로 철원 출신 우상호 의원은 지역구에 있는 재래시장에서, 호남 사람으로 자주 오해를 받았다고 한다. 이 시장에는 호남 출신 상인들이 많아 이런 상황이 유독 많았다고 한다.

"아이고, 우리 우상호 의원 왔네. 자네 고향이 호남 어디던가?"

"네, 강원도 철원입니다."

"어? 그래…… (당황하며 잠시 생각). 그래, 강원도…… 좋은 동네지, 그렇지?"

우 의원은 이제 이런 상황을 겪어도, 웃으면서 '강원도' 자랑을 할 수 있게 됐다고 한다. 그리고 강원도가 대한민국의 미래에 얼마나 중요한 곳인지 설명까지 한다고 한다. 그는 앞으로 세계 정치의 화두가 '평화'가 될 것이며, 강원도 철원이 '평화의 중심지'가 될 것으로 전망했다.

취재 과정에서 만난 경영인 김진형 남영비비안 사장은, 영업을 하면서 겪었던 일화를 들려줬다.

"사업하면서 강원도 출신이란 것을 숨기지도 않았지만, 그렇다고 굳이 말하지도 않았어요. 왜냐하면 사업 초기만 해도 영남이나 호남 출신 아니면 어디 가서 명함도 못 내밀던 상황이었으니까요. 내가 불이익을 당한다면 상관없지만, 만약에라도 회사에 누를 끼칠까봐 걱정을 하면서 고향에 대해 쉽게 말을 못했던 것이죠. 이제는 세상이 바뀌었고, 평창 동계올림픽 유치를 계기로 강원도의 위상이 높아져서 정말 기쁩니다."

　그는 강원도 후배들이 고향을 자랑스럽게 여기길 희망하면서, 바쁜 시간을 쪼개 취재 인터뷰에 응해줬다. 또 강원도 인재들이 경영계에서도 활약할 수 있기를 기원했다.

　강원대학교 출신 최문순 도지사는 강원도에 있는 대학의 후배들이 가슴을 쭉 펴기를 원했다. 그는 특히 지방대 학생들이 취업 걱정에 원대한 꿈을 꾸지 못하고, 열띤 토론 대신 취업공부에 몰두하는 것을 안타까워했다. 그는 강원도지사로서, 강원도 대학생들의 이런 걱정을 어떻게 덜어줘야 하는지 깊게 고민하고 있었다.

　한편 최문순 도지사의 '비밀 숙소'는 현장 동행취재 과정에서 발견됐다. 지난 2011년 춘천과 속초, 강릉으로 이어지는 현장 동행취재를 할 때의 일이다. 후보의 차량에 탑승해 지역 곳곳을 이동하다 보니, 뜻하지 않게 취재가 새벽 2시경에야 끝이 났다. 강원도 산을 관통해 이동하면서 졸다가 눈을 떠보니, 차량이 도착한 곳은 강릉 경포대 부근 작은 민박집이었다. 방송국 사장 출신에 의원까지 역임한 인물이 과연 강원도 민박집에서 머무는지 의심스러워 몇 번이나 확인 취재에 들어갔다.

　"후보님, 정말 민박집에서 주무세요? 기자가 취재 올 것 예상하고, 연출한 거 아닌가요?"

　"하하. 갑자기 취재 오서놓고, 무슨 말씀이세요. 저는 원래 강원도 민박집 좋아해요. 대부분 온돌방이라서 따뜻하고요, 주인들도 얼마나 친절하다고요. 값도 안 비싸고요. 더구나 강원도 민박집은 깨끗하고 조용해서 건강에도 아주 좋습니다. 전 세계를 다 뒤져도 이런 숙소 찾기 어려워요."

　그는 도지사가 된 후에도 최고의 피로회복제로 강원도 농산물을

꼽는다. 또 이 책의 공동 필자들과 서울에서 진행한 추가 인터뷰 장
소를 정할 때도 강원도 농산물을 쓰는 식당을 선택했다. 별난 도지
사를 가진 강원도는 행복한 곳이라는 느낌이 들었다.

취재 과정에서 웃음이 나오게 한 강원도 인물도 있었다. 김일수
한국형사정책연구원장이 그 주인공이다. 김 원장은 가난, 연좌제,
유학생활의 고통 등을 생생하게 들려주면서도 강릉의 시둥골 애기
만 나오면 환하게 미소를 지었다. 그가 고향을 얼마나 사랑하고 그
리워하는지, 그 미소만으로도 충분히 느껴질 정도였다. 더불어 김일
수 원장은 교육열이 유난히 높은 강릉의 고교생들에게 '지식을 넘
어서는 시대정신'에 대해 고민할 것을 당부했다. 강릉에서 고교시
절을 보내면서 야간자율학습을 거의 매일 했던 나에게, 이런 조언은
상당히 공감이 가는 내용이었다.

마지막으로 이 책을 쓰면서, 나 역시 오랜만에 고향이 준 선물을
기억하게 됐다.

모교인 정선초등학교를 찾아 운동장을 걷다 보니, 정선아리랑을
배우던 특별 수업이 떠올랐다. 1980년대 정선의 명창들은 학교 곳곳
을 방문해 직접 학생들을 가르쳤다. 내가 어줍게나마 정선아리랑을
부를 수 있고, 외국 연수 시절에도 우리나라의 문화유산에 대해 자
랑할 수 있었던 것은 모두 정선 어르신들의 교육 덕이다. 1980년대
당시 지역 명창들은 돈 한 푼 받지 않고, 수업을 지겨워하는 내색까
지 했던 초등학생들에게 문화적 유산을 물려주신 것이다.

또 나는 정선여중 재학 시절, 각종 문화 행사를 통해 다양한 경험
을 할 수 있었다. 강원도 출신 선생님들 중심으로 '문화 현장 학습

프로그램'이 진행된 덕에, 정선 곳곳의 성터와 문화 유적지를 탐방할 수 있었다.

강릉에 대해 취재하다 보니, 강릉여고 시절 읽은 책이 기자 생활 10년을 넘기면서 읽은 책보다 더 많다는 사실도 떠올랐다. 강릉여고에는 '고교생 동아리'가 존재할 정도로 문화와 독서에 대한 관심이 뜨거웠다.

한 영화감독은, 대한민국에 강원도가 있는 것이 축복이라고 말했다. 정말 그럴까. 강원도 출신 인사들을 만나 물어보니, 대부분 고개를 끄덕였다.

일례로 우상호 의원의 최고 피로회복제는 철원의 동송초등학교 여행이었다. 그는 중요한 결정을 내려야 할 때마다 아내와 함께 1박 2일 일정으로 철원을 찾아 동송초등학교 친구들을 만나고 주변 곳곳을 돌아보고 다음날 서울로 향한다.

김현 의원의 비밀 쉼터는 경포대이다. 경포대를 가만히 바라보다 보면, 왜 정치를 계속 해야 하는지 결기가 생긴다고 한다.

김진형 사장의 특별 피로회복제는 강원도 여행과, 동해에서 나는 김이다. 그는 고위 경영진들과의 만찬에 뒤지지 않는 맛있는 음식으로 '강원도 김에 싸먹는 밥'을 꼽았다. 그는 강릉 출신 지인의 어머니가 매년 부쳐주는 김을 볼 때마다, 강원도 사람들의 따뜻한 마음도 함께 느껴진다고 했다.

한편 취재 과정에서, 예술가들이 유난히 강원도를 사랑한다는 것을 알게 되었다. 우리나라 시인 축구단 '글발'은 매년 여름 강원도를 찾아 축구를 한다. '글발' 소속 시인들은 이 책을 기획하고 취재하는 과정에서 큰 도움을 주었다. 강원도의 숨겨진 명소를 귀띔해주거나, 강원도의 문화가 얼마나 소중한 유산인지를 알려주었다.

취재과정에서 만난 정선 출신의 한 중년 여성은, '산촌 시인학교' 이야기를 들려주었다. '산촌 시인학교'는 1980년대 학생들의 방학 기간에만 열리던 임시 예술 학교 이름이다. 시인, 작곡가, 화가 등 예술가들이 강원도 정선의 덕송리 작은 학교에 모여 무료로 청소년들에게 강의를 했었다. 산골짜기에 예술가와 청소년의 시 낭송 소리가 들리는 곳, 학부모들이 촌지 대신 '곤드레 나물밥'을 대접하는 곳. 그런 곳이 소설에만 존재하는 게 아니라, 바로 강원도에 있었던 것이다.

결론적으로 이번 취재를 통해, 나는 강원도에 얼마나 많은 '멘토'들이 있는지 알게 되었다. 이 책을 쓰면서 내가 강원도와 사랑에 빠졌듯이, 고향 선후배들과 어르신들, 무엇보다 강원도 청소년들이 '강원도의 힘'을 느끼게 되길 바란다.